Vom gleichen Autor erschienen außerdem
als Heyne-Taschenbücher

Eiskalt · Band 01/5390
Nagelprobe · Band 01/5466
Finale in Berlin · Band 01/5641
Ipcress – Streng geheim · Band 01/5711
Fische reden nicht · Band 01/5811
Das Milliarden-Dollar Gehirn · Band 01/5863
Luftschlacht über England · Band 01/5985
Komm schon, Baby, lach dich tot · Band 01/6094
SS-GB · Band 01/6149
Blitzkrieg · Band 01/6185
Sahara-Duell · Band 01/6242

LEN DEIGHTON

TOD AUF TEUREM PFLASTER

Roman

WILHELM HEYNE VERLAG
MÜNCHEN

HEYNE ALLGEMEINE REIHE
Nr. 01/5952

Titel der englischen Originalausgabe
AN EXPENSIVE PLACE TO DIE
Deutsche Übersetzung von Monika Lenhart-Poestges

4. Auflage

Genehmigte, ungekürzte Taschenbuchausgabe

Printed in Germany 1985
Umschlagfoto: Artreference, Frankfurt
Umschlaggestaltung: Atelier Ingrid Schütz, München
Gesamtherstellung: Elsnerdruck GmbH, Berlin

ISBN 3-453-01470-7

I

Die Vögel flogen nur so zum Spaß herum, für nichts und wieder nichts. Es war der Tag dafür: ein Vorbote für den kommenden Sommer. Einige Vögel hielten sich in ordentlichen, disziplinierten Formationen, andere in ungeordneten Scharen, und höher, viel höher, flogen die einsameren, die nichts von gemeinsamen Beschlüssen hielten.

Ich wandte mich vom Fenster ab. Mein Besucher aus der Botschaft nörgelte noch immer.

»Paris lebt in der Vergangenheit«, erklärte der Kurier verächtlich. »Manet ist noch bei der Oper und Degas beim Ballett. Escoffier kocht, während Eiffel baut, dazu Lyrik von Dumas, Musik von Offenbach. O-là-là, in unserem Paris geht's lustig zu, Monsieur, und unsere Salons sind diskret, unsere Kutschen kommen um drei, Monsieur, und Schlieffen hat keine Pläne.«

»Nicht alle sind so«, meinte ich. Ein paar Vögel hielten sich in der Nähe des Fensters auf, um zu entscheiden, ob sie den Samen, den ich auf das Fensterbrett gestreut hatte, fressen sollten oder nicht.

»Alle, die mir begegnen, sind so«, sagte der Kurier. Er blieb ebenfalls stehen und blickte über die schiefen, buckligen Dachgiebel hinweg. Als er sich vom Fenster abwandte, bemerkte er ein Fleckchen weißen Putz auf seinem Ärmel. Gereizt wischte er darüber, als hätte Paris es auf ihn abgesehen. Er zog an seiner Weste — schicke Sache mit breiten Revers —, und dann drückte er prüfend den Stuhlsitz herunter, bevor er sich setzte. Nun, nachdem er sich vom Fenster entfernt hatte, kehrten die Vögel zurück und rauften sich um die Samenkörner.

Ich schob die Kaffeekanne zu ihm hinüber. »Echter Kaffee«, stellte er fest. »Die Franzosen scheinen heute nur noch Pulverkaffee zu trinken.«

Nachdem er sich so von meiner Anständigkeit überzeugt hatte, schloß er die Aktenmappe auf, die auf seinen Knien ruhte. Es war eine große schwarze Tasche, die eine Menge Berichte enthielt. Einen davon reichte er mir herüber.

»Lesen Sie das, solange ich hier bin. Ich kann ihn nicht da lassen.«

»Ist er geheim?«

»Nein, unsere Kopiermaschine funktioniert nicht; es ist der einzige, den wir haben.«

Ich las ihn. Es war ein Zwischenbericht ohne jede Bedeutung. Ich reichte ihn wieder zurück. »Das ist alles dummes Zeug«, sagte ich. »Wirklich schade, daß Sie wegen solchem Quatsch den weiten Weg hierher machen mußten.«

Er zuckte mit den Schultern. »So komme ich mal aus dem Büro heraus. Außerdem hätte es keinen Sinn, wenn Leute wie Sie ständig in der Botschaft ein- und ausgingen.« Er war neu, dieser Kurier. So wie er fingen sie alle an: zähe, schmaläugige junge Männer, die eifrig darauf bedacht waren, ihre Tüchtigkeit unter Beweis zu stellen. Und ängstlich bemüht zu zeigen, daß Paris auf sie keine Anziehung ausüben konnte. Eine nahe Uhr schlug zwei, und das störte die Vögel.

»Romantisch, pah«, sagte er. »Ich weiß nicht, was an Paris romantisch ist, bis auf die Pärchen, die sich auf der Straße küssen, weil die Stadt so überfüllt ist, daß sie nirgendwo anders hin können.« Er trank seinen Kaffee aus. »Enorm guter Kaffee«, stellte er fest. »Gehen Sie heute abend zum Essen aus?«

»Ja.«

»Mit Ihrem Freund, dem Künstler Byrd?«

Ich warf ihm einen Blick zu, wie ihn sich Engländer lediglich für andere Engländer vorbehalten. Er zwinkerte verlegen. »Schauen Sie, glauben Sie nur ja nicht ... ich meine ... wir haben Sie nicht ... das heißt ...«

»Fangen Sie jetzt nur nicht an, Sicherheitsgarantien zu geben«, erwiderte ich. »Natürlich werde ich überwacht.«

»Ich erinnere mich, daß Sie erzählt haben, Sie würden montags immer mit einem Künstler namens Byrd zu Abend essen. Mir fiel das Skira-Kunstbuch auf, das auf dem Tisch bereitliegt. Ich dachte, Sie wollten es ihm vielleicht zurückgeben.«

»Sehr schön«, bemerkte ich. »Sie sollten meine Arbeit tun.«

Er lächelte und schüttelte den Kopf. »Das wäre mir schrecklich. Den ganzen Tag mit den Franzosen zu tun haben ... Es ist schlimm genug, sich abends unter sie zu mischen.«

»Die Franzosen sind ganz in Ordnung«, meinte ich.

»Haben Sie die Umschläge aufbewahrt? Ich habe das Jod in Kaliumjodid gebracht.« Ich gab ihm alle Briefumschläge, die in der vorangegangenen Woche mit der Post gekommen waren. Er nahm sein kleines Fläschchen und bestrich die Briefklappen sorgfältig.

»Aha, mit Stärkeleim wieder zugeklebt. Jeder Drecksbrief. Muß hier jemand sein, die Wirtin. Jeder Drecksbrief. Das ist zu gründlich für einfache Schnüffelei. *Prenez garde.*« Er legte die Umschläge, die durch die chemische Reaktion jetzt braun gefleckt waren, in seine Tasche. »Möchte sie nicht herumliegen lassen.«

»Nein«, sagte ich und gähnte.

»Ich weiß nicht, was Sie so den ganzen Tag treiben«, meinte er. »Was gibt es denn überhaupt für Sie zu tun?«

»Nichts, außer wenn ich Kaffee machen muß für Leute, die sich fragen, was ich den ganzen Tag treibe.«

»Ja, vielen Dank auch für das Essen. Die alte Hexe kocht gut, auch wenn sie heimlich Ihre Post öffnet.« Er schenkte uns beiden Kaffee nach. »Und jetzt eine neue Aufgabe für Sie.« Er fügte die richtige Menge Zucker hinzu, reichte mir die Tasse und blickte auf. »Ein Mann namens Datt, der hierher ins *Le Petit Légionnaire* kommt. Er saß uns heute mittag beim Essen gegenüber.«

Es entstand eine Pause, dann fragte ich: »Was wollen Sie über ihn wissen?«

»Nichts«, erwiderte der Kurier. »Wir wollen gar nichts über ihn wissen, wir wollen ihm eine Mappe voll Akten zukommen lassen.«

»Schreiben Sie seine Adresse drauf und bringen Sie's zur Post.«

Er verzog schmerzlich das Gesicht. »Es muß stilecht aussehen, wenn er's bekommt.«

»Was ist es denn?«

»Eine Darstellung der Entwicklung radioaktiver Niederschläge, von Neu-Mexiko angefangen bis hin zum letzten Versuch. Enthält Berichte aus den Krankenhäusern von Hiroshima und allerlei Zeug über die Wirkung auf Zellen und Pflanzen. Mir ist das zu kompliziert, aber Sie können es ja mal durchlesen, wenn Ihnen der Sinn danach steht.«

»Wo liegt der Haken?«

»Kein Haken dran.«

»Ich muß wissen, wie schwer es ist, die schwachen Stellen darin herauszufinden. Eine Minute in den Händen eines Experten?

Drei Monate in den Händen eines Komitees? Ich muß wissen, wie lang die Zündschnur ist, wenn ich es sein soll, der die Bombe legt.«

»Es besteht kein Grund zu der Annahme, daß irgend etwas daran nicht echt sein könnte.« Er drückte auf das Schloß seiner Tasche, als wollte er damit seine Behauptung beweisen.

»Na, das ist ja nett«, meinte ich. »Wem will Datt es denn weiterleiten?«

»Steht nicht in meiner Rolle, alter Freund. Ich bin nur der Laufbursche, wissen Sie. Ich gebe Ihnen die Sache, Sie geben sie Datt weiter, wobei Sie sich vergewissern, daß er nicht erfährt, woher sie kommt. Tun Sie so, als arbeiteten Sie für die CIA, wenn Sie wollen. Sie sind hier neu, da sollte es hinhauen.«

Er trommelte mit den Fingern, um anzuzeigen, daß er jetzt gehen mußte.

»Was soll ich denn Ihrer Meinung nach mit diesem Stoß Papier anfangen — ihm den am Mittag auf den Teller legen?«

»Nur keine Aufregung, dafür ist gesorgt. Datt wird es wissen, daß Sie die Dokumente haben, er wird sich mit Ihnen in Verbindung setzen und danach fragen. Ihre Aufgabe ist lediglich, sie ihm zukommen zu lassen . . . allerdings zögernd.«

»Wurde ich vor sechs Monaten hier etabliert, nur um diesen Auftrag auszuführen?«

Er zuckte die Schultern und legte die Ledermappe auf den Tisch.

»Ist es denn so wichtig?« fragte ich.

Ohne eine Antwort ging er zur Tür. Er öffnete sie ganz plötzlich und schien enttäuscht, daß draußen keiner kauerte.

»Enorm guter Kaffee«, meinte er noch. »Aber so ist das ja immer.«

Von unten konnte ich die Schlagermusik aus dem Radio hören. Sie verklang, es folgte eine Fanfare und Gebimmel, die für ein Shampoo warben.

»Hier meldet sich Ihr schwimmender Favorit, Radio Janine«, erklärte der Sprecher. Es war ein herrlicher Tag für die Arbeit auf einem der Piratensender-Schiffe: warme Sonne und drei Meilen ruhigen blauen Meeres, das einem den Vorteil von zollfreien Zigaretten und Whisky verschaffte. Ich setzte das mit auf die lange Liste von Berufen, die besser waren als meiner. Ich hörte die untere Tür zufallen, als der Kurier ging. Dann wusch ich die Kaffeetassen ab, gab Joe frisches Wasser und Tintenfischknochen für seinen Schnabel, nahm die Dokumente auf und ging hinunter, etwas trinken.

2

Le Petit Légionnaire (›*cuisine faite par le patron*‹) war ein mit Plastik ausstaffierter Schuppen, dessen Spiegel, Flaschen und Spielautomaten nur so blitzten. Die Mittagsstammgäste waren Geschäftsmänner der Umgebung, Angestellte eines nahegelegenen Hotels, zwei deutsche Mädchen, die in einem Übersetzungsbüro arbeiteten, ein paar Musiker, die immer lange schliefen, zwei Künstler und der Mann, der Datt hieß und dem ich die Testergebnisse über radioaktive Niederschläge anbieten sollte. Das Essen war gut. Der Wirt kochte selbst und war in der ganzen Nachbarschaft als *la voix* bekannt – eine körperlose Stimme, die ohne Hilfe einer Lautsprecheranlage den Liftschacht hinaufbellen konnte.

La voix schätzte es nicht, wenn *steck bien cuit* und *charcuterie* als Hauptgericht oder ganz allgemein halbe Portionen bestellt wurden. Stammgäste erhielten größere Mengen. Stammgäste bekamen auch Leinenservietten, mit denen sie allerdings die ganze Woche auskommen mußten. Doch jetzt war das Essen vorüber. Von hinten aus dem Café konnte ich das schrille Organ meiner Wirtin und die leise Stimme von Monsieur Datt vernehmen, der soeben sagte: »Das könnte sich als Fehler erweisen. Sie werden in der Avenue Henri Martin hundertzehntausend Francs bezahlen müssen und sie nie wiedersehen.«

»So viel riskiere ich«, erklärte meine Wirtin. »Trinken Sie noch Cognac.«

Wieder sprach Datt, leise und behutsam. »Seien Sie vorsichtig, verehrte Freundin. Trachten Sie nicht nach plötzlichem, spektakulärem Gewinn, der Ihren Nachbarn zum Krüppel macht. Freuen Sie sich über die kleineren Einnahmen, die unmerklich zum Erfolg führen.«

Ich ging an der Bar vorüber zu meinem gewohnten Tisch draußen. Der leichte Dunst, der in Paris so oft einem sehr heißen Tag vorausgeht, war verschwunden. Jetzt war es sengend heiß. Die Hitze fraß sich tief in den Asphalt; vor den Läden waren Obst und

Gemüse wunderschön in ihren Holzstellagen aufgebaut und bereicherten mit ihrem Aroma den Duft des Sommertages. Der Kellner mit der verwelkten Hand ließ heimlich ein kaltes Bier verschwinden; alte Männer saßen draußen auf der Terrasse und wärmten ihre greisen Knochen. Hunde hoben munter das Bein; junge Mädchen trugen lose Baumwollkleider und sehr wenig Make-up und hielten ihr Haar mit einem Gummiband zusammen.

Ich setzte mich und winkte dem alten Jean, um meinen gewohnten Suze zu bestellen. Dann öffnete ich die Dokumententasche, rauchte, las, trank und sah dem Leben des *Quartier* zu. Ich las dreiundneunzig Seiten und hatte, bis der Stoßverkehr einsetzte, beinahe begriffen. Ich versteckte die Unterlagen in meinem Zimmer.

Es war Zeit, Byrd zu besuchen.

Ich wohnte im siebzehnten Arrondissement. Das Modernisierungsprojekt, das die Avenue Neuilly erfaßt hatte und sich nun über den eleganten Teil von Paris ausdehnte, war an dem schäbigen *Quartier des Ternes* vorübergegangen. Ich wanderte bis zur Avenue de la Grande Armée hinunter. Der Arc erhob sich breitbeinig über dem Etoile, und der Verkehr strebte verzweifelt dorthin. Tausende roter Lichter funkelten wie blutunterlaufene Sterne im warmen Dunst der Auspuffgase. Es war ein schöner Pariser Abend, Gauloises und Knoblauch schwängerten die Luft, und Autos und Menschen bewegten sich mit jener gedämpften Hysterie, die die Franzosen *élan* nennen.

Ich erinnerte mich an die Unterhaltung mit dem Mann von der britischen Botschaft. Er hat heute aufgebracht gewirkt, dachte ich selbstzufrieden. Es machte mir nichts aus, daß ich ihn aufgebracht hatte; eigentlich machte es mir bei niemandem etwas aus. Für welchen Dummkopf London mich halten mußte! Und dieses Zeug über Byrd ... Wie konnten sie wissen, daß ich heute abend mit ihm essen wollte? Byrd und Kunstbücher von Skira, was für ein Humbug. Ich kannte Byrd kaum, obwohl er Engländer war und im *Petit Légionnaire* zu Mittag aß. Am letzten Montag hatte ich mit ihm zusammen gespeist, aber ich hatte niemand erzählt, daß ich heute abend wieder mit ihm essen würde. Ich bin Profi. Ich würde nicht einmal meiner Mutter erzählen, wo ich die Zündschnur aufbewahre.

3

Das Tageslicht begann zu schwinden, als ich über den Straßenmarkt zu Byrd ging. Er wohnte in einem grauen, abblätternden Gebäude, aber es war wie alle Häuser in der Straße, wie fast alle in Paris.

Ich drückte die Klinke nieder. In dem dunklen Hausflur warf eine Fünfundzwanzig-Watt-Birne einen blassen Lichtschimmer über Dutzende winziger Briefkästen.

Byrds Atelier lag am Kopf einer engen, knarrenden Treppe. Es war eitel Chaos. Kein Chaos, wie eine Explosion es hervorruft, sondern eines, das sich in Jahren entwickelt. Versuchen Sie, fünf Jahre lang Dinge zu verstecken, Dinge zu verlieren und kaputte Dinge abzustützen, dann warten Sie zwei Jahre, bis sich reichlich Staub abgesetzt hat, und Sie haben Byrds Atelier. Der einzige wirklich saubere Gegenstand war das riesige Fenster, durch das die untergehende Sonne fiel und den ganzen Raum mit rosigem Licht wärmend durchdrang. Überall standen Bücher, Schüsseln mit gehärtetem Gips, Eimer mit schmutzigem Wasser, Staffeleien mit großen halbfertigen Gemälden. Auf dem abgewetzten Sofa lagen die beiden gesellschaftsfähigen englischen Sonntagszeitungen noch unberührt und ungelesen. Ein riesengroßer Tisch mit emaillierter Platte, den Byrd als Palette benutzte, war mit Farbklecksen übersät, und über eine Wand erstreckte sich eine fünf Meter hohe Hartfaserplatten-Konstruktion, auf der Byrd ein Wandgemälde schuf. Ich trat gleich ein — die Tür stand immer offen.

»Du bist tot!« rief Byrd laut. Er stand auf einer Leiter und arbeitete an einer Gestalt am oberen Rand des Fünf-Meter-Gemäldes.

»Ich vergesse eben immer wieder, daß ich tot bin«, erklärte das Modell. Sie war nackt und lag unglücklich auf einer Kiste ausgestreckt.

»Halte wenigstens den rechten Fuß still«, sagte Byrd. »Die Arme kannst du bewegen.«

Das nackte Mädchen reckte mit dankbar zufriedenem Stöhnen die Arme.

»Geht es so?«

»Du hast das Knie bewegt, zum Teufel ... Ach, lassen wir's gut sein für heute.« Er hielt im Malen inne. »Zieh' dich an, Annie.« Sie war groß und etwa fünfundzwanzig; dunkel, gutaussehend, doch nicht schön. »Kann ich duschen?« fragte sie.

»Das Wasser ist leider nicht sehr warm«, meinte Byrd, »aber versuch's nur, vielleicht ist es jetzt besser.«

Das Mädchen warf sich einen abgewetzten Herrenmorgenmantel über und schlüpfte in ein Paar Seidenslipper. Byrd kletterte sehr langsam von der Leiter herunter. Es roch nach Leinöl und Terpentin. Mit einem Stoffetzen wischte er die Handvoll Pinsel ab. Das große Bild war fast fertiggestellt. Es fiel schwer, seinen Stil zu bezeichnen; vielleicht kamen ihm Kokoschka oder Soutine am nächsten, wenn seine Sachen auch polierter, weniger lebendig wirkten. Byrd klopfte gegen das Gerüst, an dem die Leiter lehnte.

»Das habe ich gebaut. Nicht schlecht, was? Konnte sowas in Paris nirgends auftreiben; nirgendwo. Bei mir heißt es eben, selbst ist der Mann.«

»Ich sag mir immer, besser ist der Mann, der's mir abnimmt.«

»Ja, wirklich«, meinte Byrd und nickte ernst. »Schon acht Uhr, was?«

»Fast halb neun«, erwiderte ich.

»Jetzt brauche ich eine Pfeife.« Er warf die Pinsel in einen geblümten Nachttopf, in dem noch ein weiteres Hundert davon stand. »Sherry?« Er löste die Bänder, die seine Hosenbeine daran hindern sollten, das riesige Bild zu verschmieren, und blickte wieder zu seinem Wandgemälde hin, von dem er sich kaum losreißen konnte.

Schließlich schenkte er zwei Gläser trockenen Sherry ein, schlüpfte aus seinem übergroßen Shetlandpullover und ließ sich auf einen zerschlissenen Stuhl sinken, wo er seinen Tabaksbeutel durchstöberte, als hätte er etwas darin verloren. Es war schwer, Byrds Alter zu schätzen; er mochte Mitte fünfzig sein und besaß noch eine Menge Haare, die kein Grau sehen ließen. Seine Haut war hell und so fest über das Gesicht gespannt, daß man die Muskeln erkennen konnte, die vom Backenknochen zum Kiefer verliefen. Er hatte kleine hohe Ohren, seine Augen waren hell, lebhaft und schwarz. Und wenn er sprach, starrte er einen fest an, um zu zeigen, wie ernst er es meinte. Wenn ich nicht gewußt hätte, daß er Berufsoffizier in der Marine gewesen war, bevor er vor acht Jahren mit dem Malen begonnen hatte, hätte ich ihn für einen Mechaniker gehalten, der jetzt eine eigene Werkstatt betrieb. Nachdem er sich sorgfältig seine Pfeife gestopft hatte, zündete er sie langsam und mit Bedacht an. Erst dann sprach er wieder.

»Fahren Sie eigentlich manchmal nach England?«

»Selten.«

»Wie ich. Ich brauche neuen Tabak. Wenn Sie das nächste Mal fahren, könnten Sie daran denken. Diese Marke hier.« Er hielt mir eine Packung hin. »Scheint es in Frankreich nicht zu geben. Das einzige Zeug, das mir schmeckt.« Dann rief er zu dem Modell herüber: »Wir fangen morgen früher an, Annie.«

»Geht in Ordnung«, gab sie zurück.

»Kennen Sie Monsieur Datt?« fragte ich Byrd. »Er ißt auch im *Petit Légionnaire* zu Mittag. Großer Mann mit weißem Haar.«

»Nein«, erwiderte er. Schnüffelnd zog er die Luft ein; das Schnüffeln beherrschte er in jeder Nuance. Diesmal war es leicht und beinahe unhörbar. Ich wechselte das Thema.

Byrd hatte noch einen Maler gebeten, uns zum Abendessen zu begleiten. Er traf gegen halb zehn ein: Jean-Paul Pascal, ein gutaussehender, muskulöser junger Mann mit schmalen Hüften, der mühelos die von den Franzosen so bewunderte Cowboy-Mode mitmachen konnte. Seine hohe, schlanke Gestalt stand in scharfem Kontrast zu Byrds untersetzter, derber Steifheit. Jean-Pauls Haut war gebräunt, die Zähne vollkommen. Er trug einen kostspieligen hellblauen Anzug mit bestickter Krawatte. Jetzt nahm er seine Brille ab und steckte sie in die Tasche.

»Also ein englischer Freund von Monsieur Byrd«, wiederholte Jean-Paul, ergriff meine Hand und schüttelte sie. »Sehr erfreut.« Sein Handschlag war sanft und zaghaft, als schämte er sich, gar so sehr wie ein Filmstar auszusehen.

»Jean-Paul spricht nicht englisch«, erklärte Byrd.

»Es ist mir zu kompliziert«, sagte Jean-Paul. »Ich spreche zwar ein wenig, aber ich verstehe nicht, was Sie darauf erwidern.«

»Genau das ist es«, bemerkte Byrd. »Die Grundidee des Englischen. Ausländer können uns Dinge mitteilen, und wir Engländer können miteinander sprechen, ohne daß ein Außenstehender es versteht.« Sein Gesicht war ernst, dann lächelte er gezwungen. »Jean-Paul ist jedenfalls ein guter Kerl; eben ein Maler.« Er wandte sich ihm zu. »Viel zu tun, Jean?«

»Zu tun ja, aber nicht viel geschafft.«

»Mußt immer dran bleiben, mein Junge. Du wirst nie ein großer Maler, wenn du nicht lernst, ganz darin aufzugehen.«

»Oh, aber man muß sich erst selbst finden; muß nach seinem eigenen Rhythmus arbeiten«, entgegnete Jean-Paul.

»Dein Rhythmus ist zu langsam«, verkündete Byrd und reichte Jean-Paul ein Glas Sherry, ohne ihn gefragt zu haben, was er wollte. Jean wandte sich an mich, sehr darauf bedacht, seine scheinbare Faulheit zu erklären. »Es ist schwer, mit einem Bild zu beginnen; es ist eine Aussage . . . wenn erst einmal ein Zeichen gesetzt ist, muß man alle nachfolgenden Pinselstriche in Beziehung dazu bringen.«

»Unsinn«, widersprach Byrd. »Der Anfang ist die einfachste Sache der Welt; verzwickt, wenn auch vergnüglich ist es, weiterzumachen. Schwer — verdammt schwer — ist nur der Schluß.«

»Wie in der Liebe«, warf ich ein. Jean lachte. Byrd lief rot an und kratzte sich die Nase.

»Ah . . . Arbeit und Frauen vertragen sich nicht. Weibergeschichten und ein lockerer Lebenswandel haben zeitweilig ihren Reiz, doch in den mittleren Jahren büßen die Frauen ihre Schönheit und die Männer ihre Geschicklichkeit ein. Ergebnis: Katzenjammer. Fragen Sie Ihren Freund, Monsieur Datt.«

»Sie sind ein Freund von Datt?« fragte Jean-Paul.

»Ich kenne ihn kaum«, erwiderte ich. »Ich habe Byrd nur nach ihm gefragt.«

»Stellen Sie nicht zu viele Fragen«, riet Jean. »Datt besitzt großen Einfluß; angeblich ein Graf von Périgord, alte Familie, mächtiger Mann. Und gefährlich. Er ist Arzt und Psychiater. Es heißt, daß er sehr viel LSD verwendet. Seine Klinik ist so teuer wie keine andere in Paris, aber er gibt dort auch die skandalösesten Partys.«

»Was soll das heißen?« fragte Byrd. »Erzähle.«

»Man hört da so Geschichten«, berichtete Jean. Er lächelte verlegen und wollte nicht weitersprechen, doch Byrd machte eine ungeduldige Handbewegung, so daß er fortfuhr. »Geschichten über Glücksspielpartys, über hochgestellte Männer, die in finanzielle Schwierigkeiten geraten sind und sich . . .« Er machte eine Pause. »Im Bad befanden.«

»Soll das heißen tot?«

»Das heißt ›in der Klemme‹; ein Idiom«, erläuterte Byrd für mich in englisch.

»Ein oder zwei bedeutende Männer haben sich das Leben genommen«, erzählte Jean weiter. »Manche sagen, sie hatten Schulden.«

»Verdammte Narren«, bemerkte Byrd. »Solche Burschen sitzen heute an verantwortlicher Stelle; keine Widerstandskraft, kein Charakter. Und dieser Datt gehört also auch dazu, wie? Dachte ich mir's doch.«

Annie, das Modell, erschien in einem einfachen grünen Hemdblusenkleid. Sie küßte Jean-Paul auf vertraute Weise und wünschte jedem von uns einen guten Abend.

»Morgen ganz früh«, sagte Byrd, als er sie bezahlte. Sie nickte lächelnd.

»Ein bezauberndes Mädchen«, bemerkte Jean-Paul, nachdem sie gegangen war.

»Ja«, sagte ich.

»Armes Kind«, meinte Byrd. »Für ein junges Mädchen ohne Geld ist Paris eine harte Stadt.«

Mir waren ihre teure Krokodilhandtasche und die Charles-Jourdan-Schuhe aufgefallen; doch ich sagte nichts.

»Wollt ihr am Freitag zur Eröffnung einer Kunstausstellung gehen? Sekt gratis.« Jean-Paul brachte ein halbes Dutzend goldgedruckter Einladungen zum Vorschein, gab mir eine und legte eine auf Byrds Staffelei.

»Ja, wir gehen hin«, erklärte Byrd; Organisieren machte ihm Spaß. »Hast du heute einen schicken Wagen, Jean?«

Jean nickte.

Jeans Auto war ein weißes Mercedes-Kabriolett. Mit offenem Verdeck fuhren wir die Champs hinunter. Wir tranken und speisten gut, und Jean-Paul quälte uns mit Fragen wie: trinken die Amerikaner Coca Cola, weil es gut für die Leber ist?

Es war fast ein Uhr, als Jean Byrd bei seinem Atelier absetzte. Er bestand darauf, mich zu meinem Zimmer über dem *Petit Légionnaire* zurückzufahren.

»Ich bin ganz besonders froh, daß Sie heute abend mitgekommen sind«, sagte er. »Byrd hält sich für den einzigen ernsthaften Maler in Paris, aber es gibt viele von uns, die auf ihre Weise ebenso hart arbeiten.«

»Die Marine«, meinte ich, »bietet wahrscheinlich nicht eben die optimalen Ausbildungschancen für Maler.«

»Für einen Maler gibt es keine Ausbildung. Ebenso wie es keine Ausbildung für das Leben gibt. Man macht eine so tiefe Aussage wie möglich. Byrd ist ein aufrichtiger Mensch, den es danach dürstet, ganz in die Malerei einzudringen, und der eine große handwerkliche Begabung besitzt. Seine Arbeiten ziehen hier in Paris bereits ernsthaftes Interesse auf sich, und mit einem Namen aus Paris kommen Sie in der Welt überall hin.«

Ich blieb noch einen Moment sitzen und nickte; dann öffnete ich die Tür des Mercedes, und stieg aus. »Danke für die Fahrt.«

Jean-Paul beugte sich über den Sitz, reichte mir seine Karte und schüttelte mir die Hand. »Rufen Sie mich an«, bat er. Ohne meine Hand loszulassen, setzte er hinzu: »Wenn Sie mal in Datts Haus auf der Avenue Foch wollen, kann ich das arrangieren. Ich glaube kaum, daß es zu empfehlen ist, aber wenn Sie Geld zu verlieren haben, führe ich Sie dort ein. Ich bin mit dem Grafen eng befreundet; letzte Woche habe ich den Prinzen von Besacoron mitgenommen — auch ein sehr guter Freund von mir.«

»Danke.« Ich nahm die Karte. Jean trat den Gashebel herunter, der Motor heulte auf.

Er zwinkerte mir zu.

»Aber bitte hinterher keine Klagen.«

»Nein«, versicherte ich. Der Mercedes glitt davon.

Der *Petit Légionnaire* war geschlossen. Ich ließ mich durch den Seiteneingang ein. Datt und mein Wirt saßen noch immer an demselben Tisch wie am Nachmittag. Noch immer spielten sie Monopoly. Datt las gerade sein Kärtchen vor: *»Allez en prison. Avancez tout droit en prison. Ne passez par la case ›Départ‹. Ne recevez pas Frs. 20.000.«* Mein Wirt lachte, Datt auch.

»Was werden Ihre Patienten dazu sagen?« fragte mein Wirt.

»Die sind sehr verständnisvoll«, meinte Datt; er schien das Spiel sehr ernst zu nehmen. Vielleicht hatte er auf diese Weise mehr davon.

Ich stieg auf Zehenspitzen hinauf. Joe zirpte. Ich las ihm Jeans Karte vor. »›Jean-Paul Pascal, Kunstmaler.‹ Und ein guter Freund von Prinzen«, setzte ich hinzu.

Joe nickte.

4

Zwei Abende später wurde ich eingeladen, an dem Monopoly-Spiel teilzunehmen. Ich kaufte Hotels in der rue Lecourbe und zahlte Miete am Gare du Nord. Der alte Datt verwaltete pedantisch das Spielgeld und erklärte uns, warum wir bankrott gingen.

Als nur Datt noch Geld besaß, schob er seinen Stuhl zurück und nickte weise, während er die einzelnen Spielteile aus Holz und Papier in die Schachtel zurücklegte. Hätte es alte Männer zu kaufen gegeben, dann wäre Datt in eine Schachtel mit der Aufschrift ›Weiß, Groß und Kahl‹ gekommen. Hinter den gefärbten Brillengläsern glänzten die Augen feucht, und seine Lippen waren weich und dunkel wie bei einem Mädchen, oder vielleicht wirkten sie auch nur dunkel gegen seine klare, weiße Gesichtshaut. Sein Kopf war eine blanke Kuppel, und sein weißes Haar lag weich und strubbelig darüber wie Nebel über einem Berggipfel. Er lächelte nicht oft, war aber ein freundlicher Mann, wenn auch etwas umständlich in seinen Gewohnheiten, wie Menschen es werden, wenn sie allein leben. Madame Tastevin war nach ihrem Bankrott in die Küche gegangen, um das Abendessen zu bereiten.

Ich bot Datt und meinem Wirt Zigaretten an. Tastevin nahm eine, doch Datt lehnte mit theatralischer Gebärde ab. »Mir scheint kein Sinn darin zu liegen«, verkündete er und vollführte erneut seine Handbewegung, die aussah wie das Segnen einer Menschenmenge in Benares.

»Vergnügen doch«, erklärte Tastevin paffend. »Nicht Sinn.« Seine Stimme klang wie ein verrosteter Rasenmäher.

»Das Streben nach Vergnügen«, predigte Datt, »führt über einen fallenreichen Pfad.« Er nahm seine randlose Brille ab und blickte blinzelnd zu mir auf.

»Sprechen Sie aus Erfahrung?« fragte ich.

»Ich habe alles durchgemacht«, erzählte Datt. »Manches doppelt. Ich habe in acht verschiedenen Ländern auf vier Kontinenten gelebt, war ein Bettler und ein Dieb, glücklich und traurig, reich und arm, als Herr und Diener.«

»Und das Geheimnis des Glücks«, spottete Tastevin, »ist, das Rauchen aufzugeben?«

»Das Geheimnis des Glücks«, verbesserte Datt, »ist, den Wunsch danach aufzugeben.«

»Wenn das Ihre Ansicht ist«, meinte Tastevin, »warum kommen Sie dann fast täglich in mein Restaurant?«

In diesem Augenblick erschien Madame Tastevin mit einem Tablett, auf dem eine Kaffeekanne und Teller mit kaltem Huhn und Wildhasenpastete standen.

»Da haben Sie den Grund«, sagte Datt. »Ich würde mir niemals durch Tabak den Geschmack an den Speisen hier verderben lassen.« Madame Tastevin war geschmeichelt und entzückt. »Manchmal glaube ich, daß mein Leben zu vollkommen ist. Ich freue mich an meiner Arbeit und habe nie den Wunsch, weniger zu tun. Dann esse ich Ihre wunderbaren Speisen hier. Welch ein vollkommenes Leben!«

»Das ist Bequemlichkeit«, bemerkte Tastevin.

»Na und? Lieben Sie nicht auch ein bequemes Leben? Wenn Sie in einem Dreistern-Restaurant arbeiten würden, könnten Sie viel mehr Geld verdienen. Aber Sie bringen Ihr Leben damit zu, dieses kleine hier zu führen — man könnte fast sagen, für Ihre Freunde.«

»Das stimmt wahrscheinlich«, meinte Tastevin. »Ich koche gern, und ich glaube, meine Gäste wissen meine Arbeit zu schätzen.«

»Ganz recht. Sie sind ein vernünftiger Mensch. Es wäre verrückt, tagtäglich einer Arbeit nachzugehen, die einem keine Freude macht.«

»Aber angenommen«, schaltete Madame Tastevin sich ein, »daß ein solcher Job einem eine Menge Geld einbringt, mit dem es einem möglich wäre, sich zur Ruhe zu setzen und dann zu tun, was einem gefällt?«

»Madame . . .« Datts Stimme nahm jenes gewaltige, melodische Timbre an, das Erzähler in kunstbeflissenen französischen Filmen haben. »Madama Tastevin«, sagte er nochmals, »in Kaschmir gibt es eine Höhle — die Amarnath-Höhle —, der heiligste Ort der Erde für die Anbeter des Hindu-Gottes Schiwa. Die Pilger, die dorthin reisen, sind alt, manchmal auch krank. Viele von ihnen sterben auf den hohen Pässen, wo ihre winzigen Zelte von plötzlichen starken Regenfällen davongeschwemmt werden. Ihre Angehörigen weinen nicht. Für sie ist das nicht wichtig; nicht einmal die Ankunft — die stets in einer Vollmondnacht stattfinden muß — ist wichtiger als die Reise. Viele wissen, daß sie niemals eintreffen werden. Es ist die Reise, die ihnen heilig ist, und ebenso geht es den Existenzialisten: Das Leben wiegt mehr als der Tod. Was er auch tut, der Mensch hat es immer zu eilig, ans Ende zu gelangen. Beim Geschlechtsakt, bei einem guten Essen, beim Golfspielen; immer ist man versucht, zu hetzen, zu schlingen oder zu rennen.«

Tastevin nickte weise, und ich hörte auf, kaltes Huhn hinunterzuschlingen. Datt steckte sich seine Serviette in den Kragen und ließ sich eine kleine Pastete schmecken. Als er fertig war, wandte er sich an mich. »Ich glaube, Sie haben Telefon«, bemerkte er und war, ohne meine Antwort abzuwarten, bereits auf den Beinen und zur Tür unterwegs.

»Ganz zu Ihrer Verfügung.« Mit Hilfe eines Spurts konnte ich noch vor ihm nach oben gelangen. Joey blinzelte in dem plötzlichen elektrischen Licht. Datt wählte eine Nummer und sagte: »Hallo, ich bin im *Petit Légionnaire* und erwarte den Wagen in etwa fünf Minuten.« Er legte auf und trat zu mir und Joey.

»Ich glaube, daß Sie Erkundigungen über mich einziehen.«

Ich gab keine Antwort.

»Es wäre fruchtlos.«

»Wieso?«

»Ganz gleich, was Sie herausbringen; es wird mir nicht schaden können.«

»Die Kunst des Zen einer geheimnisvollen Lebensführung?«

Datt lächelte. »Die Kunst des Zen, einflußreiche Freunde zu besitzen.«

Ich gab ihm keine Antwort, sondern schob die Fensterläden auf. Ein schwarzer Daimler kam die Straße herauf und hielt mit leisem Knirschen.

»Besten Dank fürs Telefonieren.« An der Tür drehte Datt sich noch einmal um. »Nächste Woche würde ich gern noch einmal mit Ihnen sprechen. Sie müssen mir erzählen, was Ihre Neugier so erregt.«

»Jederzeit«, stimmte ich zu. »Morgen, wenn Sie wollen.«

Datt schüttelte den Kopf. »Nächste Woche ist früh genug.«

»Wie Sie meinen.«

Datt ging ohne ein Gute Nacht hinaus.

Nachdem Datt gegangen war, holte Joey zu einem kleinen Schwung aus. Ich prüfte nach, ob die Dokumente noch in ihrem Versteck lagen. Vielleicht hätte ich sie Datt längst geben sollen; aber ich freute mich darauf, ihn nächste Woche wiederzusehen.

»Mir scheint, Joe, wir sind die einzigen Leute in Paris, die keine mächtigen Freunde haben.« Ich deckte ihn zu, bevor er antworten konnte.

5

Faubourg St. Honoré, neunzehn Uhr dreißig, Freitag. Die winzige Kunstgalerie platzte aus den Nähten. Champagner, kostenloser Champagner, wurde über hohe Wildlederstiefel und durchbrochene Sandaletten geschüttet. Ich hatte fünfundzwanzig Minuten damit zugebracht, dreieckige Stückchen geräucherten Lachs von runden Toaststückchen herunterzuklauben, was für einen ausgewachsenen Mann eine nicht eben lohnende Tätigkeit ist. Byrd sprach mit Jean-Paul und machte eines der abstrakten Bilder herunter. Ich ging auf sie zu, doch eine junge Frau mit grünem Lidschatten packte mich am Arm. »Wo ist der Künstler?« wollte sie wissen. »Es interessiert sich jemand für ›Menschliche Kreatur in Furcht vor der Maschine‹, und ich weiß nicht, ob's hunderttausend Francs kostet oder fünfzig.« Ich drehte mich zu ihr um, doch sie hatte bereits einen anderen gepackt. Bis ich Byrd und Jean-Paul erreicht hatte, war mir mein Champagner fast ganz abhanden gekommen. — »Schreckliche Leute hier«, stellte Jean-Paul fest.

»Solange sie nur nicht wieder anfangen, diesen verdammten Beat zu spielen«, meinte Byrd.

»Haben sie das getan?« fragte ich.

Byrd nickte. »Kann ich nicht ertragen. Tut mir leid, aber ich kann ihn nicht ertragen.«

Die Frau mit dem grünen Lidschatten winkte über ein Meer von Schultern hinweg, hielt dann die Hände trichterförmig vor den Mund und schrie zu mir herüber: »Ein Goldstühlchen ist kaputtgegangen. Macht das was?«

Ich konnte sie nicht derart bekümmert sehen. »Nur keine Sorge«, rief ich zurück. Sie nickte, lächelnd vor Erleichterung.

»Was ist denn los?« wollte Jean-Paul wissen. »Gehört die Galerie Ihnen?«

»Lassen Sie mir Zeit«, erwiderte ich. »Vielleicht veranstalte ich auch für Sie noch eine Ausstellung.«

Jean-Paul lächelte, um zu zeigen, daß er mit dem Witz mitgekommen war; doch Byrd blickte plötzlich auf. »Schau, Jean-Paul«, erklärte er streng, »eine Ausstellung könnte gerade jetzt fatal für dich sein. Du bist in keiner Weise darauf vorbereitet. Du brauchst Zeit, mein Junge, Zeit. Lerne gehen, bevor du rennst.« Byrd wandte sich an mich. »Gehenlernen vor dem Rennen, so stimmt's doch, nicht?«

»Nein«, versetzte ich. »Jede Mutter wird ihnen erzählen, daß die meisten Kinder rennen, bevor sie gehen können; das Gehen ist das Schwierige.«

Jean-Paul zwinkerte mir zu. »Ich muß also ablehnen, aber trotzdem vielen Dank.«

Byrd erklärte weiter: »Er ist noch nicht so weit. Ihr Galerieleutchen werdet eben warten müssen. Drängt diese jungen Künstler nicht. Das ist nicht fair, ihnen gegenüber nicht fair.«

Ich wollte die Sache soeben richtigstellen, als ein kleiner, untersetzter Franzose mit dem Orden der Ehrenlegion im Knopfloch dazukam und mit Byrd zu reden anfing.

»Erlauben Sie, daß ich Sie vorstelle.« Byrd duldete niemals eine Formlosigkeit. »Dies ist Chefinspektor Loiseau. Polizeibeamter. Mit seinem Bruder habe ich den größten Teil des Krieges durchgemacht.« – Wir schüttelten uns die Hände, dann gab Loiseau auch Jean-Paul die Hand, obwohl keiner von ihnen eine besondere Begeisterung für dieses Ritual an den Tag legte.

»Was macht ein Polizist in einer Kunstausstellung?« fragte Byrd.

»Wir Polizisten sind keine unkultivierten Trottel«, erklärte Loiseau lächelnd. »Außer Dienst kommt es sogar vor, daß wir Alkohol trinken.«

»Sie sind nie außer Dienst«, sagte Byrd. »Was gibt's diesmal? Erwarten Sie, daß sich jemand mit den Sektkübeln davonmacht?« Loiseau lächelte verschmitzt. Ein Kellner mit einem Tablett voll Champagner wäre fast an uns vorübergegangen.

»Man könnte auch fragen, was Sie hier tun«, meinte Loiseau zu Byrd. »Ich würde nicht behaupten, daß dies Ihre Richtung ist.« Er tippte auf eines der großen Bilder. Es war ein kunstvoll ausgearbeiteter weiblicher Akt in verzerrter Pose, bei dem die Haut wie polierter Kunststoff glänzte. Im Hintergrund sah man merkwürdige surrealistische Formen, die meisten davon mit offen Freudschen Assoziationsgehalten.

»Schlange und Ei sind ja gut dargestellt«, meinte Byrd, »das Mädchen sieht allerdings verdammt armselig aus.« Er wandte sich an Jean-Paul. »Aber eins muß man ihm lassen, die Trompe-l'oeil-Technik ist hervorragend. Dieser feine Strich! Schau nur, wie er die Coca-Cola-Flasche getroffen hat.«

»Er hat sie von einem Foto kopiert«, bemerkte Jean-Paul. Byrd beugte sich nieder, um näher hinzusehen.

»Verdammt! Dieses alte Dreckschwein!« rief Byrd aus. »Es *ist* ein verdammtes Foto. Einfach draufgeklebt. Schau dir das an.« Er zupfte an der Flaschenkante und wandte sich an die Umstehenden. »Sehen Sie sich das an, das wurde aus einer Farbreklame herausgeschnitten.« Er wandte sich anderen Teilen des Gemäldes zu. »Die Schreibmaschine auch, und das Mädchen . . .«

»Hören Sie auf, da an der Brustwarze herumzufummeln«, sagte die Frau mit grünem Lidschatten. »Wenn Sie die Bilder noch einmal berühren, wird man Sie auffordern, zu gehen.« Sie wandte sich an mich. »Wie können Sie dabeistehen und das zulassen? Wenn der Künstler das sieht, wird er verrückt.«

»Verrückt ist er schon«, bemerkte Byrd barsch. »Wenn man sich vorstellt, daß Leute dafür Geld zahlen — für aus Bilderbüchern herausgeschnittene Fetzen.« — »Das ist völlig legitim«, meinte Jean-Paul. »Das ist dann ein *objet trouvé* . . .«

»Quatsch. Ein *objet trouvé* ist ein Stück Treibholz oder ein schöner Stein — ein Gegenstand, in dem ein Künstler eine sonst unbeachtete Schönheit entdeckt oder gesehen hat.«

»Aber der Künstler muß die Freiheit haben . . .«

»Künstler?« schnaubte Byrd. »Verdammter Betrüger. Verdammtes Dreckschwein.«

Ein Mann im Abendanzug mit drei Kugelschreibern in der Brusttasche drehte sich um. »Ich habe nicht ein einziges Mal bemerkt, daß du den Champagner abgelehnt hättest«, sprach er Byrd an. Er duzte ihn, was unter der jungen Künstlergarde die übliche Form, Byrd gegenüber jedoch ein Affront war.

»Was es hier gibt«, schaltete Jean-Paul sich ein — er machte eine Pause, bevor er die Beleidigung ausstieß — »ist Sauternes mit Alka Seltzer.«

Der Mann im Smoking beugte sich vor, um ihn zu packen, doch Chefinspektor Loiseau trat dazwischen und erhielt einen leichten Schlag auf den Arm.

»Ich bitte tausendmal um Verzeihung, Chefinspektor«, sagte der Mann im Smoking.

»Macht nichts«, entgegnete Loiseau. »Ich hätte darauf achten müssen, wo ich hintrete.«

Jean-Paul schob Byrd zur Tür, allerdings sehr langsam. Der Mann im Smoking beugte sich zu der Frau mit dem grünen Lidschatten hinunter und sagte laut: »Sie tun ja nichts Böses, sind nur betrunken; aber sorgen Sie dafür, daß sie sofort verschwinden.« Er blickte sich nach Loiseau um, ob sein tiefes Verständnis für die menschliche Natur auch Beachtung fand. »Er gehört auch zu ihnen«, sagte die Frau und nickte zu mir herüber. »Ich dachte zuerst, er wäre von der Versicherung.« Ich hörte Byrd sagen: »Ich nehme es nicht zurück. Er ist ein verdammtes Dreckschwein.«

»Vielleicht«, meinte der Smoking taktvoll, »wären Sie so freundlich, dafür zu sorgen, daß Ihre Freunde auf der Straße nicht Schaden nehmen?«

»Wenn sie hier heil herauskommen, können sie's auf der Straße schon allein schaffen«, versetzte ich.

»Da Sie eine Andeutung nicht verstehen«, erklärte der Smoking, »will ich deutlicher werden . . .«

»Er gehört zu mir«, sagte Loiseau.

Der Mann fuhr zurück. »Chefinspektor, ich bin untröstlich.«

»Wir gehen jetzt ohnehin«, erklärte Loiseau und nickte mir zu. Der Smoking lächelte und wandte sich wieder der Frau mit grünem Lidschatten zu.

»Gehen Sie nur, wohin Sie wollen«, meinte ich. »Ich bleibe noch.«

Der Smoking schnellte wie eine Handpuppe wieder herum.

Loiseau legte mir die Hand auf den Arm. »Ich dachte, Sie wollten mit mir besprechen, wie Sie bei der Präfektur zu Ihrer *carte de séjour* kommen.«

»Ich habe keine Schwierigkeiten mit meiner *carte de séjour*«, erwiderte ich.

»Noch«, bemerkte Loiseau und schob sich durch die Menge zur Tür. Ich folgte ihm.

Neben dem Eingang stand ein Tisch, auf dem eine Mappe mit Zeitungsausschnitten und Kataloge lagen. Die Frau mit dem grünen Lidschatten lief uns nach, reichte erst Loiseau die Hand und dann mir. Dabei hielt sie das Handgelenk locker, wie Frauen es tun, wenn sie halb und halb einen Handkuß erwarten. »Bitte, tragen Sie sich in das Gästebuch ein.«

Loiseau beugte sich über das Buch und unterzeichnete in säuberlicher, neurotischer Schrift mit »Claude Loiseau«; unter ›Bemerkungen‹ schrieb er »anregend«. Die Frau wirbelte das Buch zu mir herum. Ich schrieb meinen Namen hinein, und unter ›Bemerkungen‹ gab ich an — wie immer, wenn ich nicht weiß, was ich sagen soll — »kompromißlos«.

Die Frau nickte. »Und Ihre Adresse.«

Ich wollte soeben darauf verweisen, daß niemand sonst seine Adresse in das Buch eingetragen hatte; doch wenn eine wohlgestalte junge Frau mich nach meiner Adresse fragt, bin ich nicht der Mann, der ein Geheimnis daraus macht. Ich schrieb sie nieder: »c/o *Petit Légionnaire,* rue St. Ferdinand, 17ième.«

Die Frau lächelte Loiseau zu. »Die Adresse des Chefinspektors kenne ich ja: Kriminalpolizei, Sûreté Nationale, rue des Saussaies.«

Loiseaus Büro besaß jene beengte melancholische Atmosphäre, die Polizisten so behagt. Da standen zwei kleine Silberpokale für das Schützenteam, das Loiseau 1959 zum Sieg geführt hatte, sowie mehrere Gruppenfotos — eines zeigte Loiseau in Militäruniform vor einem Panzer. Loiseau nahm eine große M 1950er Automatik aus seinem Gürtelhalfter und legte sie in eine Schublade. »Ich muß mir etwas Kleineres besorgen«, meinte er. »Die hier ruiniert mir meine Anzüge.« Er schloß die Schublade sorgfältig ab und durchsuchte dann die übrigen, durchstöberte ihren Inhalt und knallte eine nach der anderen wieder zu, bis er ein Dossier auf die Schreibunterlage legte.

»Ihres«, erklärte Loiseau. Er hielt das Foto in die Höhe, das auf meiner *carte de séjour* erscheint. »›Beruf‹«, las er vor, »›Reisebüro-Direktor‹.« Er blickte zu mir auf, und ich nickte. »Guter Beruf?«

»Würde mir auch gefallen«, meinte Loiseau. »Achthundert gute Francs wöchentlich, und die meiste Zeit verbringen Sie damit, sich zu amüsieren.«

»Der Sinn für Muße lebt eben wieder auf«, erwiderte ich.

»Bei den Leuten, die für mich arbeiten, habe ich das eigentlich nicht bemerkt.« Er schob mir seine Gauloises zu. Wir zündeten sie an und betrachteten einander. Loiseau war etwa fünfzig Jahre alt, gedrungen muskulös, mit breiten Schultern. Sein Gesicht war von winzigen Narben gezeichnet, und ein Teil des linken Ohres fehlte. Sein Haar war schneeweiß und sehr kurz geschnitten. Er besaß eine Menge Energie, doch nicht soviel, daß er bereit gewesen wäre, etwas davon zu vergeuden. Er hängte sein Jackett über die Stuhllehne und rollte sich sehr ordentlich die Hemdärmel hoch. Jetzt sah er nicht mehr wie ein Polizist aus, sondern eher wie ein Oberst der Fallschirmspringer, der einen Coup plante.

»Sie ziehen Erkundigungen über Monsieur Datts Klinik in der Avenue Foch ein.«

»Alle erzählen mir das.«

»Für wen?«

Ich antwortete: »Ich weiß nichts über dieses Haus und möchte auch nichts darüber erfahren.«

»Ich behandle Sie wie einen Erwachsenen«, versetzte Loiseau. »Wenn Sie es vorziehen, wie ein pickelgesichtiger Jüngling behandelt zu werden, können wir auch damit dienen.«

»Wie lautete doch gleich die Frage?«

»Ich möchte wissen, für wen Sie arbeiten. Doch es würde etliche Stunden im Hühnerkäfig bedeuten, wollte ich das aus Ihnen herausquetschen. Deshalb sage ich Ihnen im Moment nur das eine: Ich bin an diesem Haus interessiert, und ich will nicht, daß Sie auch nur in seine Nähe kommen. Halten Sie sich fern davon. Erzählen Sie Ihrem Auftraggeber, wer das auch sein mag, daß das Haus in der Avenue Foch Chefinspektor Loiseaus kleines Geheimnis ist.« Er hielt inne, um zu überlegen, wieviel er mir noch erzählen sollte. »Es sind wichtige Interessen dabei im Spiel. Gewalttätige Gruppen kämpfen um kriminelle Machtpositionen.«

»Warum erzählen Sie mir das?«

»Ich denke, Sie sollten es wissen.« Er hob typisch französisch die Schultern.

»Wieso?«

»Verstehen Sie denn nicht? Diese Männer sind gefährlich.«

»Warum schleppen Sie dann mich und nicht sie in Ihr Büro?«

»Oh, für uns sind sie zu klug. Außerdem haben sie gutplacierte Freunde, die sie schützen. Erst dann, wenn diese Freunde versagen, greifen sie zu Nötigung, Erpressung und sogar Mord. Doch immer sehr gekonnt.«

»Es ist eben besser, den Richter zu kennen als das Gesetz.«

»Wer sagt das?«

»Ich habe es irgendwo gehört.«

»Sie sind ein Lauscher«, stellte Loiseau fest.

»Jawohl, und ein verdammt guter dazu.«

»Klingt ja so, als würde es Ihnen Spaß machen«, meinte Loiseau finster.

»Es ist mir der liebste Haussport. Eine dynamische und doch sitzende Beschäftigung; ein Geschicklichkeitsspiel mit Glücksfaktor. Keine Saison, keine Spezialausrüstung . . .«

»Seien Sie nur nicht *zu* schlau«, meinte er betrübt. »Wir haben es mit einer politischen Angelegenheit zu tun. Wissen Sie, was das bedeutet?«

»Nein, das weiß ich nicht.«

»Es bedeutet, daß Sie nächste Woche eines Morgens aus irgendeinem stillen Seitenarm des St.-Martin-Kanals gezogen und ins Gerichtsmedizinische Institut hinuntergebracht werden können, wo die Knaben mit den Metzgerschürzen und Gummistiefeln zu Hause sind. Die machen dann eine Bestandsaufnahme von dem, was sie in Ihren Taschen finden, schicken Ihre Kleider der Armenfürsorge, verpassen Ihnen ein numeriertes Armband, kühlen Sie auf acht Grad Celsius ab und legen Sie in ein Regal zu zwei anderen Idioten. Der Polizeidirektor wird mich anrufen, und ich werde hingehen müssen, um Sie zu identifizieren. Das wäre mir zuwider, weil es dort zu dieser Jahreszeit ganze Scharen von Fliegen, groß wie Fledermäuse, gibt und einen Gestank, der bis zum Austerlitz-Bahnhof dringt.« Er hielt inne. »Und wir würden diese Angelegenheit nicht einmal untersuchen. Sehen Sie zu, daß Sie das kapieren.«

»Ich kapiere ganz gut. Im Erkennen von Gefahren, ganz gleich wie verschleiert sie sind, bin ich Experte. Doch bevor Sie ein paar von Ihren Polypen Bandmaß, Etiketten und Karten vom St.-Martin-Kanal in die Hand drücken, wählen Sie lieber solche Männer aus, die für Ihre Abteilung entbehrlich sind.«

»O je, Sie haben mich mißverstanden«, rief Loiseaus Mund aus, doch seine Augen sagten es nicht. »Wir lassen es dabei, aber . . .«

»Lassen Sie's nur dabei«, unterbrach ich ihn. »Sie sagen Ihren Polypen, daß sie ihre Capes mit den bleibeschwerten Säumen anziehen sollen, und ich trage meinen Schwimmgürtel.«

Loiseau gestattete seinem Gesicht, so freundliche Züge wie nur irgend möglich anzunehmen.

»Ich weiß nicht, was Sie mit Monsieur Datts Klinik zu tun haben, aber bis ich es weiß, werde ich Sie sehr genau beobachten. Wenn es eine politische Angelegenheit ist, dann sollen auch die politischen Abteilungen die Informationen einholen. Hat ja keinen Sinn, daß wir uns gegenseitig an der Gurgel sitzen. Einverstanden?«

»Einverstanden.«

»Innerhalb der nächsten Tage könnten Sie mit Leuten zusammentreffen, die behaupten, in meinem Auftrage zu handeln. Glauben Sie ihnen nicht. Wenn Sie irgend etwas wissen wollen, kommen Sie damit direkt zu mir. Ich habe 2222*. Wenn Sie mich hier nicht erreichen, dann weiß mein Büro, wo ich bin. Sagen Sie der Vermittlung: ›*Un sourire est différent d'un rire*‹.«

»Einverstanden«, erwiderte ich. Die Franzosen verwenden noch immer derartig alberne Codewörter, die man unmöglich gebrauchen kann, wenn einem jemand zuhört.

»Als letztes«, fuhr Loiseau fort. »Ich sehe, daß Sie keinen noch so gutgemeinten Rat annehmen. Deshalb will ich hinzufügen: Sollten Sie mit diesen Männern zu tun bekommen und gut dabei abschneiden ...« er blickte auf, um sich zu vergewissern, daß ich auch zuhörte, » ... dann kann ich Ihnen persönlich garantieren, daß Sie fünf Jahre *manger les haricots* erwartet.«

»Unter der Anklage ...?«

»Chefinspektor Loiseau über seine normalen Amtspflichten hinaus Schwierigkeiten bereitet zu haben.«

»Vielleicht gehen Sie weiter, als Ihre Befugnisse reichen«, versetzte ich in dem Bemühen, bei ihm den Eindruck zu erwecken, daß ich gleichfalls über einflußreiche Freunde verfügte.

Loiseau lächelte. »Natürlich tue ich das. Meine derzeitige einflußreiche Position habe ich dadurch erreicht, daß ich immer zehn Prozent mehr Befugnis für mich in Anspruch nahm als mir zustand.« Er hob den Telefonhörer ab und tippte so auf die Gabel, daß die Glocke in seinem Vorzimmer anschlug. Es mußte ein vereinbartes Signal gewesen sein, denn sein Assistent kam rasch herein. Loiseau nickte, um anzudeuten, daß die Unterredung beendet war.

»Adieu«, sagte er. »Es hat mich gefreut, Sie wiederzusehen.«

* Ranghöhere Polizeibeamte in Frankreich erhalten eigene Privatanschlüsse.

»Wiederzusehen?«

»Nato-Konferenz über die Fälschung von Frachtbriefen, April 1956 in Bonn. Sie vertraten die Britische Rheinarmee, wenn ich mich recht erinnere.«

»Sie reden ständig in Rätseln«, erwiderte ich. »Ich bin nie in Bonn gewesen.«

»Sie sind ein aalglatter Kerl. Noch zehn Minuten, und Sie überzeugen mich davon, daß *ich* nie da war.« Er wandte sich an seinen Assistenten, der darauf wartete, mich hinunterzubegleiten. »Zählen Sie die Feuerlöscher nach, wenn er weg ist. Und geben Sie ihm auf keinen Fall die Hand; Sie könnten sich im Faubourg St. Honoré wiederfinden.«

Loiseaus Assistent brachte mich zum Portal hinunter. An der Ecke parkte ein Jaguar E. Sowie ich erschien, flammten die Scheinwerfer auf, und er rollte auf mich zu. Ich trat zurück, als die Tür aufflog. Eine Frauenstimme forderte: »Springen Sie rein.«

»Im Moment ist mir nicht danach.«

6

Maria Chauvet war zweiunddreißig Jahre alt. Sie hatte sich ihr Aussehen, ihre Zartheit, ihre Figur, ihren sexuellen Optimismus, ihren Respekt vor männlicher Klugheit und ihre Häuslichkeit bewahrt. Verloren hatte sie die Freunde ihrer Mädchenzeit, ihre Schüchternheit, ihre literarischen Träume, ihren Kleiderfimmel und ihren Mann. Es war ein guter Tausch, fand sie. Die Zeit hatte ihr ein größeres Maß an Unabhängigkeit geschenkt. Sie sah sich in der Kunstgalerie um, ohne auch nur einen Menschen zu entdekken, den sie wirklich gern wiedersehen wollte. Und doch waren das alles ihre Leute, die sie kannte, seit sie Anfang zwanzig war, die ihren Geschmack teilten, wenn es um Filme, Reisen, Sport und Bücher ging. Nun wollte sie ihre Meinung über die Dinge, die ihr gefielen, nicht mehr hören, und noch weniger wünschte sie, ihre Meinung über jene Dinge zu hören, die sie haßte. Die Gemälde hier waren scheußlich, sie zeigten nicht einmal kindlichen Überschwang; sie waren alt, ausgelaugt und trist. Sie haßte Dinge, die allzu real waren. Das Altern war real; mit zunehmendem Alter wurden die Dinger realer, und wenn sie das Alter auch nicht fürchtete, so hatte sie es doch nicht eilig damit.

Maria hoffte, daß Loiseau dem Engländer gegenüber, den er mit sich fortgeführt hatte, nicht heftiger werden würde. Zehn Jahre früher hätte sie das Loiseau auch gesagt, doch nun hatte sie Verschwiegenheit gelernt, und Verschwiegenheit war in Paris immer wesentlicher geworden. Gewalttätigkeit übrigens auch. Maria konzentrierte sich auf das, was der Künstler zu ihr sagte: » . . . die Beziehungen zwischen dem Geist eines Menschen und den materiellen Dingen, mit denen er sich umgibt . . .«

Maria empfand eine gelinde Platzangst; außerdem hatte sie Kopfschmerzen. Sie hätte ein Aspirin nehmen sollen, doch sie tat es nicht, obwohl sie wußte, daß es den Schmerz gelindert hätte. Als Kind hatte sie noch über Schmerzen geklagt, bis ihre Mutter ihr erklärt hatte, daß das Leben einer Frau von ständigen Schmerzen begleitet war. So ist das, wenn man eine Frau wird, hatte ihre Mutter gesagt, den ganzen Tag lang, jeden Tag spürst du irgendeinen Schmerz. Ihrer Mutter hatte diese Feststellung eine gewisse stoische Befriedigung bereitet; doch Maria hatte die Aussicht Schrecken eingeflößt. Sie rief bei ihr noch immer Schrecken hervor, und sie war entschlossen, nicht daran zu glauben. Sie versuchte, jeden Schmerz zu mißachten; sie wollte kein Aspirin nehmen.

Sie dachte an ihren zehnjährigen Sohn, der bei ihrer Mutter in Flandern lebte. Es war nicht gut für ein Kind, viel Zeit mit älteren Leuten zu verbringen. Es war nur eine vorübergehende Maßnahme, und doch fühlte sie sich die ganze Zeit über schuldbewußt, wenn sie zum Essen oder ins Kino ausging, oder selbst an Abenden wie heute.

»Nehmen Sie zum Beispiel das Bild neben der Tür«, sagte der Künstler. »›Massenmord quo vadis?‹ Hier haben Sie den Geier, der das Ätherische verkörpert, und . . .«

Maria hatte genug von ihm, er war ein alberner Narr. Sie beschloß zu gehen. Die Menge war jetzt statischer geworden, und das verstärkte ihre Platzangst noch. Sie blickte dem Künstler in das schlaffe Gesicht und in die Augen, die inmitten dieser Menge, die nur sich selbst bewunderte, nach Bewunderung dürsteten. »Ich gehe jetzt«, sagte sie. »Ganz bestimmt wird die Ausstellung ein großer Erfolg.«

»Einen Augenblick«, rief er, doch sie hatte ihre Flucht so eingerichtet, daß sich gerade eine Lücke in dem Gedränge auftat; und fort war sie, durch den Notausgang. Er folgte ihr nicht. Wahrscheinlich hatte er bereits wieder irgendeine andere Frau erspäht, die vielleicht für ein paar Wochen Interesse an der Kunst fand.

Maria liebte ihren Wagen, nicht verklemmt, sondern voller Stolz. Sie pflegte ihn und fuhr ihn gut. Bis zur rue des Saussaies war es nicht weit. Sie hoffte, daß Loiseau den Engländer nicht zu lange dortbehalten würde. Sie sah auf ihre Armbanduhr. Fünfzehn Minuten war er jetzt drin. Nun blickte der Wachtposten sich um und in den Hof hinein. Das mußte er sein. Sie ließ die Scheinwerfer aufleuchten. Ganz pünktlich; genau wie Loiseau es ihr gesagt hatte.

7

Die Frau lachte, ein angenehmes, melodisches Lachen. »Nicht in einem Jaguar E«, sagte sie. »Sicherlich spricht keine Dirne Sie von einem Jaguar E aus an. Ist das denn ein Damenfahrzeug?« Es war die Frau von der Kunstaustellung.

»Wo ich herkomme«, erwiderte ich, »werden sie Friseurwagen genannt.«

Sie lachte wieder. Ich hatte das Gefühl, daß sie es genoß, von mir für eine der motorisierten Prostituierten gehalten zu werden, die in dieser Gegend herumstrichen. Ich stieg zu ihr ein, und sie fuhr am Innenministerium vorüber und in Richtung Malesherbes hinaus.

»Hoffentlich hat Loiseau es nicht zu schlimm gemacht.«

»Meine Aufenthaltsgenehmigung war abgelaufen.«

»Pah!« spottete sie. »Halten Sie mich für einen Dummkopf? Wenn das der Fall wäre, hätten Sie zur Präfektur gemußt.«

»Also, was glauben *Sie,* was er wollte?«

Sie zog die Nase kraus. »Wer kann das schon sagen? Jean-Paul meint, daß Sie nach der Klinik auf der Avenue Foch gefragt hätten.«

»Angenommen, ich erzähle Ihnen jetzt, daß ich wünschte, niemals etwas von der Avenue Foch gehört zu haben?«

Sie trat das Pedal durch, und ich sah die Tachonadel höher schnellen. Die Reifen quietschten, als sie in den Boulevard Haussmann einbog. »Dann würde ich Ihnen glauben«, erwiderte sie. »Ich wollte nämlich, *ich* hätte nie davon gehört.«

Ich musterte sie. Sie war kein junges Mädchen mehr — etwa dreißig vielleicht — mit dunklem Haar und dunklen Augen; sorgfältiges Make-up; ihre Kleider waren wie der Wagen, nicht nagelneu, aber von guter Qualität. Irgend etwas in ihrer lässigen Art sagte mir, daß sie einmal verheiratet gewesen war, und etwas in ihrer freundlichen Offenheit sagte, daß dies jetzt nicht mehr zutraf.

In der Avenue Foch bog sie in die Einfahrt. Das Tor öffnete sich.

»Da sind wir«, bemerkte sie. »Schauen wir einmal hinein.«

Das Haus war groß und stand zurückgesetzt auf einem eigenen Grundstück. Mit der Abenddämmerung verschließen sich die Franzosen vor der Nacht fest hinter ihren Fensterläden. Dieses finstere Haus bildete hierin keine Ausnahme.

Aus der Nähe wirkten die Risse im Putz wie Falten in einem nachlässig geschminkten Gesicht. Der Verkehr donnerte durch die Avenue Foch, doch das war jenseits der Gartenmauer und weit weg.

»Das ist also das Haus in der Avenue Foch.«

»Ja«, antwortete die Frau.

Das große Tor schloß sich hinter uns. Ein Mann mit einer Taschenlampe trat aus dem Schatten. Er führte einen kleinen Bastardhund an der Leine.

»Kommen Sie rein«, sagte der Mann. Er winkte mit dem Arm, ohne sich dabei zu überanstrengen. Vermutlich war er einmal Polizist gewesen. Es sind die einzigen Menschen, die ohne zu faulenzen bewegungslos herumstehen können. Das Tier war ein getarnter deutscher Schäferhund.

Wir fuhren über eine Betonrampe in eine große unterirdische Garage hinunter. Dort standen rund zwanzig Autos verschiedener teurer ausländischer Fabrikate; Ford GT, Ferrari, ein Bentley-Kabriolett. Am Lift rief ein Mann: »Lassen Sie die Schlüssel stecken.«

Maria zog ihre weichen Fahrschuhe aus und schlüpfte in ein Paar Abendschuhe. »Bleiben Sie dicht bei mir«, sagte sie leise.

Ich tätschelte sie sanft. »Das ist dicht genug«, meinte sie.

Als wir im Erdgeschoß aus dem Lift stiegen, schien alles um uns herum aus rotem Plüsch und Kristall zu bestehen — und alles klirrte: Gelächter, Orden, Eiswürfel, Münzen und Kronleuchter. Die Hauptlichtquelle bildeten verzierte Gaslampen mit rosafarbenen Glasstürzen; es gab riesige Spiegel und chinesische Vasen auf Säulenplatten. Mädchen in langen Abendkleidern hatten dekorativ auf der breitgeschwungenen Freitreppe Platz genommen, und in einem Alkoven schenkte ein Barkeeper Getränke aus, so schnell er nur konnte. Es war eine äußerst noble Angelegenheit; zwar säumte nicht die Republikanische Garde in glänzenden Helmen und mit gezücktem Säbel die Treppenflucht, doch man hatte das Gefühl, daß sie gerne gekommen wäre.

Maria beugte sich vor und nahm zwei Gläser Champagner und einige Kaviarbrötchen. Einer der Männer bemerkte: »Hab Sie ja ewig nicht gesehn.« Maria nickte ohne Bedauern. Der Mann fuhr fort: »Heute abend hätten Sie da sein sollen. Einer wurde fast umgebracht. Er ist verletzt, schwer verletzt.«

Maria nickte. Hinter mir hörte ich eine Frau sagen: »Er muß in Agonie gewesen sein. Er hätte nicht so geschrien, wenn er nicht in Agonie gewesen wäre.«

»Das tun sie immer, hat gar nichts zu bedeuten.«

»Ich kann einen echten Schrei von einem simulierten unterscheiden«, erklärte die Frau.

»Wie?«

»Ein echter Schrei ist ohne Musik, langgezogen und verschwommen . . . schrill. Es ist grausig.«

»Die Küche hier«, bemerkte eine Stimme hinter mir, »ist vorzüglich; hauchfein geschnittenes Rauchfleisch, heiß serviert, kalte halbierte Zitrusfrüchte, Schalen mit seltsamen heißen Körnern und Sahne darüber. Und dann diese großen Eier, die es hier in Europa gibt, außen raffiniert knusprig gebraten, und doch bleibt das Dotter fast roh. Manchmal verschiedene Arten von geräuchertem Fisch.« Ich drehte mich nach ihnen um. Der Sprecher war ein Chinese mittleren Alters im Abendanzug. Er hatte sich mit einem Landsmann unterhalten, und als er meinem Blick begegnete, sagte er: »Ich erläutere soeben meinem Kollegen hier das vorzügliche angelsächsische Frühstück.«

»Das ist Monsieur Kuang-t'ien«, erklärte Maria und stellte uns einander vor.

»Und Sie, Maria, sehen superb aus heute abend«, versicherte Kuang-t'ien ihr. Er sprach leise einige Sätze Chinesisch.

»Was ist das?« fragte Maria.

»Ein Gedicht von Shao Hsun-mei, einem Dichter und Essayisten, der die Dichter des Westens sehr bewunderte. Ihr Kleid hat
28 mich daran erinnert.«

»Sagen Sie es auf französisch«, bat Maria.

»Es ist teilweise nicht ganz fein.« Er lächelte entschuldigend und begann leise zu rezitieren:

»Ah, wieder brennt der lebensvolle Mai,
Der Jungfrau Kuß gebiert eine Sünde;
Süße Tränen locken mich, locken mich immer wieder,
Meine Lippen zwischen ihren Brüsten zu fühlen.

Hier ist das Leben so ewig wie der Tod,
Wie die bebende Seligkeit einer Hochzeitsnacht;
Ist sie keine Rose, eine Rose ganz in Weiß,
Muß sie roter sein als des Blutes Röte.«

Maria lachte. »Ich dachte, Sie sagen: ›Muß sie roter sein als die Chinesische Volksrepublik‹.«

»Ah! Ist nicht möglich, sowas«, meinte Kuang-t'ien und lachte leise.

Maria steuerte mich von den beiden Chinesen fort. »Wir sehen uns später noch«, rief sie über die Schulter zurück. »Er jagt mir immer eine Gänsehaut über den Rücken«, flüsterte sie.

»Wieso?«

»›Süße Tränen‹. ›Wenn sie nicht in Weiß ist, wird sie bald rot vor Blut sein‹. Tod ›zwischen Brüsten‹.« Sie schüttelte den Gedanken ab. »Er hat eine sadistische Ader, die mir Angst macht.«

Durch die Menge schob sich ein Mann heran. »Wer ist Ihr Freund?« fragte er Maria. — »Engländer. Ein alter Freund von mir«, setzte sie unaufrichtig hinzu.

»Er sieht sauber aus«, stellte der Mann anerkennend fest. Die Gäste um uns herum unterhielten sich angeregt und tranken viel. »Ausgezeichnet«, sagte eine Stimme, die ich erkannte. Es war Monsieur Datt, er lächelte Maria zu. Datt trug eine dunkle Jacke, gestreifte Hose und schwarze Krawatte. Er sah erstaunlich ruhig aus, und im Gegensatz zu vielen seiner Gäste war weder seine Stirn gerötet noch sein Kragen zerknittert.

»Gehst du hinein?« fragte er und blickte auf seine Taschenuhr. »In zwei Minuten fangen sie an.«

»Ich glaube nicht.«

»Aber natürlich gehst du«, bestimmte Datt. »Du weißt doch, es gefällt dir.«

»Heute abend nicht«, versetzte Maria.

»Unsinn«, erklärte Datt sanft. »Noch drei Runden. Einer davon ist ein gigantischer Neger. Herrliche Männergestalten mit riesigen Händen.«

Datt hob die Hand, um es zu demonstrieren, doch die Augen beobachteten Maria sehr eindringlich. Sie wurde unruhig unter seinem Blick, und ich spürte, wie sie meine Hand so fest umschloß, als fürchtete sie sich. Ein Summer ertönte; die Leute tranken hastig aus und bewegten sich auf die rückwärtige Türe zu.

Datt legte uns die Hände auf die Schultern und schob uns in die Richtung, die die Menge einschlug. Durch die große Flügeltür konnte ich in den Salon blicken. In der Mitte war ein Ring aufgebaut, von Klappstuhlreihen umgeben. Der Salon war ein herrlicher Raum mit goldenen Karyatiden, Stuckdecke, riesigen Spiegeln, feinen Tapisserien und einem weichen roten Teppich. Als die Zuschauer Platz nahmen, wurden die Lüster langsam abgeblendet. Die Atmosphäre war erwartungsvoll.

»Nimm Platz, Maria«, sagte Datt. »Es wird ein schöner Kampf werden; mit reichlich Blut.« Marias Hand lag feucht in der meinen.

»Sei nicht so ekelhaft«, versetzte Maria, doch sie ließ meine Hand los und ging auf die Sitzplätze zu.

»Setz dich zu Jean-Paul«, meinte Datt. »Ich möchte mit deinem Freund sprechen.«

Marias Hand zitterte. Ich blickte mich um und sah erst jetzt Jean-Paul. Er saß allein. »Geh zu Jean-Paul«, wiederholte Datt sanft.

Jean-Paul sah uns, er lächelte. »Ich setze mich zu Jean-Paul«, sagte Maria zu mir.

»Einverstanden«, erwiderte ich. Bis sie Platz genommen hatte, umkreisten bereits die beiden ersten Ringer einander. Einer war meiner Vermutung nach ein Algerier, der andere hatte gelb gefärbtes Haar. Der Mann mit dem Strohkopf sprang vorwärts. Der Algerier glitt zur Seite, packte ihn um die Hüfte und stieß ihm mit dem Schädel kräftig gegen den Kopf. Dem Krachen des Kopfes, der auf das Kinn traf, folgte das scharfe Luftholen der Zuschauer. Vom hinteren Ende des Raumes war nervöses Gekicher zu hören. Die Spiegelwände reflektierten das Bild der Ringer von allen Seiten. Der Mittelstrahler warf tiefe Schatten unter Kinn und Hinterteil, nur ihre Beine traten ins Licht, als sie sich erneut umkreisten, um nach einer offenen Stelle zu suchen. In jeder Ecke des Raumes hing eine Fernsehkamera, die durch Übertragungskabel mit Kontrollempfängern in einiger Entfernung verbunden war. Die Bildschirme zeigten das aufgezeichnete Bild.

»Kommen Sie mit nach oben«, sagte Datt.

»Gut.« Es krachte: Sie lagen auf der Matte, und der blonde Mann steckte in einer Beinschere. Sein Gesicht war verzerrt. Datt sprach, ohne hinzuschauen. »Alles einstudiert. Der Blonde gewinnt in der letzten Runde, nachdem er beinahe erwürgt worden ist.«

Ich folgte ihm die prächtige Treppe in den ersten Stock hinauf, vor eine verschlossene Tür: KLINIK-PRIVAT. Er schloß auf und führte mich hinein. In der Ecke stand eine alte Frau. Ich fragte mich, ob ich wohl eines von Datts endlosen Monopoly-Spielen unterbrach.

»Sie hätten erst nächste Woche kommen sollen«, stellte Datt fest.

»Ja, das stimmt«, wiederholte die alte Frau. Sie strich sich die Schürze über den Hüften glatt wie ein verlegenes Zimmermädchen.

»Nächste Woche wäre besser gewesen«, meinte Datt.

»Stimmt, nächste Woche, ohne die Party, wäre es besser gewesen«, pflichtete sie ihm bei.

Ich fragte: »Warum redet hier jedermann in der Vergangenheitsform?«

Die Tür öffnete sich, und zwei junge Männer kamen herein. Sie trugen Blue jeans mit dazupassenden Hemden. Einer war unrasiert.

»Was geht jetzt hier vor?« wollte ich wissen.

»Es sind Diener«, erläuterte Datt. »Links Jules, rechts Albert. Sie sind hier, um Zeugen einer fairen Behandlung zu werden. Stimmt's?« Die beiden nickten ohne zu lächeln. Datt wendete sich an mich. »Legen Sie sich nur auf die Couch.«

»Nein.«

»Was?«

»Ich sagte, nein, ich lege mich nicht auf die Couch.«

Datt schnalzte vorwurfsvoll. Er war nur etwas aus der Fassung geraten, es klang weder spöttisch noch sadistisch. »Wir sind zu viert«, erklärte er. »Wir verlangen doch nichts Unvernünftiges von Ihnen, nicht? Bitte legen Sie sich auf die Couch.«

Ich bewegte mich rückwärts auf den Seitentisch zu. Jules kam auf mich zu, und Albert schob sich zu meiner Linken heran. Ich wich zurück, bis sich die Tischkante an meine rechte Hüfte drückte, so daß ich meine Position dazu genau kannte. Ich beobachtete ihre Füße. Aus der Art, wie jemand seine Füße setzt, kann man viel über ihn aussagen. Man sieht daran, welcher Art seine Ausbildung war, ob er aus einer unbeweglichen Haltung heraus vorspringen oder zuschlagen wird, ob er einen packen oder provozieren wird. Jules kam immer näher heran. Seine flachen Hände waren ausgestreckt. Rund zwanzig Stunden Karate. Albert sah nach einem alten *course d'échalotte* aus. Er war es gewohnt, mit Schwergewichtlern und überheblichen Betrunkenen umzugehen. Na ja, er würde schon merken, was ich war; ja, dachte ich, ein schwergewichtiger, überheblicher Trunkenbold. Das Schwergewicht Albert kam wie eine Dampfwalze auf mich zu. Ein Boxer, man schaue sich nur seine Füße an. Ein verschlagener Boxer, der kein Foul ausläßt: Kopfstöße, Nierenhaken und Hinterkopfschläge; doch er hält sich für einen Champion. Sollte mich wundern, wenn er mit Geschick einen Tritt in die Leistengegend landen würde. Ich brachte meine Hände plötzlich in Boxhaltung. Ja, er zog das Kinn ein und setzte seine Massen mit tänzelnden Schritten in Bewegung.

»Rechnest dir deine Chancen aus, was, Albert?« höhnte ich. Seine Augen zogen sich zusammen. Ich wollte ihn wütend haben. »Komm, Kleiner. Beiß dir die Zähne aus.«

Den verschlagenen kleinen Jules beobachtete ich aus den Augenwinkeln. Er lächelte und näherte sich ebenfalls, kühl und geschmeidig, Zentimeter um Zentimeter, die Hände flach und bebend zum Todeshieb ausgestreckt.

Ich machte eine leichte Bewegung, damit sie weitergingen. Wenn ihre Anspannung erst einmal nachließ, sie sich gerade aufrichteten und zu überlegen anfingen, konnten sie mich hinwegfegen.

Die Hände des Schwergewichts Albert bewegten sich, einen Fuß zur Balance vorgestellt, die rechte Hand unten und schlagbereit, während Jules zum Hieb auf meinen Nacken ausholte. Das entsprach meiner Berechnung. Überraschung für Albert: Mein metallbeschlagener Absatz trifft seinen Rist. Du hast mit einem Schlag in die Rippen oder einem Tritt in die Leistengegend gerechnet, Albert. Deshalb bist du überrascht, daß ein fürchterlicher Schmerz deinen Rist trifft. Ist auch schlecht für das Gleichgewicht. Albert beugt sich vor, um sich seines armen verletzten Fußes anzunehmen. Die zweite Überraschung für Albert: die Kante meiner flachen Hand trifft seine Nase; scheußlich. Jules kommt immer näher heran und verflucht Albert, weil der ihn zwingt zu handeln. Jules muß mich nun mit gesenktem Kopf nehmen. Ich spüre die Tischkante an meiner Hüfte. Jules glaubt, daß ich mich zu ihm vorbeugen werde. Überraschung für Jules: Ich beuge mich zurück, als er gerade dazu ansetzt, mit der Handkante seitlich meinen Nacken zu zerschmettern. Die zweite Überraschung für Jules: Ich beuge mich doch vor und treffe sein Ohr mit einem eleganten gläsernen Briefbeschwerer aus einer Entfernung von rund fünfundvierzig Zentimeter. Dem Briefbeschwerer scheint es nichts geschadet zu haben. Jetzt kannst du einen großen Fehler machen. Heb den Briefbeschwerer nicht auf. Heb den Briefbeschwerer nicht auf. Heb den Briefbeschwerer nicht auf. Ich hob ihn nicht auf. Kümmere dich um Datt, er steht da, ist mobil und geistig die treibende Kraft in diesem Raum.

Nieder mit Datt. Er ist alt, aber nicht zu unterschätzen. Er ist groß und schwer, und er kennt sich aus. Außerdem wird er alles benutzen, was ihm in die Finger kommt. Die alte Dienerin ist aufmerksam, umsichtig, im Grunde nicht aggressiv. Kümmere dich um Datt. Albert hat sich herumgerollt und könnte seitlich in mein Gesichtsfeld kommen. Jules rührt sich nicht. Datt bewegt sich um den Schreibtisch herum; es muß also ein Wurfgeschoß sein. Das Tintenfaß? Zu schwer. Die Schreibgarnitur fliegt auseinander. Eine Vase: unhandlich. Ein Aschenbecher. Ich nahm ihn. Datt schob sich immer weiter, sehr langsam jetzt, während er mich sorgsam im Auge behielt, den Mund geöffnet und das weiße Haar zerzaust, als hätte er gerauft. Der Aschenbecher ist schwer und tadellos. Vorsichtig, du willst ihn ja nicht töten. »Moment«, sagte Datt heiser. Ich wartete. Ich wartete ungefähr zehn Sekunden, gerade so lange, bis die Frau mit dem Kerzenleuchter hinter mir war. Sie war im Grunde nicht aggressiv, die Dienerin. Wie ich später hörte, war ich nur eine halbe Stunde bewußtlos.

8

Als ich das Bewußtsein wiedererlangte, sagte ich: »Sie sind im Grunde nicht aggressiv.«

»Nein«, entgegnete die Frau, als wäre es ein schwerer Mangel, »das stimmt.« Von dort aus, wo ich lang ausgestreckt auf dem Rükken lag, konnte ich keinen von beiden sehen. Sie schaltete das Tonbandgerät ein. Plötzlich war das leise Schluchzen eines Mädchens zu hören. »Ich möchte es hören«, sagte sie, doch die Stimme wurde hysterisch und begann zu schreien, als würde sie gefoltert. »Schalt' das verdammte Ding aus«, rief Datt. Es war seltsam, ihn in Erregung zu sehen; im allgemeinen war er so ruhig. Sie drehte den Lautstärkenregler falsch herum, und die Schreie drangen mir geradewegs durch den Kopf und ließen den Boden erzittern.

»Anders herum«, brüllte Datt. Der Lärm verebbte, doch das Band drehte sich noch immer, und das Geräusch war gerade noch zu hören; das Mädchen schluchzte wieder. Der verzweifelte Klang wirkte durch seine gedämpfte Lautstärke um so hilfloser — wie bei einem verlassenen oder eingesperrten Menschen.

»Was ist das?« fragte die Dienerin. Sie schauderte, zögerte jedoch, abzuschalten. Schließlich tat sie es, und die Spulen kamen klickend zum Stillstand.

»Was du da hörst?« fragte Datt. »Ein schluchzendes und schreiendes Mädchen.«

»Mein Gott«, rief die Dienerin.

»Beruhige dich. Das ist fürs Laientheater bestimmt. Es ist nur fürs Laientheater«, sagte Datt, zu mir gewendet.

»Ich habe Sie nicht gefragt«, versetzte ich.

»Na, ich sage es Ihnen nur.« Die Dienerin spulte das Band zurück. Ich war jetzt voll bei Bewußtsein und setzte mich auf, so daß ich den Raum überblicken konnte. Maria stand an der Tür, sie trug ihre Schuhe in der Hand und um die Schultern einen Herrenregenmantel. Sie starrte ausdruckslos die Wand an und sah jammervoll aus. Bei der Gasheizung saß ein Junge. Er rauchte einen kleinen Stumpen, auf dem er so herumbiß, daß er ausgefranst war wie ein Seilende. Jedesmal, wenn er ihn aus dem Mund nahm, verzog er das Gesicht, bis er die Tabaksfetzen zusammengesucht und auf seine Zungenspitze gebracht hatte. Datt und die alte Dienerin hatten sich diese altmodisch aussehenden französischen Arztkittel mit hochgeknöpften Kragen übergezogen.

»Hat er das LSD bekommen?« fragte Datt, der neben mir stand.

»Ja«, erwiderte die Frau. »Die Wirkung muß bald einsetzen.«

»Sie werden jede Frage beantworten, die wir Ihnen stellen«, erklärte Datt mir.

Ich wußte, daß er recht hatte: ein ordentlich angewandtes Barbiturat konnte all die Jahre meiner Ausbildung und Erfahrung zunichte und mich so zutraulich und redselig wie ein ganz kleines Kind machen. Was LSD erreichen würde, konnte man nur ahnen.

Was für eine Art, einen Menschen niederzuzwingen und bloßzulegen. Mir schauderte. Datt tätschelte meinen Arm.

Die alte Frau assistierte ihm. »Das Amytal«, forderte Datt, »die Ampulle und die Spritze.«

Sie brach die Ampulle ab und zog die Spritze auf. »Wir müssen schnell machen«, erklärte Datt. »In dreißig Minuten ist es nutzlos; es hat eine kurze Wirkung. Bring ihn hoch, Jules, damit sie die Vene stauen kann. Alkoholtupfer, Jules — wir haben keinen Grund, unmenschlich zu sein.«

Ich spürte seinen heißen Atem in meinem Nacken, als Jules pflichtschuldig über Datts kleinen Scherz lachte.

»Stau' jetzt die Vene«, verlangte Datt. Sie gebrauchte ihren Arm, um mir die Vene des Unterarms herauszupressen, und wartete einen Augenblick, während die Venen anschwollen. Ich sah dem Vorgang interessiert zu; Hautfarbe und Metall wirkten glänzend und unnatürlich hell. Datt nahm die Spritze, stach dreimal in die Haut ein und suchte nach der Vene, während er am Stempel zog, bis das Blut sich rot und reichlich in den Glaszylinder ergoß. »Weg«, rief Datt. »Weg, sonst bleibt die Stelle sichtbar. Das darf uns nicht passieren.«

Sie ließ die Armvene los, und Datt schaute auf seine Uhr, während er die Droge gleichmäßig, einen Kubikzentimeter pro Minute, in die Vene verabfolgte.

»Gleich wird er eine große Erlösung empfinden, eine orgastische Reaktion. Halte das Megimid bereit. Die Wirkung soll wenigstens fünfzehn Minuten lang dauern.«

Datt blickte zu mir auf. »Wer sind Sie?« fragte er auf französisch. »Wo sind Sie, welchen Tag haben wir?«

Ich lachte. Seine verdammte Nadel ging einem anderen in den Arm, das war das einzig Komische daran. Ich lachte wieder. Über den Arm wollte ich mir ganz im klaren sein. Ich beobachtete das Ding sorgfältig. Da steckte die Nadel in einem Stück weißer Haut, aber der Arm paßte nicht zu meiner Schulter. Sich vorzustellen, daß er jemand anderen stach! Ich lachte jetzt noch mehr, so daß Jules mich wieder zur Räson brachte. Ich mußte Datt wohl angestoßen haben; denn wer diese Injektion auch erhalten mochte, Datt hatte Mühe, die Nadel drinzuhalten.

»Halte das Megimid und die Spritze bereit«, sagte Datt, der Haare, weiße Haare, in der Nase hatte. »Man kann ja nicht vorsichtig genug sein. Maria, schnell, komm näher, wir brauchen dich jetzt. Bring den Jungen näher heran. Er ist unser Zeuge, falls wir einen brauchen.« Datt ließ mit ungeheurem Lärm etwas in die weiße Emailleschüssel fallen. Ich konnte Maria jetzt nicht sehen, doch ich roch ihr Parfüm — ich hätte wetten können, daß es *Ma Griffe* war, schwer und exotisch, Junge-Junge! Orangefarben ist dieser Duft. Orangefarben und irgendwie seidenweich. »Das ist gut«, erklärte Datt, und ich hörte Maria ebenfalls ›orangefarben‹ sagen. Jeder kennt sie, dachte ich, jeder kennt die Farbe des Parfüms *Ma Griffe*.

Die riesige Glasorange zersprang in eine Million Prismen, jedes einzelne ein Brillant, wie die Kirche Sainte-Chapelle am Mittag, und ich glitt durch das funkelnde Licht wie ein Kahn durch den verschlafenen Nebenarm eines Flusses, die weiße Wolke dicht über mir, während die Farben melodisch unter mir funkelten und plätscherten.

Ich blickte in Datts Gesicht und erschrak. Seine Nase war riesengroß geworden, nicht einfach groß, sondern riesig, größer als man sich irgendeine Nase vorstellen kann. Was ich sah, erschreckte mich, weil ich wußte, daß Datts Gesicht dasselbe war wie immer, daß aber mein Bewußtsein sich verzerrt hatte. Doch selbst das Wissen, daß die schreckliche Einstellung in meinem Kopf vor sich gegangen war und nicht in Datts Gesicht, konnte nichts daran ändern: Datts Nase war zu gigantischer Größe angewachsen.

»Welchen Tag haben wir heute?« fragte Maria. Ich sagte es ihr. »Es ist nur ein Gebrabbel«, erklärte sie. »Zu schnell, um es wirklich zu verstehen.« Ich horchte, konnte aber niemanden brabbeln hören. Ihre Augen blickten weich und klar. Sie fragte mich nach meinem Alter, meinem Geburtstag und vielen anderen persönlichen Dingen. Ich erzählte ihr alles, was sie wissen wollte, und mehr. Von der Narbe an meinem Knie, und dem Tag, als mein Onkel die Pennies in den großen Baum einpflanzte. Ich wollte, daß sie alles über mich erfuhr. »›Wenn wir sterben‹, sagte meine Großmutter zu mir, ›kommen wir alle in den Himmel, denn ist dies nicht die Hölle?‹ . . .« »Der alte Gardner hatte einen Athletenfuß, wem gehörte der andere Fuß?« Rezitation: »Laßt mich fallen wie ein Krieger . . .«

»Der Wunsch«, sagte Datts Stimme, »sich zu öffnen, sich anzuvertrauen.«

»Ja«, gab ich ihm recht.

»Wenn er zu weit geht, bringe ich ihn mit dem Megimid wieder hoch«, erklärte Datt. »So ist er gut. Gute Reaktion. Gute Reaktion.«

Maria wiederholte alles, was ich sagte, als könnte Datt es nicht selbst hören. Sie sagte alles nicht einmal, sondern zweimal. Ich sagte es, dann sagte sie es, und dann sagte sie es noch einmal anders; manchmal völlig anders, so daß ich sie verbesserte. Aber sie ließ sich durch meine Korrekturen nicht beirren und redete mit ihrer schönen Stimme; eine volle, wohlklingende Stimme voller Melodie und Schmerz, wie eine Oboe bei Nacht.

Hin und wieder war, wie aus dem Nebenzimmer, tief und fern Datts Stimme zu vernehmen. Sie schienen so langsam zu denken und zu sprechen. Ich antwortete Maria gemächlich, doch es dauerte ewig, bis die nächste Frage kam. Die langen Pausen ermüdeten mich schließlich. Die Lücken füllte ich damit aus, daß ich ihnen Anekdoten und interessantes Zeug erzählte, das ich irgendwo gelesen hatte. Ich hatte das Gefühl, Maria schon seit Jahren zu kennen, und ich erinnere mich, wie ich »Transferierung« sagte; Maria sagte es auch, und Datt schien sehr erfreut. Ich fand es ganz einfach, meine Antworten in dichterischer Form abzufassen — natürlich nicht alle in Reimen, aber ich formulierte sie sehr sorgfältig. Ich konnte diese verfluchten Wörter wie Kitt herauspressen und sie Maria reichen; doch manchmal ließ sie sie scheppernd auf den Marmorfußboden fallen. Ich lachte von neuem und überlegte mir, wessen nackten Arm ich dauernd anstarrte. Stellen Sie sich vor, das Handgelenk gehörte zu mir, ich erkannte die Uhr wieder. Wer hatte das Hemd zerrissen? Maria sagte wieder und wieder etwas, das eine Frage sein konnte. Das verdammte Hemd hat mich dreieinhalb Pfund gekostet, und jetzt haben sie's zerrissen. Datts Stimme stellte fest: »Er läßt jetzt nach; die Wirkungsdauer ist sehr kurz, das ist das Übel dran.«

Maria meinte: »Irgendwas von einem Hemd, ich kann es nicht verstehen, es geht so schnell.«

»Macht nichts«, gab Datt zurück. »Du hast gute Arbeit geleistet. Gott sei Dank, daß du da warst.«

Ich fragte mich, warum sie in einer Fremdsprache redete. Ich hatte ihnen alles erzählt, hatte meinen Arbeitgeber, mein Land, meine Dienststelle verraten. Sie hatten mich aufgemacht wie eine billige Uhr, die Zugfeder angestoßen und über ihre einfache Konstruktion gelacht. Ich hatte versagt, und dieses Versagen legte sich über mich wie ein Verdunklungsrollo und schloß mich ein.

Dunkelheit. Marias Stimme sagte: »Er ist jetzt weg«, und ich machte mich auf den Weg — eine weiße Möwe, die durch den schwarzen Himmel segelte, unter mir das noch schwärzere Meer, einladend und still. Und tief, tief, tief.

9

Maria blickte auf den Engländer hinunter. Er krümmte sich und zuckte, ein erbarmungswürdiger Anblick. Sie hätte ihn am liebsten in die Arme genommen. So leicht war es also, die geheimsten Gedanken eines Menschen kennenzulernen — eine chemische Reaktion, außergewöhnlich. Unter dem Einfluß von Amytal und LSD hatte er seine Seele vor ihr bloßgelegt, und nun, auf eine ganz seltsame Weise, fühlte sie sich — beinahe schuldbewußt — verantwortlich für sein Wohlergehen. Er fröstelte, und sie zog die Jacke über ihn und steckte sie um seinen Nacken herum fest. Als sie die feuchten Wände des Verlieses betrachtete, in dem sie sich befand, fröstelte sie auch. Sie holte eine Puderdose hervor und veränderte ihr Make-up von Grund auf: der dramatische Lidschatten vom vergangenen Abend hätte im kalten Frühmorgenlicht fürchterlich ausgesehen. Wie eine Katze, die sich in Augenblicken der Angst und Bedrängnis leckte und wusch. Mit einem Wattebällchen entfernte sie ihre gesamte Schminke, die grünen Augen und tiefroten Lippen. Sie betrachtete sich und verzog das Gesicht, wie sie es nur tat, wenn sie in einen Spiegel schaute. Ungeschminkt sah sie schrecklich aus, wie eine holländische Bäuerin.

Sie trug Feuchtigkeitscreme auf, ihren hellsten Puder und die natürlichste Lippenstiftfarbe, die sie hatte. Der Engländer regte sich und fröstelte erneut; diesmal überlief der Schauder seinen ganzen Körper. Bald würde er das Bewußtsein wiedererlangen. Sie beeilte sich mit ihrem Make-up, er brauchte sie nicht so zu sehen. Physisch kamen ihr seltsame Empfindungen für den Engländer. Hatte sie über dreißig Jahre gelebt, ohne zu wissen, was physische Anziehung bedeutete? Sie hatte immer gemeint, daß Schönheit und körperliche Anziehung das Gleiche waren, doch jetzt war sie sich dessen nicht mehr so sicher. Dieser Mann war schwer und nicht mehr jung — Ende Dreißig vielleicht — und sein Körper war massig und vernachlässigt. Jean-Paul dagegen war der Inbegriff männlicher Schönheit: jung, schlank, achtete streng auf sein Gewicht und die Hüften, war kunstvoll gebräunt — von oben bis unten, erinnerte sie sich —, wählerisch mit dem Friseur, prunkte mit seiner goldenen Armbanduhr und den kostbaren Ringen und mit seinen Hemden, die so korrekt, steif und strahlend weiß waren wie sein Lächeln.

Schau sich einer den Engländer hier an: schlechtsitzende Kleidung, verdrückt und zerrissen, rundes Gesicht, das Haar mottenzerfressen, die Haut blaß; man schaue sich dieses lederne Uhrenarmband an und seine schrecklichen, altmodischen Schuhe — so englisch. Schnürschuhe. Sie erinnerte sich an die Schnürschuhe, die sie als Kind besessen hatte. Sie haßte sie, es war das erste Anzeichen für ihre Platzangst gewesen. Ihre Mutter verknotete die Bänder stets fest und stramm. Bei ihrem Sohn hatte Maria hierauf besonders sorgfältig geachtet; er trug niemals geschnürte Schuhe. O Gott, jetzt schüttelte der Engländer sich wie ein Epileptiker. Sie hielt seine Arme fest und roch Äther und seinen Schweiß, als sie dicht an ihn herankam.

Er würde plötzlich hellwach sein. Männer waren so, sie konnten aus dem Schlaf hochfahren und am Telefon reden, als wären sie schon seit Stunden auf. Der Mann als Jäger, mutmaßte sie, wachsam für Gefahren; doch sie machten keinerlei Zugeständnisse. Das Gewicht seines Körpers erregte sie, sie ließ ihn gegen sich sinken, so daß sie sein Gewicht hielt. Ein großer häßlicher Mann, dachte sie. Sie sagte nochmals: »Häßlich«, und dieses Wort zog sie an, ebenso wie ›groß‹ und ›Mann‹. Sie sprach es laut aus: »Großer häßlicher Mann.«

Ich wachte auf, doch der Alptraum ging weiter. Ich befand mich in einem jener Verliese, wie Walt Disney sie sich ausdenkt, und die Frau war da und sagte immer wieder: »Großer häßlicher Mann«. Herzlichen Dank, dachte ich, Schmeicheleien bringen ihnen ohnehin nichts ein. Ich zitterte und wurde vorsichtig wach. Die Frau hielt mich eng umschlungen; mir mußte kalt gewesen sein, da ich ihre Wärme empfand.

So kann's bleiben, dachte ich. Aber wenn das Mädchen zu verblassen anfängt, mache ich die Augen einfach wieder zu. Ich kann einen Traum gebrauchen.

Es war wirklich ein Verlies, das war das Verrückte. »Es ist tatsächlich ein Verlies«, stellte ich fest.

»Ja«, erwiderte Maria.

»Was machen *Sie* dann hier?« Die Vorstellung, daß ich mich in einem Verlies befand, konnte ich gerade noch hinnehmen.

»Ich soll Sie zurück bringen«, sagte sie. »Ich habe versucht, Sie zum Auto hinauszutragen, aber Sie waren zu schwer. Wieviel wiegen Sie?«

»Nicht so wichtig. Was ist denn hier los gewesen?«

»Datt hat Sie ausgefragt«, erwiderte sie. »Wir können jetzt gehen.«

»Das wollen wir erst sehen«, erklärte ich und beschloß, Datt ausfindig zu machen und die Aschenbecher-Übung zu beenden. Ich sprang von der harten Bank auf, um die schwere Tür des Verlieses aufzustoßen. Aber es war, als stiege ich eine nicht vorhandene Treppe hinunter, und als ich die Tür erreicht hatte, lag ich auf dem nassen Fußboden, während die Beine unter mir nutzlos hin- und herzuckten, unfähig, mein Gewicht zu tragen.

»Ich hätte nicht geglaubt, daß Sie so weit kommen«,meinte Maria und trat zu mir. Dankbar ergriff ich ihren Arm und zog mich in die Höhe. Schritt für Schritt bewegten wir uns mühsam durch den Keller voran, an Folterbank, Zangen, Daumenschrauben und dem erkalteten Kamin mit seinen Brenneisen vorbei. »Wer lebt denn hier?« fragte ich. »Frankenstein?«

»Pst«, machte Maria. »Sparen Sie sich Ihre Kraft zum Laufen auf.«

»Ich hatte einen schrecklichen Traum«, sagte ich. Es war ein Traum von furchtbarem Verrat und drohendem Verderben gewesen.

»Ich weiß. Denken Sie nicht daran.«

Der dämmernde Morgenhimmel war blaß, als hätten die Blutsauger meiner Nacht sich mit seinem Blut vollgesogen. »Eine Morgendämmerung muß rot sein«, sagte ich zu Maria.

»Sie sehen selbst nicht rosig aus«, meinte sie und half mir in den Wagen. Sie fuhr ein paar Häuserblocks weiter und parkte unter den Bäumen inmitten der kalten Autos, die die Großstadt verstopfen. Sie schaltete die Heizung ein, und Wärme durchströmte meine Glieder.

»Leben Sie allein?« fragte sie.

»Was ist das, ein Antrag?«

»Sie sind noch nicht soweit wiederhergestellt, daß Sie allein bleiben könnten.«

»Einverstanden.« Es gelang mir nicht, das unbewußte Angstgefühl abzuschütteln; Marias Stimme klang wie in dem Alptraum.

»Ich bringe Sie zu mir nach Hause, es ist nicht weit.«

»In Ordnung«, erwiderte ich. »Ich bin überzeugt, daß es einen Umweg wert ist.«

»Es ist eine ganze Reise wert. First-class Speisen und Getränke«, gab sie zurück. »Wie wär's mit einem *croque monsieur* und einem Baby*?«

»*Croque monsieur* gerne«, stimmte ich zu.

»Aber mit einem Baby dazu wäre es bestimmt noch besser.«

Sie lächelte nicht, sondern trat das Gaspedal herunter, und die Kraft durchdrang den Wagen wie das Blut meine wiederauflebenden Gliedmaßen. Maria behielt die Straße im Auge, blinzelte vor jeder Kreuzung mit den Scheinwerfern und ließ auf glatten Strekken die Tachonadel klettern. Sie liebte den Jaguar, liebkoste das Steuerrad und war voller Bewunderung dafür; und wie eine kluge Geliebte spornte sie den Wagen zu unermüdlicher Leistung an.

*Baby: kleiner Whisky.

So früh am Morgen unterschied sich die Straße, in der Maria wohnte, nur wenig von anderen Straßen in Paris; die Fensterläden waren fest verschlossen, und nirgends ließ sich ein Schimmer von Glas oder ein Vorhangzipfel sehen. Die Mauern waren farb- und ausdruckslos, als hätte jedes Haus in der Straße den Tod eines Angehörigen zu betrauern. Die alten Straßen von Paris unterscheiden sich sozial nur durch die am Rinnstein geparkten Wagen. Hier hatten blitzende Jaguars, Buicks und Mercedes' den Vorrang vor dem R4, dem wellblechernen *deux chevaux* und der verbeulten Dauphine.

Im Innern waren die Teppiche weich, die Wandbehänge üppig, die Leuchtkörper strahlend und die Sessel tief. Und da stand auch das Symbol für Rang und Einfluß: ein Telefon. Ich badete in heißem, parfümiertem Wasser und schlürfte eine aromatische Fleischbrühe, ich wurde in frische Laken gehüllt, meine Erinnerungen verblaßten, und ich schlief lange und traumlos.

Als ich erwachte, sang im Radio nebenan Françoise Hardy, und Maria saß auf dem Bett. Sie schaute mich an, als ich mich regte. Sie hatte sich umgezogen, trug jetzt ein rosa Baumwollkleid und wenig oder gar kein Make-up. Ihr Haar war offen und so einfach und lässig gescheitelt, wie es nur Stunden sachverständiger Frisierkunst zuwege bringen. Ihr Gesicht blickte freundlich, doch zeigte es Falten, wie sie nur entstehen, wenn man rund zehnmillionenmal zynisch gelächelt hat. Ihr Mund war klein und leicht geöffnet wie bei einer Puppe — oder bei einer Frau, die einen Kuß erwartet. »Wieviel Uhr ist es?« wollte ich wissen.

»Mitternacht vorbei. Sie haben fast vierundzwanzig Stunden geschlafen.«

Sie brachte Kaffe und wartete darauf, daß ich meine Fragen stellte; dann beantwortete sie sie geschickt, indem sie mir nur soviel erzählte, wie sie wollte, ohne den Eindruck zu erwecken, daß sie mir auswich.

»Ich hatte einen Alptraum und erwachte in einem mittelalterlichen Verlies.«

»Das stimmt.«

»Ich finde, Sie sollten mir alles darüber erzählen«, sagte ich.

»Datt befürchtet, daß Sie hinter ihm herspionieren. Sie hätten Dokumente, die er haben möchte. Er meinte, Sie hätten Erkundigungen eingezogen, und das wollte er verifizieren.«

»Was hat er mit mir angestellt?«

»Er spritzte Ihnen Amytal und LSD, und ich habe Sie befragt. Dann sind Sie eingeschlafen und im Keller des Hauses wieder aufgewacht. Ich brachte Sie hierher.«

»Was habe ich gesagt?«

»Machen Sie sich keine Sorgen. Keiner von diesen Leuten spricht englisch, ich bin die einzige. Ihre Geheimnisse sind bei mir in Sicherheit. Datt denkt gewöhnlich an alles, aber als Sie auf englisch losplapperten, geriet er in Verwirrung. Ich habe übersetzt.«

Deshalb hatte ich sie also alles zweimal sagen hören. »Was habe ich gesagt?«

»Beruhigen Sie sich. Es hat mich nicht interessiert, aber ich habe Datt zufriedengestellt.«

»Glauben Sie nur nicht, daß ich das nicht zu schätzen weiß. Aber wieso haben Sie das für mich getan?«

»Datt ist ein abscheulicher Mensch. Ich würde ihm niemals helfen; überdies hatte ich Sie in diesem Haus eingeführt und fühlte mich verantwortlich für Sie.«

»Und?«

»Wenn ich ihm erzählt hätte, was Sie wirklich sagten, hätte er Sie ohne Zweifel mit Amphetamin behandelt, um mehr und mehr herauszubringen. Amphetamin ist ein gefährliches Zeug . . . schrecklich. Dabei hätte ich nur ungern zugeschaut.«

»Danke.« Ich streckte den Arm nach ihr aus, ergriff ihre Hand, und sie legte sich neben mich auf das Bett. Das tat sie ohne Argwohn oder schelmische Blicke, es war mehr eine freundschaftliche als eine sexuelle Geste. Sie zündete sich eine Zigarette an und reichte mir Packung und Streichhölzer. »Zünde sie dir selbst an. Dann hast du wenigstens was zu tun für deine Hände.«

»Was habe ich gesagt?« fragte ich beiläufig. »Was habe ich gesagt, das du Datt nicht übersetzt hast?«

»Nichts«, erklärte Maria plötzlich. »Nicht, weil du nichts gesagt hättest, sondern weil ich es nicht gehört habe. Verstanden? Es interessiert mich nicht, was du bist oder wie du deinen Lebensunterhalt verdienst. Wenn du etwas tust, das illegal oder gefährlich ist, dann ist das deine Sorge. Für den Moment fühle ich mich etwas verantwortlich für dich, aber ich habe dieses Gefühl schon fast abreagiert. Ab morgen kannst du deine Lügen selber erzählen, und sicher wirst du das außerordentlich gut machen.«

»Ist das eine Abfuhr?«

Sie drehte sich zu mir herum, sagte: »Nein«, und beugte sich vor, um mich zu küssen.

»Du duftest köstlich«, stellte ich fest. »Wonach?«

»Es heißt ›Seelenschmerz‹. Ein kostspieliges Parfüm, aber nur wenige Menschen fühlen sich davon nicht angezogen.«

Ich versuchte mir darüber klar zu werden, ob sie mich animieren wollte, aber ich konnte es nicht sagen.

Sie gehörte auch nicht zu den Frauen, die einem mit einem Lächeln weiterhalfen.

Sie erhob sich vom Bett und strich sich das Kleid über den Hüften glatt.

»Gefällt dir das Kleid?«

»Es ist toll.«

»In welcher Art von Kleidern siehst du eine Frau am liebsten?«

»In der Schürze«, gab ich zurück. »An den Fingern blanke Stellen vom heißen Abwasch.«

»Ja, das kann ich mir vorstellen.« Sie drückte ihre Zigarette aus. »Ich helfe dir, wenn du Hilfe brauchst, aber verlange nicht zuviel. Und vergiß nicht, daß ich mit diesen Leuten in einem Boot sitze und nur *einen* Paß habe, und zwar einen französischen.«

Ich überlegte, ob das wohl eine Anspielung auf das war, was ich unter dem Einfluß der Drogen preisgegeben hatte. Doch ich sagte nichts.

Maria blickte auf ihre Armbanduhr. »Ziemlich spät«, stellte sie fest und sah mich spöttisch an. »Es ist nur ein Bett hier, und ich brauche meinen Schlaf.« Ich hatte vorgehabt, eine Zigarette zu rauchen, aber ich legte sie wieder auf den Seitentisch und rückte zur Seite.

»Teilen wir uns das Bett«, lud ich sie ein, »aber für Schlaf kann ich nicht garantieren.«

»Zieh nicht Jean-Pauls Casanova-Masche ab, das ist nicht dein Stil.« Sie ergriff das Baumwollkleid und zog es sich über den Kopf.

»Was ist denn mein Stil?« fragte ich gereizt.

»Frag mich morgen früh«, gab sie zurück und löschte das Licht. Nur das Radio ließ sie an.

10

Ich blieb in Marias Wohnung, aber am folgenden Nachmittag fuhr sie zu meinem Appartement hinüber, um Joey zu füttern. Als sie wieder zurückkam, blies sie in die Hände und klagte über die Kälte. Ein Gewitter zog auf.

»Hast du das Wasser ausgewechselt und ihm den Tintenfischknochen reingesteckt?« wollte ich wissen.

»Ja.«

»Er ist gut für seinen Schnabel.«

»Ich weiß«, entgegnete sie. Sie stand am Fenster und blickte auf den rasch dunkel werdenden Boulevard hinaus. »Ist doch eine urzeitliche Sache«, meinte sie, ohne sich vom Fenster abzuwenden. »Der Himmel verfinstert sich, der Wind fängt an, Hüte, Schachteln und schließlich Abfalleimer hochzureißen, und man beginnt zu glauben, daß so einmal die Welt enden wird.«

»Die Politiker haben andere Pläne, der Welt ein Ende zu bereiten«, meinte ich.

»Es fängt an zu regnen. Riesengroße Tropfen, wie für Riesen. Stell' dir vor, du bist eine Ameise, und dich trifft ein . . .« Das Telefon läutete. » . . . solcher Regentropfen.« Maria beendete eilig den Satz und nahm den Hörer auf.

Sie hob ihn ab, als wäre er eine Waffe, die durch Zufall explodieren konnte. »Ja«, sagte sie mißtrauisch. »Er ist hier.« Sie horchte und nickte. »Der Spaziergang wird ihm guttun. Wir sind in etwa einer Stunde da.« Zu mir gewandt, verzog sie gequält das Gesicht. »Ja«, sprach sie wieder in das Telefon. »Na, Sie brauchen ja bloß mit ihm zu flüstern, damit ich Ihre kleinen Geheimnisse nicht höre, oder?« Es folgte ein kurzes Geschnatter elektronischer Entrüstung, dann sagte Maria: »Wir machen uns jetzt fertig, sonst kommen wir zu spät«, und legte nachdenklich den Hörer auf. »Byrd«, erklärte sie. »Deinen Landsmann Martin Langley Byrd verlangt es nach einem Wort mit dir im *Café Blanc*.« Das Geräusch des Regens klang wie rasender Applaus einer großen Menge.

»Byrd«, erläuterte ich, »ist der Mann, der mit mir in der Galerie war. Die Künstler halten eine Menge von ihm.«

»Das hat er mir auch sofort erzählt.«

»Ach, er ist trotzdem in Ordnung. Ein Ex-Marineoffizier, der zum Bohemien wird, muß wohl ein bißchen komisch sein.«

»Jean-Paul mag ihn«, erklärte Maria, als wäre das Auszeichnung genug. Ich kletterte in meine frisch gewaschene Unterwäsche und den zerknitterten Anzug. Maria stöberte einen winzig kleinen Rasierapparat auf, ich rasierte mich Millimeter für Millimeter und übergoß die Schnitte mit Kölnisch Wasser. Wir verließen die Wohnung gerade in dem Moment, als der Regenguß zu Ende ging. Die Concièrge sammelte die Topfblumen ein, die sich auf dem Pflaster gelabt hatten.

»Nehmen Sie denn keinen Regenmantel mit?« fragte sie Maria.

»Nein.«

»Dann bleiben Sie vielleicht nur ein paar Minuten weg?« Die Concièrge schob ihre Brille hoch und spähte zu mir herüber.

»Vielleicht«, versetzte Maria und nahm meinen Arm.

»Es wird wieder regnen«, rief die Frau.

»Ja«, sagte Maria.

»Stark«, rief die Concièrge. Sie hob den nächsten Topf auf und steckte den Finger in die Erde.

Byrd und Jean-Paul hatten bereits in dem Café Platz genommen. Jean-Paul sah so makellos aus wie eine Schaufensterpuppe, Byrd dagegen war aufgebracht und zerzaust. Sein Haar war wirr, und er besaß dagegen so gut wie keine Augenbrauen, als wäre er zu nahe an ein Feuer gekommen. Sie hatten einen Tisch bei den seitlichen Trennwänden gewählt, und Byrd bewegte seinen Zeigefinger hin und her, während er aufgeregt redete. Jean-Paul winkte uns und hielt sich die Ohren zu. Maria lachte. Byrd überlegte, ob Jean-Paul sich wohl auf seine Kosten einen Spaß erlaubte, kam jedoch zu dem Schluß, daß dies nicht der Fall war, und redete weiter.

»Einfachheit ärgert sie«, erklärte Byrd. »›Das ist ja nur ein Rechteck‹, beschwerte sich einer, als wäre es ein künstlerisches Kriterium. Erfolg ärgert sie auch. Obwohl ich mit meiner Malerei fast kein Geld verdiene, hindert das diejenigen Kritiker, die meine Arbeit für schlecht halten, nicht, sie wie ein versuchtes Notzuchtverbrechen zu behandeln — als hätte ich mich vorsätzlich und voller Gehässigkeit dazu entschlossen, schlechte Arbeit zu leisten. Ihnen fehlt jede Aufgeschlossenheit— jedes Mitgefühl, deshalb werden sie Kritiker genannt — ursprünglich bezeichnete das Wort ja einen nörgelnden Dummkopf. Besäßen sie Mitgefühl, so würden sie's auch zeigen.«

»Wie?« wollte Maria wissen.

»Durch Malen. Kunst ist Liebe, Kritiksucht ist Haß. Das liegt auf der Hand. Wissen Sie, ein Kritiker ist ein Mann, der die Maler bewundert (er wäre selbst gern einer), dem aber die Gemälde nicht wichtig sind (deshalb ist er keiner geworden). Ein Maler jedoch bewundert Gemälde, mag hingegen die Maler nicht.« Nachdem er mit diesem Problem fertig war, winkte Byrd einen Kellner herbei. »Vier große *Cafés crèmes* und Streichhölzer«, bestellte er.

»Ich hätte gern schwarzen Kaffee«, sagte Maria.

»Ich möchte ihn auch lieber schwarz«, meinte Jean-Paul.

Byrd sah mich an und bewegte geräuschvoll die Lippen. »Sie auch?«

»Ich nehme Sahne«, gab ich zurück. Er nickte, dankbar für die Loyalität eines Landsmannes. »Zwei große *Cafés crèmes* — und zwei kleine schwarze«, bestellte er. Der Kellner rückte die Bierfilze zurecht, nahm ein paar alte Kassenbons auf und riß sie in der Mitte durch. Als er gegangen war, beugte sich Byrd zu mir herüber. »Ich bin froh«, erklärte er und blickte sich um, ob die beiden andern ihn auch nicht hören konnten; sie unterhielten sich. »Ich bin froh, daß Sie den Kaffee hell trinken. Zuviel von diesem starken Zeug bekommt den Nerven nicht.« Er senkte die Stimme noch weiter. »Deshalb sind sie auch alle so streitsüchtig hier«, meinte er flüsternd. Als die Kaffees kamen, arrangierte Byrd sie auf dem Tisch, verteilte den Zucker und nahm dann den Bon an sich.

»Laß mich zahlen«, sagte Jean-Paul. »Die Einladung geht von mir aus.«

»Kommt ja gar nicht in Frage«, erklärte Byrd. »Überlaß das nur mir, Jean-Paul. Ich weiß, wie man mit sowas umgeht.«

Maria und ich blickten einander ausdruckslos an. Jean-Paul beobachtete uns eindringlich, um etwas über die Art unserer Beziehungen herauszufinden.

Byrd gefiel sich darin, mit bestimmten französischen Redewendungen zu prahlen. Sooft er von der französischen in die englische Sprache überwechselte, tat er es meiner Meinung nach nur mit der Absicht, einen großen Brocken Französisch in seine Rede einzuflechten.

»Übrigens, Ihre Erkundigungen über dieses Haus«, meinte Byrd. Er hob den Zeigefinger. »Jean-Paul weiß einiges Neue.«

»Und das wäre?«

»Es scheint, alter Junge, daß an Ihrem Freund Datt und diesem Haus einiges mysteriös ist.«

»Er ist nicht mein Freund«, widersprach ich.

»Schon recht«, gab Byrd gereizt zurück. »Das ganze verdammte Haus ist ein Bordell, außerdem . . .«

»Es ist kein Bordell«, warf Jean-Paul ein, als hätte er das schon einmal erklärt. »Es ist ein *maison de passe.* In dieses Haus gehen Leute, die schon ein Mädchen bei sich haben.«

»Orgien«, fuhr Byrd fort. »Sie veranstalten Orgien dort. Erschreckende Dinge spielen sich da ab, wie Jean-Paul mir erzählt, Drogen, pornographische Filme, Sex-Shows . . .«

Jean-Paul übernahm nun die Erzählerrolle. »Es gibt dort die Möglichkeit zu jeder Art von Perversität: versteckte Kameras und sogar eine große Pseudo-Folterkammer . . .«

»Für Masochisten«, erläuterte Byrd. »Burschen, die abnorm veranlagt sind, wissen Sie?«

»Natürlich weiß er«, warf Jean-Paul ein. »Jeder, der in Paris lebt, weiß, wie weitverbreitet solche Partys und Vorführungen sind.«

»*Ich* weiß es nicht«, meinte Byrd. Jean-Paul sagte nichts. Maria reichte ihre Zigaretten herum und fragte Jean-Paul: »Wo hat sich Pierres Pferd gestern placiert?«

»Ein Freund von ihnen hat ein Pferd«, erläuterte Byrd, zu mir gewandt.

»Nirgends«, entgegnete Jean-Paul.

»Dann habe ich meine hundert Francs verloren.«

»Dumm«, meinte Byrd zu mir. Er nickte.

»Meine Schuld«, bekannte Jean-Paul.

»Stimmt«, sagte Maria. »Du sagtest, es wäre eine sichere Sache.«

Byrd warf erneut verschwörerische Blicke über die Schulter.

»Sie«, er deutete auf mich, als wäre er mir soeben auf einem Fußpfad im Dschungel begegnet, »Sie arbeiten doch für den deutschen *Stern.*«

»Ich arbeite für mehrere deutsche Illustrierte«, gab ich ihm recht. »Aber nicht so laut, ich melde sie nicht alle der Steuer.«

»Auf mich können Sie sich verlassen«, meinte Byrd. »Pst, kein Wort.«

»Kein Wort«, wiederholte ich, belustigt über seine altertümliche Ausdrucksweise.

»Wissen Sie«, sprach Byrd weiter, »als Jean-Paul mir diese faszinierenden Geschichten über das Haus in der Avenue Foch erzählte, sagte ich, daß Sie ihm wahrscheinlich etwas Bargeld vorschießen könnten, wenn Ihnen das zu einer Story verhilft.«

»Möglich«, stimmte ich zu.

»Meiner Treu, mit dem Gehalt von dem Reisebüro und Ihrer Schreiberei für Illustrierte müssen Sie das Geld nur so scheffeln, was?«

»Es fließt ganz schön«, gab ich zu.

»Na, das glaube ich. Ich weiß nur nicht, wo Sie es stapeln, wenn Sie's nicht versteuern. Verstecken Sie's unter dem Bett?«

»Um ganz ehrlich zu sein«, gestand ich, »ich hab's in den Sitz meines Lehnstuhls eingenäht.«

Byrd lachte. »Der alte Tastevin wird Ihnen aufs Dach steigen, wenn Sie sein Mobiliar zerfetzen.«

»War ja seine eigene Idee.«

Byrd lachte von neuem, denn Tastevin war als Geizkragen verschrien. »Man muß Sie mit einer Kamera hineinbringen«, grübelte er dann. »Müßte eine wunderbare Story abgeben. Mehr noch, Sie würden der Öffentlichkeit nachgerade einen Dienst erweisen. Paris ist verfault bis ins Mark, wissen Sie. Wird Zeit, daß mal ein frischer Wind reinbläst.«

»Prächtige Idee«, stimmte ich zu.

»Wären tausend Pfund wohl zuviel?« fragte er.

»Viel zu viel.«

Byrd nickte. »Dachte ich mir schon. Dann hundert?«

»Wenn es eine gute Story mit Bildern gibt, könnte ich fünfhundert rausholen. Für die Einführung und eine Besichtigungstour mit Führer, Mithilfe eingeschlossen, würde ich fünfzig zahlen. Aber als ich das letzte Mal dort war, wurde ich als persona non grata behandelt.«

»Richtig, alter Knabe«, sagte Byrd. »Sie wurden vermutlich von diesem Datt unsanft angepackt. War alles ein Fehler, nicht wahr?«

»Von meinem Standpunkt aus schon«, erklärte ich. »Ich weiß allerdings nicht, wie Monsieur Datt darüber denkt.«

»Er ist wahrscheinlich *désolé*«, meinte Byrd. Ich lächelte bei dem Gedanken.

»Wirklich«, fuhr Byrd fort, »Jean-Paul weiß alles. Er könnte es einrichten, daß Sie zu Ihrer Story kommen, aber einstweilen kein

Wort darüber. Erwähnen Sie es keinem Menschen gegenüber. Sind wir uns da einig?«

»Halten Sie mich zum Narren? Wieso sollte Datt sich damit einverstanden erklären?«

»Sie verstehen die Franzosen nicht, mein Junge.«

»Das höre ich immer wieder.«

»Im Ernst, dieses Haus gehört dem Innenministerium und wird von ihm unterhalten; für Überprüfungs- und Kontrollmaßnahmen gegenüber Ausländern, vor allem Diplomaten — man könnte fast sagen, zu Erpressungszwecken. Üble Sache, die Leute so zu schokkieren, nicht? Na ja. Manche Typen im Regierungsdienst — wie Loiseau, zum Beispiel — hätten es lieber stillgelegt. Verstehen Sie jetzt?«

»Ja«, erwiderte ich zögernd. »Aber was schaut für Sie dabei heraus?«

»Werden Sie nicht unangenehm, alter Knabe. Sie haben mich nach dem Haus gefragt. Jean-Paul braucht dringend Bargeld; ergo arrangiere ich für Sie zwei einen für beide Seiten nutzbringenden Pakt.« Byrd nickte. »Sollen wir sagen, fünfzig als Abschlagszahlung und nochmals dreißig, wenn der Artikel in Druck geht?«

»Einverstanden«, erklärte ich und wunderte mich, daß er ein so tüchtiger Geschäftsmann war.

»Bei Erstabdruck«, fuhr Byrd fort. »Plus zehn Prozent bei jeder Weiterveröffentlichung.«

Ich lächelte und Byrd meinte: »Ah, Sie dachten wohl nicht, daß ich so geschäftstüchtig bin, wie?«

»Nein.«

»Sie müssen noch viel über mich dazulernen. Herr Ober«, rief er. »Vier Kirs.« Er wandte sich Jean-Paul und Maria zu. »Wir haben soeben ein Abkommen getroffen, das muß gefeiert werden.«

Der Weißwein und Cassis kamen. »Sie zahlen«, sagte Byrd zu mir, »und ziehen es von unserer Anzahlung ab.«

»Machen wir einen Vertrag?« wollte Jean-Paul wissen.

»Natürlich nicht«, erwiderte Byrd. »Ein Engländer bürgt mit seinem Wort, sicher weißt du das, Jean-Paul? Der Vertrag ist für beide Seiten von Nutzen, andernfalls hilft dir kein Papier der Welt. Außerdem«, flüsterte er mir auf englisch zu, »geben Sie ihm ein solches Schriftstück, dann zeigt er es jedem, der es sehen will; so ist er. Und das wollen Sie doch nicht, wie?«

»Ganz recht.« Ganz recht, dachte ich. Meine Beschäftigung bei einer deutschen Illustrierten war eine Fiktion, die das Londoner Büro für die seltenen Fälle erfunden hatte, in denen es mich per Post instruieren mußte. Niemand konnte davon erfahren haben, wenn er nicht Einblick in meine Korrespondenz bekommen hatte. Hätte Loiseau dies gesagt, wäre ich nicht überrascht gewesen, aber Byrd . . .

Byrd begann, Jean-Paul die Theorie des Pigments in dem aufdringlichen Ton auseinanderzusetzen, den er immer annahm, wenn er über Kunst fachsimpelte. Ich bestellte noch eine Runde, bevor Maria und ich zu ihrer Wohnung zurückspazierten.

»Ich verstehe nicht, wie du ihnen gegenüber so geduldig sein kannst«, meinte Maria. »Dieser prahlerische Byrd und dann Jean-Paul, der sich beim Trinken sein Taschentuch als Serviette auf den Schoß legt.«

»Ich kenne sie nicht gut genug, um sie nicht leiden zu können«, machte ich ihr begreiflich.

»Dann glaube ihnen kein Wort.«

»Die Menschen haben einander schon immer hintergangen.«

»Du bist ein Narr«, stellte Maria fest. »Ich spreche nicht von Liebschaften, sondern von dem Haus auf der Avenue Foch; Byrd und Jean-Paul gehören zu Datts engsten Freunden.«

»So?« meinte ich. Von der anderen Boulevardseite blickte ich zurück. Der strubbelköpfige kleine Byrd erläuterte Jean-Paul noch immer die Theorie des Pigments.

»*Comédiens*«, verkündete Maria entschieden. Das Wort für ›Schauspieler‹ bedeutet ebenso Schwätzer oder Aufschneider. Ich blieb ein paar Minuten lang dort stehen und schaute hinüber. Das große *Café Blanc* war der einzige hell erleuchtete Ort auf dem baumgesäumten Boulevard. Die weißen Jacken der Kellner strahlten herüber, während ihre Träger, beladen mit Kaffeekännchen, *citron pressé* und Sodasiphons, zwischen den Tischen herumtanzten. Die Gäste waren ebenfalls in Bewegung, winkten, nickten, riefen den Kellnern und sich gegenseitig zu, schwenkten Zehn-Franc-Scheine und klapperten mit ihren Münzen. Mindestens vier Pärchen küßten sich. Byrd beugte sich nah zu Jean-Paul. Jean-Paul lachte.

11

Wir gingen, unterhielten uns und vergaßen die Zeit. »Auf zu deiner Wohnung«, sagte ich schließlich zu Marie. »Du hast Zentralheizung, das Spülbecken sitzt fest an der Wand, du mußt das WC nicht mit acht anderen Leuten teilen, und du hast Schallplatten, deren Etiketten ich noch nicht einmal gelesen habe. Gehen wir in deine Wohnung.«

»Na schön«, erwiderte sie, »da du ihren Vorzügen so schmeichelst.« Ich küßte sie sanft aufs Ohr, und sie meinte: »Aber wenn der Hauswirt dich nun hinauswirft?«

»Hast du ein Verhältnis mit ihm?«

Sie lächelte und versetzte mir einen kräftigen Stoß, wie viele Französinnen ihn für ein angemessenes Zeichen von Zuneigung halten.

»Aber Hemden wasche ich dir keine mehr. Wir nehmen ein Taxi zu deinem Hotel und holen frische Wäsche.«

Wir verhandelten mit drei Taxifahrern und verglichen die Richtungen, die sie einzuschlagen gewillt waren, mit unseren Vorstellungen; schließlich wurde einer schwach und willigte ein, uns zum *Petit Légionnaire* zu bringen.

Ich schloß auf, mit Maria unmittelbar hinter mir. Joey zirpte höflich, als ich das Licht einschaltete.

»Mein Gott«, rief Maria aus, »jemand hat dein Zimmer durchsucht.«

Ich hob einen Stapel Hemden auf, die im Kamin gelandet waren.

»Ja«, gab ich zurück. Aus den Schubladen und Schränken war alles auf den Boden geworfen worden. Briefe und Rechnungen lagen über das Sofa verstreut, und eine ganze Menge Geschirr war zerbrochen. Ich ließ die Hemden wieder zu Boden fallen, denn ich wußte nicht, womit ich beginnen sollte. Maria ging methodischer vor, sie machte sich daran, die Kleidungsstücke auszusortieren und zusammenzufalten, Hosen und Jacken auf Bügel zu hängen. Ich ergriff den Telefonhörer und wählte die Nummer, die Loiseau mir gegeben hatte.

»*Un sourire est différent d'un rire*«, sagte ich. In Frankreich wird die Romantik der Spionage niemals aussterben, dachte ich. Loiseau meldete sich mit: »Hallo.«

»Haben Sie mein Zimmer durchsuchen lassen, Loiseau?«

»Finden Sie denn, daß die Einheimischen Ihnen feindlich gegenüberstehen?« fragte Loiseau zurück.

»Beantworten Sie nur meine Frage.«

»Warum beantworten Sie meine nicht?« wollte Loiseau wissen. »Wenn es meine Leute gewesen wären, hätten Sie nichts davon bemerkt.«

Werden Sie nicht überheblich, Loiseau. Als Ihre Leute es das letzte Mal machten — vor fünf Wochen —, habe ich es sehr wohl bemerkt. Sagen Sie ihnen, wenn sie schon rauchen müssen, sollen sie wenigstens die Fenster aufmachen. Von diesem billigen Pfeifentabak tränen meinem Kanarienvogel die Augen.«

»Aber sie sind sehr ordentlich«, entgegnete Loiseau. »Sie würden niemals ein Tohuwabohu veranstalten, falls es das ist, worüber Sie sich beklagen.«

»Ich beklage mich über gar nichts. Ich versuche nur, auf eine klare Frage eine einfache Antwort zu erhalten.«

»Da verlangen Sie von einem Polizisten zuviel«, gab Loiseau zurück. »Aber falls irgend etwas beschädigt ist, würde ich die Rechnung an Datt schicken.«

»Falls irgend jemand beschädigt wird, dann dürfte es sehr wahrscheinlich Datt sein.«

»Das hätten Sie mir nicht sagen sollen. Es war indiskret von Ihnen, aber trotzdem *bonne chance.*«

»Danke«, erwiderte ich und legte auf.

»Es war also nicht Loiseau?« meinte Maria, die zugehört hatte.

»Wie kommst du darauf?« wollte ich wissen.

Sie zuckte die Schultern. »Wegen dem Durcheinander hier. Die Polizei wäre vorsichtiger gewesen. Überdies, wenn Loiseau zugegeben hat, daß die Polizei dein Zimmer bei anderen Gelegenheiten durchsucht hat, wieso sollte er es dieses Mal leugnen?«

»Vielleicht hat Loiseau verfremdet gearbeitet, um mich Datt auf den Hals zu hetzen.«

»Dann warst du also absichtlich indiskret, damit er glaubt, daß er Erfolg hatte?«

»Vielleicht.« Ich warf einen Blick auf den zerfetzten Sesselsitz. Die Roßhaarfüllung war herausgerissen, die Dokumentenmappe, die der Kurier mir gebracht hatte, verschwunden. »Fort«, stellte Maria fest.

»Ja. Möglicherweise hast du mein Geständnis doch richtig übersetzt.«

»Es ist ein Versteck, das einem geradezu in die Augen springt. Auf jeden Fall war ich nicht der einzige Mensch, der dein ›Geheimnis‹ kennt: Heute abend hast du Byrd erzählt, daß du dein Geld dort aufbewahrst.«

»Das ist wahr, aber war denn genügend Zeit, daß jemand daraufhin handeln konnte?«

»Er könnte telefoniert haben. Es war reichlich Zeit.«

Wir begannen, Ordnung in das Tohuwabohu zu bringen. Fünfzehn Minuten vergingen, dann läutete das Telefon. Es war Jean-Paul.

»Ich bin froh, daß ich Sie zu Hause antreffe. Sind Sie allein?«

Ich legte meinen Finger auf die Lippen, um Maria zu warnen. »Ja«, sagte ich. »Ich bin allein. Was gibt's?«

»Ich wollte Ihnen etwas sagen, ohne daß Byrd es hört.«

»Schießen Sie los.«

»Erstens: Ich verfüge über gute Verbindungen zur Unterwelt wie zur Polizei. Ich bin sicher, daß Sie in ein, zwei Tagen mit einem Einbruch rechnen müssen. Alles, was Sie an Wertvollem bei sich aufbewahren, sollten Sie vorläufig in ein Banksafe geben.«

»Sie kommen zu spät«, unterbrach ich ihn. »Sie waren schon hier.«

»Wie dumm von mir. Ich hätte es Ihnen früher erzählen sollen. Es wäre vielleicht noch rechtzeitig gewesen.«

»Macht nichts«, versetzte ich. »Außer der Schreibmaschine war ja nichts Wertvolles hier.« Ich beschloß, das Bild des freien Journalisten zu untermauern. »Sie ist das einzige Wichtige für mich. Was wollten Sie mir sonst noch sagen?«

»Dieser Loiseau von der Polizei ist mit Byrd befreundet.«

»Ich weiß. Byrd war mit Loiseaus Bruder im Krieg zusammen.«

»Ganz recht«, meinte Jean-Paul. »Inspektor Loiseau hat sich heute bei Byrd über sie erkundigt. Byrd erzählte Inspektor Loiseau, daß . . .«

»Keine Hemmungen.«

». . . daß Sie ein Spion wären. Ein Spion der Westdeutschen.«

»Na, das ist doch ein hübscher Familiensport. Ob ich wohl unsichtbare Tinte und Kameras im Discount kriege?«

»Sie wissen nicht, wie ernst eine solche Bemerkung heute in

Frankreich genommen werden kann. Loiseau ist gezwungen, eine derartige Behauptung zur Kenntnis zu nehmen, ganz gleich, wie lächerlich sie erscheinen mag. Und es ist Ihnen unmöglich, zu beweisen, daß sie unwahr ist.«

»Nun, dann danke ich Ihnen, daß Sie es mir erzählt haben«, erwiderte ich. »Was, würden Sie vorschlagen, soll ich dagegen unternehmen?«

»Im Moment können Sie gar nichts tun. Aber ich will zu erfahren versuchen, was Byrd sonst noch über Sie erzählt. Und vergessen Sie nicht, daß ich bei der Polizei sehr einflußreiche Freunde besitze. Trauen Sie auf keinen Fall Maria.«

Marias Ohr kam noch näher an den Hörer heran. »Wieso?« fragte ich. Jean-Paul lachte hämisch in sich hinein. »Weil sie Loiseaus Geschiedene ist. Sie wird ebenfalls von der Sûreté bezahlt.«

»Danke«, sagte ich. »Wir sehen uns bei Gericht wieder.«

Jean-Paul lachte über die Bemerkung — oder vielleicht lachte er auch noch über die vorangegangene.

12

Maria schminkte sich sorgfältig und ohne Eile. Sie war keineswegs der Kosmetik verfallen, doch heute mittag ging sie mit Chefinspektor Loiseau zum Essen aus. Wenn man mit seinem Ex-Gatten speiste, wollte man ganz sicher gehen, daß er begriff, was er verloren hatte. Also das blaßgoldfarbene englische Wollkostüm, das sie sich in London gekauft hatte. Er hatte sie von jeher für ein wirrköpfiges kleines Dummchen gehalten, deshalb wollte sie jetzt so flott und geschäftsmäßig wie nur möglich aussehen. Und die neuen schlicht-eleganten Schuhe; kein Schmuck. Als sie mit dem Lidstrich und der Wimperntusche fertig war, begann sie, Lidschatten aufzutragen. Nicht zuviel; neulich abends in der Kunstgalerie hatte sie viel zuviel gehabt. Du hast ein seltenes Talent, sagte sie sich streng, dich in Situationen hineinzumanövrieren, in denen du nebensächlich bist, statt die Hauptperson zu sein. Sie verschmierte den Lidschatten, fluchte leise, entfernte ihn wieder und begann von neuem. Ob der Engländer zu schätzen weiß, welches Risiko ich auf mich nehme? Warum nicht Datt die Wahrheit über das erzählen, was der Engländer sagte? Der Engländer ist nur an seiner Arbeit interessiert, ebenso wie Loiseau immer nur Interesse für *seine* Arbeit hatte. Wie kann eine Frau mit der Arbeit eines Mannes konkurrieren? Arbeit ist abstrakt und unfaßbar, hypnotisch und lustvoll; eine Frau bietet dafür keinen Ausgleich. Sie erinnerte sich der Nächte, als sie versucht hatte, gegen Loiseaus Arbeit anzukämpfen, ihn von der Polizei, ihrem nie endenden Papierkram und den unerbittlichen Anforderungen an ihre gemeinsame Freizeit loszulösen. Sie erinnerte sich des letzten bitteren Arguments dagegen. Loiseau hatte sie geküßt, so leidenschaftlich wie nie zuvor, und sie hatten einander geliebt; sie hatte sich an ihn geklammert und, in der plötzlich gelösten Spannung, leise geweint. Denn in diesem Augenblick war ihr klar geworden, daß sie sich scheiden lassen würden; und sie hatte recht behalten.

Ein Teil von ihr gehörte noch Loiseau, deshalb mußte sie ihn immer wiedersehen. Zuerst hatten sie die Einzelheiten der gesetzlichen Trennung, des Aufenthaltes für den Jungen miteinander besprochen, dann Vereinbarungen über das Haus getroffen. Später hatte Loiseau sie dann gebeten, kleine Aufgaben für seine Dienststelle zu übernehmen. Sie wußte, daß er dem Gedanken, sie ganz zu verlieren, nicht ins Auge sehen konnte. Ihre Beziehung zueinander war jetzt leidenschaftslos und aufrichtig, weil sie nicht mehr fürchtete, ihn zu verlieren; sie waren wie Bruder und Schwester, und doch . . . sie seufzte. Vielleicht hätte alles anders sein können; Loiseau besaß noch immer ein unglaubliches Selbstvertrauen, das sie froh, beinahe stolz machte, mit ihm zusammen zu sein. Er war ein Mann, und das sagte alles, was es über ihn zu sagen gab; Männer waren unvernünftig. Ihre Arbeit für die Sûreté war recht wichtig geworden. Es freute sie, daß sie Gelegenheit hatte, Loiseau zu zeigen, wie tüchtig und geschäftsmäßig sie sein konnte; doch Loiseau würde es niemals anerkennen. Männer waren unvernünftig. Alle Männer. Ihr fiel eine bestimmte sexuelle Angewohnheit von ihm ein, und sie lächelte. Alle Männer stellten Frauen vor Aufgaben und Situationen, bei denen alles, was sie dachten, sagten oder taten, falsch war. Männer verlangten von den Frauen, einfallsreiche, schamlose Dirnen zu sein, und dann stießen sie sie zurück, weil sie nicht mütterlich genug waren. Sie wollten, daß die Frau auf ihre Freunde anziehend wirkte, und dann wurden sie deshalb eifersüchtig.

Sie überpuderte ihren Lippenstift, um ihn matter zu machen, zog die Lippen zusammen und prüfte ihr Gesicht mit einem letzten, eindringlichen Blick. Dann machte sie sich auf den Weg, um ihren Ex-Ehemann zu treffen.

13

Loiseau hatte zu viel geraucht und zu wenig geschlafen. Wieder und wieder lockerte er mit einem Finger sein metallenes Uhrenarmband. Maria erinnerte sich, wie sie diese nervöse Angewohnheit immer gefürchtet hatte, weil sie einem Streit voranzugehen pflegte. Er schenkte ihr Kaffee ein und erinnerte sich noch daran, wieviel Zucker sie nahm. Er äußerte sich über ihr Kostüm, ihr Haar, und selbst die schlicht-eleganten Schuhe gefielen ihm. Es war ihr klar, daß er früher oder später auf den Engländer zu sprechen kommen würde.

»Diese Art von Leuten haben dich schon immer fasziniert«, erklärte er. »Du suchst nach Verstand, Maria. Du fühlst dich unwiderstehlich zu Männern hingezogen, die nur an ihre Arbeit denken.«

»Männer wie du.«

Loiseau nickte. »Er wird dich nur in Schwierigkeiten bringen, dieser Engländer.«

»Ich bin an ihm nicht interessiert.«

»Lüg' mich nicht an«, sagte Loiseau heiter. »Die Berichte von siebenhundert Polizeibeamten gehen wöchentlich über meinen Schreibtisch. Außerdem erhalte ich die Berichte von Informanten, und deine Concièrge gehört auch dazu.«

»Dieses gemeine Weib.«

»Es gehört zum System«, meinte Loiseau. »Wir müssen den Verbrecher mit seinen eigenen Waffen schlagen.«

»Datt hat ihm irgend etwas gespritzt, um ihn auszufragen.«

»Ich weiß.«

»Es ist furchtbar«, sagte Maria.

»Ja, ich habe es schon mal mitangesehen.«

»Es ist wie eine Folter. Ein schmutziges Geschäft.«

»Halt mir keine Vorträge«, versetzte Loiseau. »Ich mag weder

Amytal-Injektionen, noch Monsieur Datt, noch diese Klinik; aber ich kann gar nichts dagegen tun.« Er seufzte. »Du weißt das, Maria.« Doch Maria antwortete nicht. »Dieses Haus ist selbst vor meinen Befugnissen sicher.« Er lächelte, als wäre die Vorstellung, er könnte eine Gefahr darstellen, absurd. »Das Geständnis des Engländers hast du absichtlich falsch übersetzt, Maria.«

Maria sagte nichts, und Loiseau fuhr fort: »Du hast Monsieur Datt erzählt, daß der Engländer unter meiner Order arbeite. Sei vorsichtig. Diese Leute sind gefährlich — alle sind sie gefährlich; und dein geckenhafter Lustknabe ist der gefährlichste.«

»Du meinst Jean-Paul?«

»Komm, komm, ich weiß alles über dich«, erklärte Loiseau mit einer Redewendung aus seinen Verhören. »Du kannst diesen kleinen Jungen nicht widerstehen, und je älter du wirst, desto anfälliger wirst du für sie.« Maria war entschlossen, sich keinen Ärger anmerken zu lassen. Sie wußte, daß Loiseau sie genau beobachtete, und spürte, daß sie vor Verwirrung und Zorn errötete.

»Er will für mich arbeiten«, bemerkte Loiseau.

»Er möchte sich bedeutend vorkommen, wie ein Kind.«

»Du überraschst mich«, meinte Loiseau und achtete darauf, keinerlei Überraschung zu zeigen. Er schaute sie an, wie Franzosen auf der Straße einem hübschen Mädchen nachsahen. Sie wußte, daß er sie begehrte, und das tröstete sie; nicht, weil sie ihn dann in seinen Hoffnungen enttäuschen konnte, sondern weil die Möglichkeit, ihn zu interessieren, einen wichtigen Bestandteil ihrer neuen Beziehung zueinander ausmachte.

»Du darfst ihm nicht um meinetwillen etwas antun«, bat Maria.

»An Drugstore-Cowboys vergreife ich mich nicht. Wenigstens nicht, solange sie nicht bei etwas Ungesetzlichem erwischt werden.«

Maria nahm ihre Zigaretten heraus. Sie spürte, wie der ganze alte Ärger wieder in ihr aufwallte. Das war der Loiseau, von dem sie sich hatte scheiden lassen; dieser harte, unnachgiebige Mann, der Jean-Paul für einen weibischen Gigolo hielt, nur weil er sich selbst weniger ernst nahm als Loiseau es je konnte. Loiseau hatte sie unterdrückt, hatte sie zu einem Möbelstück, einer Akte degradiert — der Akte Maria. Und nun wurde die Akte an jemand anderen weitergereicht, und Loiseau war der Meinung, daß der betreffende Mann nicht so fachkundig damit umging wie er.

Maria blickte zu ihm auf. Er redete noch immer über Jean-Paul. Wieviel war ihr inzwischen entgangen — ein Wort, ein Satz, ein Leben? Es kümmerte sie nicht. Plötzlich kam ihr der Raum eng und überfüllt vor, und das alte Gefühl der Platzangst, das es ihr unmöglich machte, die Badezimmertür zu verriegeln, ließ ihr dieses Zimmer unerträglich klein erscheinen. Sie verspürte den Wunsch zu gehen.

»Ich mache die Tür auf«, sagte sie. »Damit dich der Rauch nicht belästigt.«

»Setz dich«, widersprach er. »Behalte Platz und beruhige dich.«

Sie hatte das Gefühl, die Tür öffnen zu müssen, um jeden Preis.

Dein Jean-Paul ist ein fieser kleiner *casserole**«, erklärte Loiseau, »du kannst dich ebensogut damit abfinden. Du wirfst mir vor, im Leben anderer Leute herumzuschnüffeln. Nun, es stimmt vielleicht, aber weißt du auch, was ich in diesem Leben sehe? Ich sehe Dinge, die mich schockieren und entsetzen. Dieser Jean-Paul — was ist er anderes als ein Fußlappen für Datt, ein dreckiger kleiner Zuhälter. Er ist der Typ von Mann, dessentwegen ich mich schäme, Franzose zu sein. Er sitzt den ganzen Tag an den Orten herum, die Fremde anziehen, hält eine ausländische Zeitung so vor sich, als läse er darin — obwohl er nicht eine Fremdsprache spricht —, und hofft, daß er mit einer hübschen kleinen Sekretärin oder, besser noch, mit einer französisch sprechenden Ausländerin in Kontakt kommt. Ist es nicht kläglich, so etwas im Herzen der zivilisiertesten Stadt der Welt mitansehen zu müssen? Dieser Lümmel, der da herumsitzt, Kaugummi kaut und die Bilder im *Playboy* betrachtet. Sprich mit ihm über Religion, und er wird dir erklären, wie sehr er die katholische Kirche verachtet. Doch jeden Sonntag, wenn er mit seinem Hamburger dasitzt und so *transatlantique* ausschaut, ist er soeben aus der Messe gekommen. Er bevorzugt ausländische Mädchen, weil er sich der Tatsache schämt, daß sein Vater Metallarbeiter auf einem Schrottplatz ist, und weil Ausländerinnen weniger leicht seine ungehobelten Manieren und die unechte Sprache bemerken.«

Maria hatte jahrelang gehofft, Loiseau eifersüchtig zu machen, und nun, Jahre nach ihrer Scheidung, hatte sie Erfolg damit. Aus irgendeinem Grund bereitete es ihr nun kein Vergnügen. Es paßte

*Informant.

nicht zu Loiseaus ruhiger, kühler, logischer Art. Eifersucht war Schwäche, und Loiseau besaß nur sehr wenige Schwächen.

Maria war sich bewußt, daß sie entweder die Tür öffnen oder in Ohnmacht fallen mußte. Obgleich sie wußte, daß diese leichte Benommenheit von ihrer Platzangst rührte, drückte sie doch ihre halbgerauchte Zigarette aus und hoffte, daß es ihr danach besser gehen würde. Rund zwei Minuten lang fühlte sie sich auch etwas wohler. Loiseaus Stimme dröhnte monoton weiter. Wie sie sein Büro haßte, die Bilder aus seinem Leben, Fotos von ihm in der Armee; schlanker und hübscher als heute, lächelte er dem Fotografen zu, als wollte er sagen: »Das jetzt ist die beste Zeit unseres Lebens, ohne Frau, ohne Verantwortung.« In dem Büro roch es geradezu nach Loiseaus Arbeit; sie erinnerte sich wieder des braunen Pappeinbandes der Aktendeckel und des Geruchs der alten Dossiers, die nach wer weiß wie vielen Jahren aus dem Keller heraufgeholt worden waren. Sie rochen nach schalem Essig. Es mußte etwas im Papier sein, oder vielleicht die Fingerabdruckfarbe.

»Er ist ein ganz übler Bursche, Maria«, meinte Loiseau. »Ich würde sogar so weit gehen zu sagen, er ist schlecht. Er hat drei junge deutsche Mädchen mit in seine verdammte Hütte in der Nähe von Barbizon genommen, zusammen mit ein paar von seinen sogenannten Künstlerfreunden. Sie haben diese Mädchen vergewaltigt, Maria, aber ich konnte sie nicht dazu bringen, gegen ihn auszusagen. Er ist ein schlechter Kerl; von seinesgleichen haben wir viel zu viele in Paris.«

Maria zuckte die Schultern. »Die Mädchen hätten eben nicht mitgehen dürfen; sie hätten wissen müssen, was sie erwartete. Touristinnen — sie kommen doch nur deshalb zu uns; sie finden es romantisch, in Paris vergewaltigt zu werden.«

»Zwei dieser Mädchen waren sechzehn Jahre alt, Maria, reine Kinder; die dritte war erst achtzehn. Sie hatten deinen Gigolo nach dem Weg zu ihrem Hotel gefragt, und er hatte ihnen angeboten, sie hinzufahren. Sieht es so aus in unserer großen schönen Stadt, daß ein Ausländer nicht mehr nach dem Weg fragen kann, ohne einen Überfall zu riskieren?«

Draußen war es kalt. Es war Sommer, und doch enthielt der Wind einen eisigen Hauch. Der Winter kommt dieses Jahr früher, dachte Maria. Ich bin zweiunddreißig Jahre alt, es ist wieder August, und schon sterben die Blätter, fallen zu Boden und werden vom Wind fortgetrieben. Früher war im August Hochsommer gewesen, jetzt brachte er den Herbstbeginn.

»Ja«, entgegnete Maria. »So sieht es aus.« Sie fröstelte.

14

Zwei Tage später sah ich Datt wieder. Der Kurier mußte jeden Augenblick eintreffen. Er würde wahrscheinlich murren und nach meinem Bericht über das Haus an der Avenue Foch fragen. Es war ein grauer Vormittag; leichter Dunst versprach einen sengend heißen Nachmittag. Im *Petit Légionnaire* war eine Pause im Geschäftsgang eingetreten, nachdem das letzte Frühstück serviert, es für das Mittagessen aber noch zu früh war. Datt und beide Tastevins saßen an ihrem gewohnten Tisch, der mit Kaffeekännchen, Tassen und kleinen Calvados-Gläschen übersät war.

»Für einen jungen Mann stehen Sie aber furchtbar spät auf«, rief Datt jovial zu mir herüber, als ich zum Frühstück erschien. »Kommen Sie, setzen Sie sich zu uns.« Ich nahm Platz und fragte mich, wieso Datt plötzlich so freundlich geworden war.

»Ich muß Sie um Verzeihung bitten«, erklärte er. »Ich wollte damit allerdings ein paar Tage warten, damit Sie es über sich bringen, mir zu vergeben.«

»Dieser Hut der Demut paßt Ihnen nicht. Nehmen Sie eine Nummer größer.«

Datt öffnete den Mund und wippte leicht hin und her. »Sie haben einen feinen Sinn für Humor«, verkündete er, nachdem er sich wieder in der Gewalt hatte.

»Danke«, gab ich zurück. »Sie sind selbst ein rechter Spaßvogel.«

Datts Lippen kräuselten sich zu einem Lächeln. »Ah, verstehe«, erklärte er plötzlich und lachte: »Ha-ha-ha!« Madame Tastevin hatte inzwischen das Monopoly-Brett ausgebreitet und teilte uns die Besitzkarten aus.

»Hotels auf der Lecourbe und in Belleville«, erklärte Madame.

»So machen Sie es immer«, meinte Datt. »Warum kaufen Sie nicht lieber Bahnhöfe?«

Wir würfelten, und die kleinen Holzscheiben wanderten über

das Brett, wir zahlten Miete, gingen ins Gefängnis und nahmen, genau wie im Leben, unsere Chancen wahr.

Meine Karte lautete: »*Faites des réparations dans toutes vos maisons*«, und ich mußte für jedes meiner Häuser 2.500 Francs bezahlen. Das warf mich fast aus dem Spiel, doch ich schaffte es, indem ich den letzten Sous zusammenkratzte. Als ich mit dem Bezahlen der Rechnungen fertig war, sah ich den Kurier über die Terrasse kommen. Es war derselbe Mann wie letztes Mal. Er ließ sich viel Zeit und blieb in der Nähe der Wand. Kaffee mit Sahne und langsames Abschätzen der Gäste, bevor er Kontakt mit mir aufnahm: Profi. Verfolger abschütteln und sich bei Stunk aus dem Staube machen. Er sah mich, ließ es sich aber nicht anmerken.

»Nochmal Kaffee für uns alle«, erklärte Madame. Sie sah den beiden Kellnern zu, die die Tische zum Mittagessen deckten, und rief zu ihnen hinüber: »Das Glas da ist verschmiert . . . Nehmen Sie die rosa Servietten und heben Sie die weißen für den Abend auf . . . Achten Sie darauf, daß heute genügend Pastete da ist. Wenn sie ausgeht, werde ich böse.« Die Kellner waren darauf bedacht, Madame nicht zu erbosen, sie liefen eifrig hin und her, strichen die Tischtücher glatt und rückten das Besteck mikroskopisch exakt zurecht.

Der Kurier hatte ein Exemplar des *Express* hervorgeholt, las darin und nippte zerstreut an seinem Kaffee. Vielleicht geht er wieder, dachte ich, vielleicht muß ich mir nicht seine endlosen offiziellen Instruktionen anhören. Madame Tastevin saß furchtbar in der Klemme, sie belastete drei ihrer Besitztümer mit Hypotheken. Auf der Titelseite des *Express* war ein Bild des amerikanischen Botschafters in Frankreich, der einem Filmstar die Hand reichte.

»Rieche ich da eine Pastete im Ofen?« fragte Datt. »Welch ein Duft!«

Madame nickte lächelnd. »Zu meiner Mädchenzeit war ganz Paris von Gerüchen und Düften erfüllt: Ölfarbe und Pferdeschweiß, Dung und undichte Gaslampen und überall das Aroma der herrlichen französischen Küche. Ah!« Sie würfelte und rückte weiter. »Heute«, fuhr sie fort, »heute riecht es nach Diesel, künstlichem Knoblauch, Hamburgern und Geld.«

»Ihr Wurf«, sagte Datt.

»Danke«, antwortete ich. »Aber ich muß gleich hinaufgehen. Ich habe noch zu arbeiten.« Ich sagte es laut genug, um den Kurier zu ermuntern, sich einen zweiten Kaffe zu bestellen.

Ihre Ankunft am Boulevard des Capucines vernichtete Madame Tastevin.

»Ich bin Wissenschaftler«, erklärte Datt und sammelte die Reste von Madames Bankrott ein. »Die wissenschaftliche Methode ist zwangsläufig wahr.«

»Für wen?« fragte ich zurück. »Für die Wissenschaftler, die Geschichte, das Schicksal . . . für wen?«

»Sich selbst gegenüber«, meinte Datt.

»Das ist die ausweichendste Wahrheit, die es gibt.«

Datt wandte sich mir zu, musterte mein Gesicht und befeuchtete sich die Lippen, bevor er sprach. »Der Anfang unserer Beziehungen war schlecht . . . zu dumm.« Jean-Paul kam in das Café, er hatte in letzter Zeit jeden Tag hier gesessen. Er winkte munter zu uns herüber und kaufte sich Zigaretten am Büfett.

»Aber einiges verstehe ich noch nicht«, fuhr Datt fort. »Wie kommen Sie dazu, eine Mappe voller Atomgeheimnisse mit sich herumzuschleppen?«

»Und wie kommen Sie dazu, sie zu stehlen?«

Jean-Paul trat an unsern Tisch, blickte auf uns hinunter und setzte sich.

»Sie in Verwahrung zu nehmen«, verbesserte Datt. »Ich habe sie für Sie in Verwahrung genommen.«

»Dann wollen wir Jean-Paul einmal bitten, die Handschuhe abzulegen«, meinte ich. — Jean-Paul blickte Datt ängstlich an.

»Er weiß Bescheid. Gib es zu, Jean-Paul.«

»In Anbetracht unseres schlechten und dummen Anfangs«, erklärte ich, zu Jean-Paul gewandt.

»Das habe *ich* gesagt«, erzählte Datt Jean Paul. »Ich sagte, wir hätten einen schlechten und dummen Anfang gemacht, und jetzt wollen wir die Sache anders anpacken.«

Ich beugte mich vor und schob Jean-Pauls Baumwollhandschuhe am Handgelenk zurück. Die Haut war von Ninhydrin* violett verfärbt.

*Ein Farbreagens, rötlich-schwarzer Puder. Die Hände färben sich aufgrund der Aminosäure in der Haut violett. Die Verfärbung verschwindet nach drei Tagen wieder. Waschen verschlimmert sie noch.

»Zu peinlich für den Jungen«, meinte Datt lächelnd. Jean-Paul blickte ihn wütend an.

»Wollen Sie die Unterlagen kaufen?« fragte ich.

Datt hob die Schultern. »Vielleicht. Ich gebe Ihnen zehntausend Francs; wenn Sie noch mehr wollen, bin ich nicht mehr interessiert.«

»Ich brauche doppelt soviel.«

»Und wenn ich ablehne?«

»Dann bekommen Sie die restlichen Seiten nicht, die ich herausgenommen und anderswo deponiert habe.«

»Sie sind nicht dumm«, stellte Datt fest. »Um die Wahrheit zu sagen, die Dokumente waren so leicht von Ihnen zu bekommen, daß ich schon an ihrer Echtheit zweifelte. Ich freue mich, feststellen zu können, daß Sie kein Dummkopf sind.«

»Es gibt noch mehr dieser Dokumente«, erklärte ich. »Der größte Teil sind Xerox-Kopien, aber das wird Ihnen ja vermutlich nichts ausmachen. Der erste Schwung enthielt Originale, um Sie von ihrer Echtheit zu überzeugen; aber es ist zu riskant, das beizubehalten.«

»Für wen arbeiten Sie?«

»Das spielt für Sie keine Rolle. Wollen Sie sie haben oder nicht?«

Datt nickte, grimmig lächelnd: »Einverstanden, mein Freund. Einverstanden.« Er schwenkte den Arm und bestellte Kaffee. »Aus reiner Neugier. Nicht, daß Ihre Unterlagen an meine wissenschaftlichen Interessen heranreichen. Ich will sie lediglich benützen, um meinen Geist anzuregen. Danach werden sie vernichtet. Sie können sie zurück haben . . .« Der Kurier trank seinen Kaffee aus und ging dann die Treppe hinauf; er bemühte sich, so auszusehen, als wolle er zu den Toiletten im ersten Stock.

Ich putzte mir geräuschvoll die Nase und zündete eine Zigarette an. »Mir ist es gleich, was Sie damit anfangen, Monsieur. Meine Fingerabdrücke sind nicht auf den Unterlagen, und es besteht keine Möglichkeit, sie mit mir in Verbindung zu bringen. Ich weiß nicht, ob diese Dokumente etwas mit Ihrer Arbeit zu tun haben; ich weiß ja nicht einmal, worin Ihre Arbeit besteht.«

»Ich bin zur Zeit wissenschaftlich tätig«, führte Datt aus. »Meine Klinik unterhalte ich, um die unterschiedlichen menschlichen Verhaltensweisen zu untersuchen. Ich könnte anderswo weit mehr

Geld verdienen, ich besitze die Fähigkeiten dazu. Ich bin Analytiker und außerdem ein guter Arzt. Ich könnte Vorlesungen über die verschiedensten Themen halten: morgenländische Kunst, Buddhismus oder sogar Marxismus. Ich gelte als Fachmann auf dem Gebiete des Existenzialismus' und vor allem der existenzialistischen Psychologie. Doch mit der Arbeit, die ich heute leiste, werde ich mir einen Namen machen. Wenn man alt wird, gewinnt der Gedanke, auch nach seinem Tode in Erinnerung zu bleiben, immer mehr an Bedeutung.« Er würfelte und rückte an Départ vorüber. »Geben Sie mir meine zwanzigtausend Francs«, forderte er.

»Was machen Sie in dieser Klinik?« Ich zählte das Spielgeld ab und schob es ihm zu. Er zählte nach.

»Die Leute lassen sich durch die sexuelle Natur meiner Arbeit blenden. Sie sehen sie nicht im rechten Licht.« Er seufzte. »Das ist vermutlich nur natürlich. Meine Arbeit ist nur deshalb von Bedeutung, weil die Leute den Gegenstand nicht objektiv betrachten können. Ich kann es; deshalb gehöre ich zu den ganz wenigen, die ein solches Projekt unter Kontrolle zu halten verstehen.«

»Sie analysieren den Sexualakt?«

»Ja«, erwiderte Datt. »Keiner tut etwas, das er nicht tun möchte. Wir beschäftigen Mädchen, aber die meisten Leute kommen paarweise in mein Haus, und sie gehen auch wieder in Paaren. Ich will noch zwei Häuser dazu kaufen.«

»Gehen Sie als dieselben Paare?«

»Nicht immer. Aber das ist ja nicht unbedingt eine Sache, die erforscht zu werden verdient. Die Menschen fühlen sich geistig verbunden, und ihre sexuelle Tätigkeit ist der Schlüssel zu der Klärung ihrer Probleme. Sie ziehen Ihre Miete nicht ein!« Er schob sie mir herüber.

»Versuchen Sie nicht, den Besitz eines Freudenhauses vernunftmäßig zu erklären?«

»Kommen Sie mit und sehen Sie selbst«, meinte Datt. »Soll das heißen, daß die Klinik auch mittags in Betrieb ist?«

»Das menschliche Tier«, erklärte Datt, »ist insofern einmalig, als sein Geschlechtszyklus unvermindert von der Pubertät bis zum Tode fortdauert.« Er klappte das Monopoly-Brett zusammen.

Es wurde jetzt heißer — ein Tag, an dem jeder Rheumatismus einen Stoß erhält und der Eiffel-Turm sich um fünfzehn Zentimeter ausdehnt. »Warten Sie einen Moment«, sagte ich zu Datt. »Ich gehe schnell hinauf und rasiere mich. Fünf Minuten?«

»Gut«, versetzte Datt. »Aber es ist wirklich nicht notwendig, daß Sie sich rasieren; Sie werden ohnehin nicht zur Teilnahme aufgefordert.« Er lächelte.

Ich eilte in mein Zimmer hinauf, der Kurier wartete drinnen. »Hat er's geschluckt?«

»Ja.« Ich wiederholte meine Unterhaltung mit Datt.

»Das haben Sie gut gemacht.«

»Oh, bin ich Ihnen unterstellt?» Ich seifte mir sorgfältig das Gesicht ein und begann, mich zu rasieren.

»Nein. Haben sie es da rausgeholt, wo die Füllung hervorschaut?«

»Ja. Wem denn sonst?«

»Sie wissen, daß ich das nicht beantworten kann. Sie dürften mich nicht einmal danach fragen. Klug von ihnen, dort nachzusehen.«

»Ich hab ihnen vorher erzählt, wo es ist. Bisher habe ich nie danach gefragt«, erklärte ich, »aber wer mein Vorgesetzter auch ist, er scheint zu wissen, was diese Leute tun, noch bevor ich es weiß. Es ist jemand aus der Nähe, jemand, den ich kenne. Bohren Sie nicht dauernd da drin herum, es ist nur zusammengeheftet.«

»Das zumindest war falsch getippt«, widersprach der Kurier. »Es ist niemand, den Sie kennen oder dem Sie begegnet sind. Woher wissen Sie, wer die Mappe genommen hat?«

»Sie lügen. Ich habe Ihnen gesagt, Sie sollen nicht dauernd da drin herumbohren. Von dem Ninhydrin, es verfärbt die Haut. Jean-Pauls Hände leuchten geradezu.«

»Welche Farbe?«

»Das werden Sie schon noch merken«, gab ich zurück. »Da drin ist noch reichlich Ninhydrin.«

»Zu komisch.«

»Na, wer hat Sie denn aufgefordert, Ihre Wurstfinger in meine Polsterfüllung zu stecken? Hören Sie endlich mit dem Gefummel auf und geben Sie acht: Datt nimmt mich mit in seine Klinik, folgen Sie mir dorthin.«

»Sehr wohl«, erklärte der Kurier ohne Begeisterung. Er wischte sich die Hände an einem großen Taschentuch ab.

»Achten Sie darauf, daß ich innerhalb einer Stunde wieder draußen bin.«

»Was muß ich sonst tun?«

»Verdammt, wenn ich das wüßte«, erwiderte ich. Im Film stellte einem niemand solche Fragen. »Sicher haben Sie doch für den Notfall irgendeinen Plan parat?«

»Nein«, versetzte der Kurier ruhig, »leider nicht. Ich schreibe nur die Berichte und stecke sie in den toten Briefkasten für London. Manchmal dauert es drei Tage.«

»Das hier könnte aber ein Notfall werden«, versetzte ich. »Man hätte etwas arrangieren müssen.« Ich spülte den letzten Seifenschaum ab, zog mir den Scheitel nach und rückte die Krawatte zurecht.

»Ich folge Ihnen auf jeden Fall«, versicherte mir der Kurier aufmunternd. »Es ist ein schöner Vormittag für einen Spaziergang.«

»Gut.« Wenn es regnete, wäre er wahrscheinlich im Café geblieben. Ich tupfte mir etwas Rasierwasser aufs Gesicht und ging dann zu Datt hinunter. Auf dem großen Haufen Spielgeld hatte er das Trinkgeld für den Kellner liegengelassen: einen Franc.

Der Sommer war wieder da; die Pflastersteine waren heiß, die Straßen staubig und die Verkehrspolizisten mit weißen Jacken und dunklen Brillen ausstaffiert. Und überall die Touristen: teils mit Bärten, Papierbündeln und ausgebleichten Jeans, teils mit Strohhüten, Kameras und Baumwolljacken.

Während wir gingen, schaute ich mich nach ihnen um und erblickte dabei den Kurier, der in rund dreißig Metern Entfernung hinter uns herschlenderte.

»Ich werde noch fünf Jahre brauchen, um meine Arbeit zu vollenden«, meinte Datt. »Der menschliche Geist und der menschliche Körper zwei erstaunliche Mechanismen, die jedoch oft schlecht aufeinander abgestimmt sind.«

»Sehr interessant«, sagte ich. Datt ließ sich leicht ermuntern.

»Gegenwärtig befasse ich mich mit simulierten Schmerzensäußerungen, oder eher mit der Erregung, die durch jemanden erzeugt wird, der plötzlichen physischen Schmerz simuliert. Vielleicht erinnern Sie sich noch an diesen Schrei auf dem Tonband. Ein solches Geräusch kann bemerkenswerte geistige Veränderungen in einem Menschen hervorrufen, wenn es unter den rechten Umständen angewendet wird.«

»Wobei unter rechten Umständen sicher diese Filmkulissen-Folterkammer zu verstehen ist, wohin ich nach meiner Behandlung gebracht wurde.«

»Sie haben den Nagel auf den Kopf getroffen. Selbst wenn die Leute wissen, daß es nur ein Tonband ist, und auch wenn wir ihnen erzählen, daß es von einer Schauspielerin stammt, selbst dann ist die Erregung, die sie dabei empfinden, nur unmerklich schwächer. Merkwürdig, nicht?«

»Sehr.«

Das Haus auf der Avenue Foch brütete in der Hitze der vormittäglichen Sonne. Die Bäume davor bewegten sich nur schwach, als fürchteten sie, die heiße Sonne zu spüren zu bekommen. Ein Butler öffnete uns; wir traten in die Empfangshalle. Der Marmor war kühl, und auf der Biegung der Treppenflucht lag ein Funkeln, dort, wo die Sonnenstrahlen auf die tiefen, glühenden Farben der Teppiche trafen. Hoch über uns brachte ein Luftzug von der offenen Tür her die Leuchterkristalle zum Klirren.

Die einzige Dissonanz war der Schrei der Frau. Ich erkannte ihn wieder als die Bandaufnahme, die Datt erwähnt hatte. Die Schreie wurden lauter, als irgendwo auf der ersten Etage eine Tür geöffnet und dann wieder geschlossen wurde.

»Wer ist oben?« fragte Datt, als er Schirm und Hut dem Butler reichte.

»Monsieur Kuang-t'ien«, erwiderte der Butler.

»Ein reizender Mensch«, erzählte mir Datt. »Majordomus der chinesischen Botschaft hier in Paris.«

Irgendwo im Haus spielte ein Klavier Liszt, oder vielleicht war auch das ein Tonband.

Ich blickte zum ersten Stock hinauf. Die Schreie hielten an, etwas erstickt durch die Tür, die jetzt wieder geschlossen war. Plötzlich lief, lautlos wie eine Phantasiegestalt, ein junges Mädchen an der Balustrade des ersten Stockwerks entlang und kam taumelnd die Treppe herunter, wobei es sich am Geländer festklammerte. Halb stürzte, halb rannte es, den Mund in einem lautlosen Schrei so verzerrt, wie es nur in Alpträumen vorzukommen pflegt. Das Mädchen war nackt, doch am ganzen Körper mit hellem nassem Blut bedeckt. Jemand mußte zwanzig-, vielleicht dreißigmal auf sie eingestochen haben, und die feinen Blutrinnsale wirkten wie ein enges Mieder aus zarter roter Spitze. Mir fiel Kuang-t'iens Gedicht ein: »Ist sie keine Rose ganz in Weiß, muß sie roter sein als des Blutes Röte.«

Niemand rührte sich, bis Datt einen unentschlossenen Versuch unternahm, sie zu packen; doch er war so langsam, daß sie ihm mühelos entkam und durch die Tür rannte. Jetzt erkannte ich ihr Gesicht; es war das Modell, das Byrd gemalt hatte — Annie.

»Ihr nach!« Mit der ruhigen Exaktheit eines Kapitäns, der sein Schiff ins Hafenbecken manövriert, rief Datt sein Personal in Aktion. »Gehen Sie hinauf, packen Sie Kuang-t'ien, entwaffnen Sie ihn, säubern Sie das Messer und verstecken Sie's. Nehmen Sie ihn unter Bewachung, dann rufen Sie den Pressereferenten der chinesischen Botschaft an. Sagen Sie ihm noch nichts, aber er muß in seinem Büro bleiben, bis ich ihn anrufe. Albert, rufen Sie von meinem Privatapparat aus das Innenministerium an. Sagen Sie, daß wir ein paar Polizisten brauchen. Jules, hole meine Tasche und den Arzneimittelkasten und halte das Transfusionsgerät bereit; ich will mir das Mädchen anschauen.« Datt drehte sich um, hielt inne und sagte leise: »Und Byrd ... holt sofort Byrd her; schickt ihm einen Wagen.«

Er lief den Bediensteten und dem Butler nach, die quer über den Rasen hinter dem blutenden Mädchen herrannten. Es blickte über die Schulter zurück und bezog aus der Nähe der Verfolger neue Energien. Es griff nach dem Torpfosten und zog sich über das Gitter auf das heiße staubige Pflaster der Avenue Foch hinaus, während sein Herz die Blutflecken zu glänzenden roten Blasen aufpumpte, die zerbarsten und in senkrechten Linien heruntertropften.

»Schau mal da!« hörte ich einen Passanten rufen.

Irgend jemand rief: »Hallo, Süße«, einer lachte, und viele pfiffen hinter ihr her. Die Pfiffe mußten das letzte gewesen sein, was das Mädchen vernahm, als es auf dem heißen, staubigen Pariser Pflaster, unter den Bäumen der Avenue Foch, zusammenbrach und starb.

Bis ich zu der Toten gelangt war, hatten sich bereits zehn, zwölf Leute um sie versammelt. Der Butler kam und warf eine Autodecke über sie. Einer der Herumstehenden sagte: »*Tant pis*«, und ein anderer meinte, die *jolie pépée* hätte ganz schön Holz vor der Hütte. Sein Freund lachte.

Die Polizei ist in Paris niemals weit weg, und sie kam rasch; aus einem blau-weißen Wellblech-Transporter strömten Polizisten wie aus der Hand eines Spielers die Karten. Noch bevor der Wagen zum Stehen gekommen war, überprüften die Beamten die Umstehenden, fragten nach Papieren, behielten manche zurück, schoben andere ab. Die Dienstboten hatten die Leiche inzwischen in die Decke gehüllt und waren damit beschäftigt, das schlaff herabhängende Bündel zum Haustor zu schleppen.

»In den Polizeiwagen«, rief Datt.

Einer der Polizisten befahl: »Ins Haus.«

Die beiden Männer, die das tote Mädchen trugen, blieben unentschlossen stehen.

»In den Wagen«, bestimmte Datt.

»Ich habe meine Order vom Polizeikommissar«, versetzte der Polizist. »Wir stehen über Funk in Verbindung.« Er nickte zum Wagen hin.

Datt war wütend. Er versetzte dem Polizisten einen Schlag auf den Arm, seine Stimme geiferte. »Sehen Sie denn nicht, daß Sie unnötig Aufmerksamkeit erregen, Sie Trottel? Hierbei handelt es sich um eine politische Angelegenheit, die das Innenministerium betrifft. Legen Sie die Leiche in den Wagen. Man wird meine Anweisung über Funk bestätigen.« Der Beamte war von Datts Wut beeindruckt. Datt deutete auf mich. »Dies ist einer der Beamten, die mit Chefinspektor Loiseau von der Sûreté zusammenarbeiten. Genügt Ihnen das?«

»Sehr wohl«, versetzte der Polizist. Er nickte den beiden Männern zu, die den Leichnam schließlich auf den Boden des Polizeiautos schoben. Sie schlossen die Tür.

»Es könnten Zeitungsleute kommen«, sagte Datt zu dem Polizeibeamten. »Lassen Sie zwei Ihrer Leute auf Wache hier, und vergewissern Sie sich, daß ihnen der Artikel zehn ein Begriff ist.«

»Jawohl«, erwiderte der Polizist gehorsam.

»Welchen Weg nehmen Sie?« fragte ich den Fahrer.

»Sie kommt ins Gerichtsmedizinische.«

»Bringen Sie mich zur Avenue de Marigny«, ordnete ich an. »Ich muß zurück in mein Büro.«

Der Fahrer war von Datts grimmigen Anordnungen so eingeschüchtert, daß er sich widerspruchslos bereiterklärte, mich mitzunehmen. An der Ecke der Avenue de Marigny ließ ich den Wagen halten und stieg aus. Ich brauchte einen großen Brandy.

15

Ich rechnete damit, daß der Kurier von der Botschaft sich noch am selben Tage mit mir in Verbindung setzen würde; doch er kam erst am nächsten Morgen. Er legte seine Dokumentenmappe auf den Kleiderschrank und sank in meinen besten Sessel.

Er beantwortete eine unausgesprochene Frage. »Es ist ein Freudenhaus«, erklärte er bestimmt. »Er nennt es Klinik, aber es ist eher ein Bordell.«

»Vielen Dank für Ihre Hilfe«, gab ich zurück.

»Werden Sie nicht unverschämt — Sie wollen doch sicher nicht, daß ich Ihnen vorbete, was erst in Ihren Berichten stehen soll.«

»Stimmt.«

»Natürlich stimmt es. Es ist ein Freudenhaus, das viele Botschaftsangehörige besuchen. Nicht nur unsere Leute — auch die Amerikaner usw. benutzen es.«

»Klären Sie mich auf: Handelt es sich nur darum, von Datt für einen unserer Botschaftsleute ein paar schmutzige Fotos zurückzuholen?«

Der Kurier starrte mich an. »Ich habe keine Befugnis, über derartige Dinge zu sprechen.«

»Verschonen Sie mich mit dem Zeug«, gab ich zurück. »Gestern haben sie dieses Mädchen umgebracht.«

»Im Affekt«, erklärte der Kurier. »Es gehörte zu irgendeiner verrückten Art Beischlaf.«

»Selbst wenn es ein Reklametrick war. Sie ist tot, und ich muß so genaue Informationen wie nur möglich bekommen, um Scherereien aus dem Weg gehen zu können. Es handelt sich nicht einzig und allein um meine Haut; im Interesse der Abteilung möchte ich Komplikationen vermeiden helfen.«

Der Kurier sagte nichts, aber ich sah, wie er schwächer wurde.

»Wenn ich nochmals in dieses Haus muß, nur um ein paar Filme von einer britischen Sekretärin in voller Aktion sicherzustellen, dann kriegen Sie es mit mir zu tun.«

»Geben Sie mir eine Tasse Kaffee«, bat der Kurier. Mir war klar, daß er beschlossen hatte, mir alles zu erzählen. Ich setzte den Kessel auf.

»Kuang-t'ien«, begann der Kurier, »der Mann, der das Mädchen erdolcht hat: Wissen Sie, wer das ist?«

»Majordomus an der chinesischen Botschaft, sagt Datt.«

»Das ist seine Tarnung. Er heißt wohl Kuang-t'ien, ist aber einer der fünf Spitzenleute des chinesischen Atomprogramms.«

»Er spricht ein verdammt gutes Französisch.«

»Ja, natürlich. Er wurde hier in Paris am Laboratoire Curie ausgebildet. Ebenso sein Chef, Chien San-chiang, der Leiter des Instituts für Atomenergie in Peking.«

»Sie scheinen ja eine ganze Menge zu wissen«, meinte ich. »Erzählen Sie mir mehr über den Mann, der sein Sexualleben mit Schnappmessern würzt.«

Er zog die Kaffeetasse heran und rührte gedankenvoll darin herum. Schließlich begann er: »Vor vier Jahren wurde mit Hilfe der U2-Flüge die vierzehn Morgen große Gasdiffusionsanlage unweit Lanchow am Gelben Fluß entdeckt. Die Fachleute hatten vorausgesagt, daß die Chinesen ihre Bomben herstellen würden wie die Russen, die Franzosen und wir auch: durch die Produktion von Plutonium in Atomreaktoren. Doch das taten die Chinesen nicht; unsere Leute sind dicht herangekommen, ich habe die Fotos selbst gesehen. Diese Anlage beweist, daß sie alles oder nichts auf den Wasserstoff setzen. Sie steuern mit voller Kraft auf ihr Wasserstoff-Forschungsprogramm los. Da sie sich auf die leichten Elemente im allgemeinen konzentrieren und die Megatonnen- statt der Kilotonnenbombe vorantreiben, könnten sie in acht bis zehn Jahren die führende Atommacht sein, falls ihre Wasserstofforschung sich bezahlt macht. Dieser Kuang-t'ien ist ihr bester Experte auf dem Gebiet des Wasserstoffs. Verstehen Sie jetzt?«

Ich schenkte Kaffee nach und dachte darüber nach. Der Kurier holte seine Mappe und kramte darin herum.

»Sind Sie gestern in dem Polizeiwagen mitgefahren, als Sie die Klinik verließen?«

»Ja.«

»Hm, dachte ich mir. War ein sauberer Trick von Ihnen. Ich habe mich noch eine Weile dort herumgedrückt, und als ich dann merkte, daß Sie fort waren, kam ich hierher zurück. Ich hoffte, daß Sie heimfahren würden.«

»Ich ging etwas trinken«, erklärte ich.

»Schade«, meinte der Kurier. »Denn während Sie fort waren, hatten Sie Besuch. Ein Mann fragte an der Theke nach Ihnen und lungerte dann noch fast eine Stunde lang hier herum. Aber als Sie nicht wiederkamen, nahm er ein Taxi zum *Hotel Lotti.*«

»Wie sah er aus?«

Der Kurier lächelte auf seine freudlose Art und brachte einige Hochglanzfotos eines Mannes zum Vorschein, der in der Nachmittagssonne Kaffee trank. Die Qualität der Fotos war nicht besonders. Der Mann war ungefähr fünfzig und trug einen leichten Anzug mit schmalkrempigem Filzhut. Seine Krawatte zeigte ein kleines Monogramm, das unleserlich war, und er liebte große, verzierte Manschettenknöpfe. Seine schwarze Sonnenbrille hatte er auf einem Bild gerade zum Polieren abgenommen. Wenn er Kaffee trank, spreizte er den kleinen Finger und spitzte die Lippen.

»Gute Idee, zu warten, bis er die Brille abnimmt. Sie sind wohl ein richtiger Geheimagent«, setzte ich bewundernd hinzu. »Was haben Sie gemacht — ihm mit Ihrem in der Schuhspitze eingebauten Schießeisen in den Knöchel geschossen, durch Ihren Zahn das Hauptquartier alarmiert und die ganze Geschichte mit Ihrer Armbanduhr aufgenommen?«

Er kramte wieder in seinen Papieren und warf dann eine Nummer des *Express* auf den Tisch. Darin befand sich ein Foto des Botschafters der USA, wie er auf dem Flughafen Orly eine Gruppe amerikanischer Geschäftsleute begrüßte. Der Kurier sah kurz zu mir auf.

»Fünzig Prozent dieser Gruppe arbeiten — oder arbeiteten — für die Atomenergie-Kommission. Der Rest sind größtenteils Fachleute für Atomenergie und verwandte Gebiete. Bertram: Atomphysiker beim MIT. Bestbridge: Strahlungskrankheiten. Waldo: Niederschlagsexperimente und Arbeit am Krankenhaus in Hiroshima. Hudson: Wasserstofforschung — arbeitet heute für die US-Armee.« Er markierte Hudsons Gesicht mit dem Nagel. Es war der Mann, den er fotografiert hatte.

»Na gut«, sagte ich, »und was wollen Sie damit beweisen?«

»Nichts. Ich setze Sie nur ins Bild. Das wollten Sie doch, oder?«

»Ja, danke.«

»Ich stelle lediglich einen Wasserstoffexperten aus Peking neben einen Wasserstoffexperten des Pentagon. Weiterhin frage ich mich, wieso sie sich beide zur selben Zeit in derselben Stadt aufhalten und vor allem, warum alle beide Ihren Weg kreuzen. So etwas macht mich nervös.« Er schluckte den Rest des Kaffees.

»Sie sollten nicht zuviel von diesem starken Zeug trinken. Es wird Sie die ganze Nacht wachhalten.«

Der Kurier nahm seine Fotos und den *Express* wieder an sich. »Ich habe ein System zum Einschlafen«, erklärte er. »Ich zähle die Berichte, die ich bereits abgelegt habe.«

»Schauen Sie lieber ortsansässigen Agenten zu, die voreilige Schlüsse ziehen.«

»Das wirkt nicht einschläfernd.« Er erhob sich. »Das Wichtigste habe ich für den Schluß aufgehoben.«

»Wirklich?« fragte ich und überlegte, was wohl wichtiger war als die Tatsache, daß die Chinesische Volksrepublik sich auf den Atomkrieg vorbereitete.

»Das Mädchen gehörte zu uns.«

»Welches Mädchen gehörte zu wem?«

»Das ermordete Mädchen arbeitete für uns; für die Abteilung.«

»Gelegentlich?«

»Nein. Fest angestellt.«

»Das arme Kind. Hat sie Kuang-t'ien ausgehorcht?«

»Es ging nicht über die Botschaft. Dort weiß man nichts von ihr.«

»Aber Sie wußten Bescheid?«

»Ja.«

»Sie arbeiten also mit beiden Seiten zusammen.«

»Genau wie Sie.«

»Keineswegs. Ich gehöre ausschließlich London. Die Aufträge, die ich für die Botschaft erledige, sind nur ein Entgegenkommen. Ich kann jederzeit ablehnen, wenn ich will. Was, wünscht London, soll ich wegen des Mädchens unternehmen?«

»Sie hat ein Appartement am linken Seine-Ufer. Sehen Sie ihre persönlichen Papiere, ihre ganzen Habseligkeiten durch. Sie kennen das ja. Es ist ein zweifelhafter Versuch, aber vielleicht finden Sie doch etwas. Hier, ihre Schlüssel — die Abteilung bewahrt für den Notfall Zweitschlüssel auf —, der kleine für den Briefkasten, die großen für Haus- und Wohnungstür.«

»Sie sind wohl verrückt! Die Polizei hat eine halbe Stunde nach ihrem Tod alles durchwühlt.«

»Natürlich hat sie das. Ich habe die Wohnung überwachen lassen. Deshalb habe ich auch ein wenig gewartet, bevor ich es Ihnen erzählte. London hält es für ziemlich sicher, daß niemand — weder

Loiseau, noch Datt, noch irgend jemand sonst — wußte, daß das Mädchen für uns arbeitete. Wahrscheinlich war es für sie lediglich eine Routinedurchsuchung.«

»Wenn das Mädchen eine feste Mitarbeiterin war, wird sie nichts herumliegen gelassen haben«, entgegnete ich.

»Natürlich nicht. Vielleicht gibt es aber doch ein, zwei Kleinigkeiten, die uns alle in Verlegenheit bringen könnten . . .« Er ließ den Blick über die rußige Tapete meines Zimmers gleiten und stieß gegen das altertümliche Bettgestell. Es knarrte.

»Auch der vorsichtigste Angestellte ist mal versucht, irgend etwas in seiner Reichweite aufzubewahren.«

»Das wäre gegen die Vorschriften.«

»Sicherheit rangiert vor den Vorschriften«, gab er zurück. Widerwillig zuckte ich die Schultern. »Ganz recht«, fuhr er fort. »Jetzt wissen Sie, warum Sie hingehen sollen. Kämmen Sie das Zimmer durch, als wäre es Ihr eigenes und Sie wären gerade ermordet worden. Es existiert noch eine Versicherung über dreißigtausend Francs — falls Sie auf jemanden treffen, von dem Sie meinen, daß er sie bekommen müßte.« Er schrieb die Adresse auf ein Stückchen Papier und legte es auf den Tisch. »Ich bleibe mit Ihnen in Verbindung. Danke für den Kaffee, er war sehr gut.«

»Wenn ich ab sofort Pulverkaffee serviere«, meinte ich, »habe ich vielleicht etwas weniger Arbeit.«

16

Der Name der Toten war Annie Couzins. Sie war vierundzwanzig und hatte unweit des Boulevard Michel in einem der viel zu engen Wohnschlafzimmer gelebt, die von Wohnungsmaklern als Atelierappartement angepriesen werden. Die Nischen enthielten Bad, Toilette und eine Kleiderstange. Wäre es ein altes oder gar schönes Haus gewesen, so hätte vielleicht ein Stückchen Erinnerung an das tote Mädchen überlebt; doch der Raum wirkte leer, ohne Stil und Mitleid. Ich untersuchte die Schlösser und Angeln, sah in den Matratzen und Schulterpolstern nach, rollte den billigen Teppich zurück und schob eine Messerklinge zwischen die Fußbodendielen. Nichts. Parfüm, Rechnungen, ein Postkartengruß aus Nizza:

»... die Badeanzüge sind göttlich ...«, ein Buch über Träume, sechs Nummern von *Elle,* Strümpfe voller Laufmaschen, sechs Kleider mittlerer Preislage, achteinhalb Paar Schuhe, ein guter englischer Wollmantel, ein teures Transistorradio, das auf *France Musique* eingestellt war, Büchse Nescafé, Büchse Milchpulver, Süßstoff, eine abgewetzte Handtasche mit verschüttetem Puder und zerbrochenem Spiegel, eine neue Kasserole. Nichts, das zeigte, wer sie gewesen war, was sie befürchtet, erträumt oder gewünscht hatte.

Es klingelte, ein Mädchen stand da. Sie mochte fünfundzwanzig sein, doch das war schwer zu sagen. Großstädte pflegen Spuren zu hinterlassen. Die Augen von Großstadtmenschen blicken eher forschend als sehend; sie schätzen den Wert, den Kurspreis einer Sache ab und versuchen, die Gewinner von den Verlierern zu sondern. Und genau das versuchte dieses Mädchen.

»Sind Sie von der Polizei?« fragte sie.

»Nein. Und Sie?«

»Ich bin Monique von nebenan.«

»Ich bin Annies Cousin Pierre.«

»Sie haben aber einen komischen Akzent. Sind Sie Belgier?« Sie kicherte in sich hinein, als wäre es das Komischste, was einem passieren konnte, Belgier zu sein.

»Ein halber Belgier«, log ich liebenswürdig.

»Im allgemeinen höre ich das heraus, mit Dialekten kenne ich mich aus.«

»Das stimmt«, meinte ich bewundernd. »Nicht viele Leute kommen darauf, daß ich zur Hälfte Belgier bin.«

»Welche Hälfte ist belgisch?«

»Die vordere.«

Sie kicherte wieder. »Ich meine, ob Ihre Mutter oder Ihr Vater aus Belgien stammen.«

»Die Mutter. Mein Vater war Pariser.«

Sie versuchte, über meine Schulter in die Wohnung zu spähen. »Ich würde Sie zu einer Tasse Kaffee einladen, aber ich darf hier nichts durcheinanderbringen.«

»Ein Wink mit dem Zaunpfahl. Sie wollen, daß ich Sie zum Kaffee einlade.«

»Stimmt genau.« Ich zog die Tür halb zu. »In fünf Minuten bin ich wieder da.«

Ich kehrte zurück, um die Spuren meiner Suchaktion zu verwischen. Dann warf ich einen letzten Blick auf das häßliche enge Zimmerchen. So würde auch ich eines Tages abgehen. Irgend jemand von der Abteilung würde kommen, um sich zu vergewissern, daß ich nicht »ein, zwei Kleinigkeiten, die uns alle in Verlegenheit bringen könnten« zurückgelassen hatte. Lebwohl, Annie, dachte ich. Ich kannte dich nicht, aber jetzt kenne ich dich so gut, wie sie mich kennen. — Ich ging zum Appartement Nummer elf hinüber. Moniques Zimmer war wie das von Annie; billig und voller Filmstarbilder. Ein Badetuch auf dem Boden, Aschenbecher voller rotverfärbter Stummel, ein Teller mit Knoblauchwurst, zusammengerollt und verendet.

Bis ich eintraf, hatte Monique den Kaffee fertig. Sie goß kochendes Wasser über Milchpulver und Schnellkaffee und rührte mit einem Plastiklöffel um.

Unter ihrem kichernden Äußeren war sie ein schwieriges Mädchen, und hinter klappernden Wimpern hervor musterte sie mich eingehend.

»Ich hielt Sie schon für einen Einbrecher«, sagte sie. »Dann dachte ich, Sie sind von der Polizei.«

»Und jetzt?«

»Sie sind Annies Cousin Pierre. Sie können alles sein, von Karl dem Großen bis zu Tin-Tin, es geht mich nichts an, und Annie können Sie nichts mehr antun.«

Ich nahm meine Brieftasche heraus und zog einen Hundert-Franc-Schein hervor. Ich legte ihn auf das niedrige Kaffeetischchen. Monique starrte mich an in dem Glauben, es handelte sich um eine Art sexuelle Offerte.

»Haben Sie mit Annie in der Klinik gearbeitet?« fragte ich.

»Nein.«

Ich schob einen zweiten Schein daneben und wiederholte die Frage.

»Nein.«

Ich legte noch eine weitere Note dazu und beobachtete Monique sorgfältig. Als sie wieder verneinte, beugte ich mich vor und griff rauh nach ihrer Hand. »Nicht mit mir«, erklärte ich. »Sie glauben doch wohl nicht, daß ich herkomme, ohne mich vorher zu erkundigen?«

Sie starrte mich wütend an. Ich hielt ihre Hand fest.

»Manchmal«, gab sie widerwillig zur Antwort.

»Wie oft?«

»Zehn-, vielleicht zwölfmal.«

»Schon besser.« Ich drehte ihre Hand herum und legte ihr die drei Scheine in die offene Handfläche. Ich ließ sie los, und sie lehnte sich außer Reichweite zurück und rieb sich das Handgelenk, wo ich es gepackt hatte. »Sie haben mir die Hand gequetscht«, beklagte sie sich.

»Reiben Sie's mit Geld ein.«

»Zehn-, vielleicht auch zwölfmal«, wiederholte sie.

»Erzählen Sie mir von dem Haus. Was ging dort vor?«

»Sie sind doch von der Polizei.«

»Wir machen ein Geschäft, Monique. Geben Sie *mir* dreihundert, und ich erzähle Ihnen, was *ich* mache.«

Sie lächelte böse. »Annie brauchte manchmal eine Aushilfe, nur so als Hostess ... Das Geld kam mir gelegen.«

»Hatte Annie viel Geld?«

»Viel? Ich kenne niemanden, der viel Geld hat. Und selbst wenn, kommt man nicht weit damit in dieser Stadt. Annie fuhr nicht mit einem Panzerauto zur Bank, falls Sie das meinen.«

Ich sagte gar nichts.

Monique fuhr fort: »Sie kam schon zurecht, ging aber leichtsinnig um damit. Sie gab jedem Geld, der ihr ein Märchen auftischte. Ihre Eltern werden sie vermissen, auch Vater Marconi; sie spendete immer bei seinen Sammlungen für Kinder und Krüppel. Ich hab' ihr immer wieder gesagt, daß sie zu leichtsinnig mit dem Geld umgeht. Sie sind nicht Annies Cousin, aber Sie werfen mit zuviel Geld herum, um von der Polizei zu sein.«

»Und die Männer, die Sie dort kennenlernten ... die mußten Sie über irgend welche Sachen ausfragen und sich merken, was sie erzählten?«

»Ins Bett bin ich nicht mit ihnen gegangen ...«

»Mir ist es gleich, ob Sie mit ihnen *thé anglais* getrunken oder *gâteau sec* eingetunkt haben; welche Anweisungen hatten Sie?«

Sie zögerte, und ich legte fünf weitere Hunderter auf den Tisch, hielt aber die Hand darauf.

»Natürlich hatte ich Verkehr mit den Männern, genau wie Annie; es waren aber alles feine Leute. Männer mit Kultur.«

»Aber natürlich«, versetzte ich. »Männer mit wahrer Kultur.«

»Es wurde mit Tonbandgeräten gemacht. An den Nachttischlämpchen waren zwei Schalter. Mir war gesagt worden, ich sollte die Gäste zum Sprechen bringen. Schrecklich langweilig, wenn Männer über ihre Arbeit reden.«

»Hatten Sie jemals mit den Bändern zu tun?«

»Nein, die Aufnahmegeräte befanden sich in einem anderen Teil der Klinik.«

Sie beäugte das Geld.

»Es steckt doch mehr dahinter als das. Annie hat noch mehr gemacht.«

»Annie war dumm. Sehen Sie selbst, wohin es sie gebracht hat. Soweit wird es auch mit mir kommen, wenn ich zuviel rede.«

»Ich bin nicht an Ihnen interessiert, sondern an Annie. Was hat sie sonst noch gemacht?«

»Sie hat die Bänder ausgetauscht. Manchmal machte sie eigene Aufnahmen.«

»Hat sie denn ein Gerät mit ins Haus nehmen können?«

»Ja, eins von diesen ganz kleinen, sie kosten ungefähr vierhundert Francs. Sie hatte es in ihrer Handtasche. Ich fand es einmal, als ich mir ihren Lippenstift borgen wollte.«

»Was hat Annie dazu gesagt?«

»Nichts. Ich hab's ihr nicht erzählt. Und an ihre Handtasche bin ich auch nicht mehr gegangen. Das war ihre Sache, ging mich nichts an.«

»Das Gerät ist jetzt nicht mehr in ihrer Wohnung.«

»Ich hab's nicht.«

»Was meinen Sie, wer es hat?«

»Nicht einmal –, nein, tausendmal hab ich sie gewarnt.«

»Was haben Sie ihr gesagt?«

Sie verzog verächtlich die Lippen. »Was wohl, Monsieur Annies Cousin Pierre? Ich habe ihr gesagt, es ist gefährlich, in einem solchen Haus Gespräche aufzunehmen. In einem Haus, das Leuten gehört wie diesen.«

»Leuten wie welche?«

»In Paris redet man nicht über solche Sachen, aber es heißt, das Innenministerium oder der SDECE* führt das Haus, um hinter die

*Service de Documentation Extérieure et Contre-Espionage = Spionageabwehr.

Indiskretionen von dummen Ausländern zu kommen.« Sie schluchzte hart auf, fing sich aber rasch wieder.

»Sie hatten Annie gern?«

»Ich kam nie gut mit Frauen aus, bis ich sie kennenlernte. Ich war fertig, als ich sie traf, zumindest, besaß ich nur noch zehn Francs. Ich stand in der Wäscherei, um meinen Packen zu teilen, weil ich nicht genug hatte, um alles zu bezahlen. Dort, wo ich wohnte, gab es kein fließendes Wasser. Annie lieh mir das Geld für die ganze Wäscherechnung — zwanzig Francs —, damit ich saubere Kleider hatte, während ich Arbeit suchte. Sie schenkte mir den ersten warmen Mantel, den ich je besaß. Sie zeigte mir, wie ich mir die Augen schminken mußte. Sie hörte sich meine Geschichte an und ließ mich bei sich ausweinen. Sie sagte, ich sollte kein solches Leben führen wie sie und von einem Mann zum nächsten laufen. Annie hätte ihre letzte Zigarette mit einem Fremden geteilt. Trotzdem stellte sie mir nie Fragen. Annie war ein Engel.«

»Scheint so.«

»Oh, ich weiß, was Sie denken. Sie glauben, daß Annie und ich lesbisch waren.«

»Einige meiner besten Geliebten sind Lesbierinnen.«

Monique lächelte. Ich glaubte, daß sie mir jetzt etwas vorweinen würde, doch sie schnüffelte nur und lächelte. »Ich weiß nicht, ob wir das waren oder nicht«, meinte sie.

»Spielt es eine Rolle?«

»Nein, es spielt keine Rolle. Alles ist besser, als dort zu bleiben, wo ich geboren wurde.«

Sie erhob sich, tastete auf dem Nachttisch nach einem Streichholz und zündete sich mit ganz leicht bebenden Händen eine Zigarette an. Dann wandte sie sich wieder mir zu. »Ich sah die Mädchen, von denen ich wußte, daß sie sich von reichen Männern aushalten ließen, die sie unmöglich lieben konnten. Ich verachtete sie dafür und fragte mich, wie sie es über sich bringen konnten, mit ihnen ins Bett zu gehen. Nun, heute weiß ich es.« Der Rauch stieg ihr in die Augen. »Es war Angst. Die Angst, eine Frau und kein junges Mädchen mehr zu sein, eine Frau, deren Schönheit rasch dahinwelkt, während sie allein und unbegehrt in dieser lasterhaften Stadt zurückbleibt.« Sie weinte jetzt; ich trat näher zu ihr heran und berührte ihren Arm. Einen Augenblick lang schien sie den Kopf an meine Schulter sinken lassen zu wollen, doch ich spürte, wie angespannt und steif sie war. Ich holte eine Geschäftskarte heraus und legte sie auf den Nachttisch neben eine Schachtel Pralinen. Gereizt zog sie sich von mir zurück.

»Sie brauchen nur anzurufen, wenn Sie mir noch mehr erzählen wollen.«

»Sie sind Engländer«, stellte sie plötzlich fest. Es mußte irgend etwas in meiner Aussprache oder der Syntax gewesen sein.

Ich nickte.

»Es wird aber rein geschäftlich«, erklärte sie. »Gegen Barzahlung.«

»Sie brauchen nicht so streng gegen sich selbst zu sein«, meinte ich. Sie schwieg.

»Und vielen Dank.«

»Ersticken Sie dran.«

17

»Gefährlich«, verkündete Loiseau, als er sich vom Fenster ab- und Maria wieder zuwandte. »Er treibt ein gefährliches Spiel. Das Mädchen wird in seinem Hause getötet, und Datt zieht sämtliche politischen Register, deren er habhaft werden kann, um eine Untersuchung zu verhindern. Das wird er noch bedauern.« Er marschierte durchs Zimmer.

»Setz dich, Liebling«, bat Maria. »Wenn du dich aufregst, vergeudest du nur Kalorien.«

»Ich bin nicht Datts Hampelmann.«

»Das nimmt auch keiner an.« Maria fragte sich, wieso Loiseau eigentlich in allem eine Bedrohung für sein Prestige sah.

»Das Mädchen hat das Recht auf eine Untersuchung«, erklärte Loiseau. »Deshalb bin ich ja Polizeibeamter geworden. Ich glaube an die Gleichheit vor dem Gesetz. Und jetzt versuchen sie, mir die Hände zu binden. Das bringt mich in Rage.«

»Schrei' nicht«, bat Maria. »Was glaubst du, welchen Eindruck es auf deine Leute macht, wenn sie dich hier herumschreien hören?«

»Du hast recht«, meinte Loiseau. Maria liebte ihn. Gerade wenn er so bereitwillig kapitulierte, dann war ihre Liebe zu ihm am tiefsten. Sie wollte für ihn sorgen, ihn beraten und ihn zum erfolgreichsten Polizisten der Welt machen.

»Du bist der großartigste Polizist der Welt.«

Er lächelte. »Du meinst, mit deiner Hilfe könnte ich es werden.« Maria schüttelte den Kopf. »Keine Einwände«, erklärte Loiseau. »Ich weiß mittlerweile, wie dein Hirn arbeitet.«

Maria lächelte ebenfalls. Er wußte es tatsächlich, das war das Schlimme an ihrer Ehe gewesen. Sie kannten einander zu gut. Alles zu kennen hieß, nichts zu verzeihen.

»Annie war eines von meinen Mädchen«, sagte Loiseau. Maria war überrascht. Natürlich hatte Loiseau Mädchen, er war kein Mönch, aber es überraschte sie, ihn so mit ihr sprechen zu hören. »Eins von deinen Mädchen?« Sie ließ es spöttisch klingen.

»Sei doch nicht so verdammt albern, Maria. Ich kann es nicht leiden, wenn du eine Augenbraue hebst und diesen gönnerhaften Ton anschlägst. Eins meiner Mädchen.« Er sagte es langsam, damit sie es leichter begriff. Er gebärdete sich so wichtig, daß Maria beinahe zu kichern anfing. »Eins der Mädchen, die für mich arbeiten.«

»Tun das denn nicht alle Nutten?«

»Sie war keine Nutte, sondern eine hochintelligente Frau, die uns erstklassige Informationen lieferte.«

»Gib's zu, Liebling«, gurrte Maria, »du warst ein ganz klein bißchen verliebt in sie.« Spöttisch zog sie die Braue in die Höhe.

»Du dumme Kuh«, schrie Loiseau. »Was hat es für einen Sinn, dich wie einen Menschen zu behandeln?« Maria erschrak über den lange eingerosteten Haß, der sie da traf. Sie hatte eine freundliche, fast liebevolle Bemerkung gemacht. Natürlich hatte das Mädchen Loiseau fasziniert, während sie ihrerseits von ihm fasziniert gewesen war. Daß es stimmte, bewies Loiseau mit seinem Zorn. Aber mußte sein Ärger gleich so bitter sein? Mußte er sie erst verwunden, um festzustellen, ob durch ihre Adern Blut floß?

Maria stand auf. »Ich gehe jetzt.« Sie erinnerte sich daran, wie Loiseau einmal gesagt hatte, daß Mozart der einzige Mensch gewesen sei, der ihn verstand. Seither war es ihre Überzeugung, daß zumindest das zutraf.

»Du hast gesagt, daß du mich etwas fragen wolltest.«

»Es spielt keine Rolle.«

»Natürlich spielt es eine Rolle. Setz dich und erzähle.«

Sie schüttelte den Kopf. »Ein andermal.«

»Mußt du mich gleich wie ein Ungeheuer behandeln, nur weil ich deine weiblichen Spielchen nicht mitmache?«

»Nein.«

Maria brauchte Loiseau nicht zu bedauern. Er bedauerte sich selbst nicht und selten jemand anderen. »Du weinst ja, Maria. Verzeih mir. Es tut mir leid.«

»Ich weine nicht, und dir tut es nicht leid.« Sie lächelte ihn an. »Vielleicht lag darin schon immer unsere Schwierigkeit.«

Loiseau schüttelte den Kopf, doch es wirkte nicht überzeugend.

Maria fuhr zum Faubourg St. Honoré zurück. Jean-Paul saß am Steuer ihres Wagens. »Er hat dich zum Weinen gebracht«, stellte Jean-Paul fest. »Das dreckige Schwein.«

»Ich habe mich selbst zum Weinen gebracht«, erwiderte Maria.

Jean-Paul legte den Arm um sie und hielt sie fest. Es war alles vorüber zwischen ihr und Jean-Paul, doch wenn sie seinen Arm um sich spürte, war das wie eine Cognacspritze. Sie unterdrückte ihr Selbstmitleid und überprüfte ihr Make-up.

»Du siehst wundervoll aus«, meinte Jean-Paul.

»Hast du ihn gefragt?« wollte er wissen, als sie bereits fuhren.

»Nein«, erwiderte sie. »Ich konnte nicht. Er war nicht in der richtigen Stimmung.«

»Er ist nie in der richtigen Stimmung, Maria. Loiseau weiß, was du ihn fragen willst, und er beschwört immer wieder solche Situationen herauf, daß du ihn nie fragen kannst.«

»Loiseau ist nicht so.« Maria hatte niemals daran gedacht, aber Loiseau war klug und geschmeidig; vielleicht stimmte es.

»Schau mal«, erklärte Jean-Paul, »während des letzten Jahres wurden in dem Haus an der Avenue Foch Shows und Orgien abgehalten, mit Perversionen, obszönen Filmen und allem Drum und Dran, doch es gab niemals Schwierigkeiten mit der Polizei. Selbst wenn dort ein Mädchen umkommt, gibt es wenig oder gar keinen Ärger. Warum? Weil das Haus unter dem Schutz der französischen Regierung steht. Warum aber wird es geschützt? Weil die Vorgänge für offizielle Dossiers gefilmt und fotografiert werden.«

»Ich bezweifle das. Datt deutete so etwas an, aber ich bin mir nicht sicher.«

»Nun, ich bin davon überzeugt«, erklärte Jean-Paul. »Und ich wette mit dir, daß sich diese Filme und Fotos im Innenministerium befinden. Loiseau sieht wahrscheinlich jedes Stück davon. Wahrscheinlich halten sie wöchentlich eine Privatvorstellung ab. Loiseau hat auch den Film von dir und mir binnen vierundzwanzig Stunden gesehen.«

»Glaubst du wirklich?« Eine Welle der Furcht stieg in Maria auf. Jean-Pauls große kühle Hand packte sie an der Schulter, und sie wünschte, daß er härter zufassen würde. Er sollte ihr wehtun, damit ihre Sünden gesühnt und durch den Schmerz getilgt wurden. Sie stellte sich vor, wie Loiseau den Film im Beisein anderer Polizeibeamter sah. Bitte, Gott, laß es ungeschehen sein. Bitte, bitte, Gott . . . Sie glaubte, jede nur mögliche Qual für ihre Dummheit bereits durchlitten zu haben; doch dies war ein neuer und schrecklicher Aspekt.

»Aber warum sollten sie die Filme denn aufbewahren?« fragte Maria, obwohl sie die Antwort schon wußte.

»Datt wählt seine Gäste aus; er ist Psychiater, ein Genie . . .«

» . . . ein böses Genie.«

»Vielleicht ein böses Genie«, schränkte Jean-Paul objektiv ein. »Vielleicht ein böses Genie, aber dadurch, daß er einen auserlesenen Kreis von Leuten zusammenbringt — Leute mit großem Einfluß, Prestige und diplomatischer Macht —, kann er erstaunliche Voraussagen über deren Verhalten zusammenstellen. Einige Veränderungen in der französischen Regierungspolitik wurden aufgrund von Datts Einblicken und seiner Analyse der betreffenden sexuellen Verhaltensweisen beschlossen.«

»Das ist abscheulich.«

»So ist die heutige Welt.«

»So ist das heutige Frankreich«, verbesserte Maria. »Schmieriger Kerl.«

»Nicht schmierig«, widersprach Jean-Paul. »Er ist nicht verantwortlich für das, was diese Leute tun. Er ermuntert sie nicht einmal dazu. Was Datt betrifft, so könnten seine Gäste einen tadellosen Anstand an den Tag legen, und doch würde es ihn genauso freuen, ihr Verhalten zu registrieren und zu analysieren.«

»Ein Voyeur.«

»Er ist nicht einmal ein Voyeur, das ist das Eigenartige. Darum ist er für das Ministerium auch von so ungeheurer Bedeutung. Und deshalb könnte dein Ex-Mann nichts unternehmen, um an diesen Film heranzukommen, selbst wenn er wollte.«

»Und was ist mit dir?« fragte Maria beiläufig.

»Sei vernünftig. Ich erledige zwar kleine Aufträge für Datt, aber ich bin nicht sein Vertrauter. Ich habe keine Ahnung, was mit den Filmen geschieht . . .«

»Manchmal verbrennen sie sie«, erinnerte sich Maria. »Und oft werden sie von den Betroffenen auch gestohlen.«

»Hast du noch nie etwas von Filmkopien gehört?«

Marias Hoffnungen sanken. »Warum hast du nicht um den Streifen von uns gebeten?«

»Weil du sagtest, sie sollten ihn ruhig behalten. Sollen sie ihn doch jeden Freitagabend zeigen, hast du gesagt.«

»Ich war betrunken. Es war nur Spaß.«

»Ein Spaß, für den wir beide teuer bezahlen.«

Maria schnaubte. »Dir gefällt bloß der Gedanke, daß andere Leute den Film sehen. Du möchtest gern dein Image vertiefen: der große Liebhaber . . .« Sie biß sich auf die Zunge. Beinahe hätte sie noch hinzugesetzt, daß der Film der einzige dokumentarische Beweis für seine Heterosexualität war; doch sie schloß die Augen. »Loiseau könnte den Film zurückbekommen«, meinte sie. Sie glaubte fest, fest, fest daran, daß Loiseau diesen Film nicht gesehen hatte, doch die Erinnerung an ihre Angst blieb. »Loiseau *könnte* ihn beschaffen«, erklärte sie verzweifelt, in dem Wunsch, daß Jean-Paul wenigstens in diesem einen, ganz kleinen Punkt mit ihr übereinstimmen möchte.

»Aber er wird es nicht tun«, widersprach Jean-Paul. »Er wird es nicht tun, weil ich beteiligt bin und weil dein Ex-Mann mich aus einer tiefen und unbegründeten Abneigung heraus haßt. Das Schlimme ist, daß ich das sogar verstehe. Ich tauge nicht für dich, Maria. Du wärst mit der ganzen Geschichte wahrscheinlich ausgezeichnet fertig geworden, nur daß Loiseau auf mich eifersüchtig ist. Vielleicht sollten wir uns ein paar Monate lang nicht mehr sehen.«

»Ganz bestimmt sollten wir das.«

»Aber ich könnte es nicht ertragen, Maria.«

»Warum nicht, zum Kuckuck? Wir lieben uns nicht. Ich bin lediglich eine passende Begleiterin, und du hast so viele andere Frauen, daß dir meine Abwesenheit nicht mal auffallen wird.« Sie verachtete sich selbst, noch bevor sie den Satz beendet hatte. Jean Paul hatte ihr Motiv natürlich sofort erkannt.

»Meine geliebte kleine Maria.« Er berührte ihr Bein leicht und ohne Sinnlichkeit. »Du bist anders als die anderen. Die sind nichts als kleine dumme Nutten, keine Frauen. Du bist die einzige echte Frau, die ich kenne. Du bist die Frau, die ich liebe, Maria.«

»Dann Monsieur Datt selbst«, sagte Maria. »Er könnte an den Film heran.«

Jean-Paul zog zum Straßenrand herüber und parkte in doppelter Position. »Wir haben dieses Spiel nun weit genug getrieben, Maria.«

»Welches Spiel?« Hinter ihnen fluchte ein Taxifahrer herzhaft, als er merkte, daß sie nicht weiterfahren würden.

»Das Wie-sehr-du-Datt-haßt-Spiel.«

»Ich hasse ihn wirklich.«

»Er ist dein Vater, Maria.«

»Er ist nicht mein Vater, das ist nur so ein dummes Märchen, das er dir aus irgendeinem Grund erzählt hat.«

»Wo ist dann dein Vater?«

»Er kam 1940 in Bouillon in Belgien ums Leben, bei einem Luftangriff.«

»Dann müßte er ungefähr das gleiche Alter haben wie Datt.«

»Millionen andere Männer auch. Es ist eine so dumme Lüge, daß es sich nicht lohnt, darüber zu streiten. Datt hat gehofft, daß ich dieses Märchen schlucke. Aber jetzt spricht nicht mal er mehr davon. Es ist eine ganz dumme Lüge.«

Jean-Paul lächelte zweifelnd. »Wieso das Ganze?«

»O Jean-Paul — wieso schon. Du weißt doch, was in seinem bösen Kopf vorgeht. Ich war mit einem wichtigen Mann der Sûreté verheiratet. Siehst du denn nicht ein, wie sehr es ihm zustatten käme, wenn ich ihn für meinen Vater hielte? Eine Art Rückversicherung, das ist es.«

Jean-Paul war dieser Auseinandersetzung überdrüssig. »Dann ist er also nicht dein Vater. Aber ich glaube immer noch, daß du mitarbeiten solltest.«

»Wie?«

»Laß ihm ein paar Informationen zukommen.«

»Könnte er an den Film heran, wenn es sich wirklich lohnt?«

»Ich kann ihn ja mal fragen.« Er lächelte. »Jetzt wirst du vernünftig, mein Liebes.« Maria nickte, während der Wagen sich wieder in den Verkehr einfädelte. Jean-Paul drückte Maria einen flüchtigen

Kuß auf die Stirn. Der Arc de Triomphe ragte über ihnen auf, als sie mit den anderen Autos wie Seifenblasen am Spülbeckenabfluß rund um den Etoile wirbelten. An die hundert Reifen stellten quietschend die Zentrifugalkraft unter Beweis, dann waren sie in die Grande Armée eingebogen. An der Ampel kam der Verkehr zum Stillstand. Gewandt tänzelte ein Mann zwischen den Autos herum, sammelte Geld ein und wedelte wie ein Fächertänzer mit den Zeitungen von Fenster zu Fenster. Als die Farbe wechselte, schossen die Wagen voran. Maria schlug ihre Zeitung auf; die Druckerfarbe war noch feucht und verschmierte ihr den Daumen. *Amerikanischer Tourist verschwunden* lautete die Schlagzeile. Dazu ein Foto von Hudson, dem amerikanischen Wasserstofforscher. Die Zeitung berichtete, er sei der Geschäftsführer einer Gefrierkost-Firma namens Parks; das war die von der US-Botschaft ausgegebene Version. Weder Gesicht noch Name des Mannes sagten Maria etwas.

»Steht irgendwas besonderes drin?« fragte Jean-Paul. Er focht ein Duell mit einem Mini-Cooper aus. »Nein«, erwiderte Maria. Sie rieb sich die Druckerschwärze vom Daumen. »Um diese Zeit nie. Deshalb heißt sie ja Saure-Gurken-Zeit.«

18

Les Chiens hat all das zu bieten, was die Yeah-Yeah-Gemeinde entzückt. Es ist finster, heiß, und es zuckt darin wie in einer Büchse voller Köderfische. Die Musik ist ohrenbetäubend, und die Getränke sind selbst für Paris erstaunlich teuer. Ich saß in einer Ecke mit Byrd zusammen.

»Ganz und gar nicht mein Geschmack«, meinte Byrd. »Aber seltsam, es gefällt mir trotzdem.«

Ein Mädchen in einem goldgehäkelten Pyjama quetschte sich an unserem Tisch vorbei, beugte sich vor und küßte mich aufs Ohr. »*Chéri*«, sagte sie, »lang nicht mehr gesehen«, und hatte damit ihren gesamten englischen Wortschatz erschöpft.

»Au verflucht«, rief Byrd. »Man kann da ja glatt durchsehn!«

Das Mädchen tätschelte liebevoll Byrds Schulter und ging wieder.

»Sie haben ja erstaunliche Freunde«, meinte Byrd. Er hatte aufgehört, mich zu kritisieren, und begann mich jetzt als sozialen Sonderling zu betrachten, der beachtet zu werden verdiente.

»Ein Journalist muß seine Kontakte pflegen.«

»Meine Güte, natürlich.«

Die Musik verstummte plötzlich. Byrd wischte sich das Gesicht mit einem rotseidenen Taschentuch ab. »Der reinste Heizkeller.« Im Klub war es merkwürdig still geworden. Auf der Treppe stand eine kleine Gruppe von Leuten, die sich wie auf Reklamefotos gegenseitig umarmten und lachten. An der Bar unterhielten sich einige englische Fotografen in Cockney, und ein englischer Schriftsteller erläuterte James Bond.

Der Kellner stellte vier Gläser mit Eiswürfeln und eine kleine Flasche Johnnie Walker vor uns auf den Tisch. »Was soll das?« fragte ich.

Der Kellner wandte sich ohne Antwort ab. Zwei Franzosen an der Bar begannen mit dem englischen Schriftsteller zu streiten, und ein Barhocker fiel um. Das Geräusch war nicht laut genug, um jemandem aufzufallen. Hinter mir hörte ich den englischen Schriftsteller sagen: »Aber ich bewundere Brutalität außerordentlich. Seine Brutalität ist seine Menschlichkeit. Wenn Sie das nicht verstehen, verstehen Sie gar nichts.« Er zog die Nase kraus und lächelte. Einer der Franzosen erwiderte: »Übersetzt büßt er eben eine Menge ein.« Der Fotograf schnippte mit den Fingern, als die Musik wieder einsetzte.

»Geht es nicht uns allen so?« meinte der englische Schriftsteller und blickte um sich.

Byrd sagte: »Schrecklicher Lärm.«

»Hören Sie nicht hin«, erwiderte ich.

»Wie?«

Der Schriftsteller erklärte soeben: » . . . ein gewalttätiger Herr Jedermann in einer gewalttätigen, aber eintönigen . . .« er hielt inne, »aber eintönigen Welt.« Er nickte sich selbst beifällig zu. »Rufen Sie sich Baudelaire ins Gedächtnis. Es gibt ein Sonett, das beginnt . . .«

»Da will also dieser Vogel aus dem Auto heraus . . .« erzählte einer der Fotografen.

»Etwas leiser, bitte«, sagte der englische Schriftsteller. »Ich möchte ein Sonett vortragen.«

»Halten Sie die Luft an«, rief der Fotograf über die Schulter zurück. »Dieser Vogel wollte also aus dem Auto heraus . . .«

Der Schriftsteller legte dem Fotografen die Hand auf die Schulter und sagte: »Schauen Sie, mein Freund . . .« Der Fotograf landete eine rechte Gerade auf seinem Solarplexus, ohne aus dem Glas, das er in der Linken hielt, etwas zu verschütten. Der Schriftsteller klappte zusammen und schlug zu Boden. Ein Kellner griff nach dem Fotografen, stolperte aber über den reglosen Körper des Schriftstellers.

»Hallo, Sie«, sagte Byrd, und ein vorübergehender Kellner drehte sich so rasch herum, daß die kleine Whiskyflasche und die vier Gläser mit Eis von unserem Tisch gerissen wurden. Irgend jemand holte zum Schlag auf den Kopf des Fotografen aus. Byrd erhob sich und stellte ruhig und vernünftig fest: »Sie haben alles verschüttet. Hol's der Kuckuck, aber das werden Sie uns bezahlen. Bleibt Ihnen gar nichts anderes übrig. Verdammte Rowdies.« Der Kellner versetzte Byrd einen so kräftigen Stoß, daß er zwischen den dicht gedrängten Tanzpaaren verschwand. Zwei, drei Leute fingen an, sich gegenseitig mit den Fäusten zu bearbeiten. Ein verirrter Schlag traf mich im Kreuz, doch der Angreifer war schon wieder verschwunden. Ich lehnte mich mit beiden Schulterblättern an die nächste Wand und stützte mich mit dem rechten Fuß ab. Einer der Fotografen kam in meine Richtung, lief jedoch weiter und landete schließlich im Ringkampf mit einem Kellner auf dem Boden. Auch auf dem Treppenabsatz war bereits ein Handgemenge im Gange, und dann breitete sich die Angriffslust wie eine Springflut im ganzen Lokal aus. Jeder drosch auf jeden ein, Frauen schrien, und die Musik schien noch lauter als vorher. Ein Mann rannte mit einem Mädchen durch den Korridor an mir vorbei. »Immer die Engländer, die solchen Ärger machen«, schimpfte er.

»Stimmt«, gab ich zurück.

»Sie sehen selber sehr englisch aus.«

»Nein, ich bin Belgier.« Er lief hinter dem Mädchen her. Als ich in die Nähe des Notausganges gelangte, versperrte mir ein Kellner den Weg. Hinter mir ging das Schreien, Grunzen und Krachen unvermindert weiter. Jemand schaltete die Musik auf höchste Lautstärke.

»Ich will hier durch«, erklärte ich dem Kellner.

»Nein«, erwiderte der. »Keiner verläßt den Saal.«

Ein kleiner Mann lief rasch an mir vorbei. Ich schreckte zurück, weil ich einen Schlag auf die Schulter erwartete; doch er gab mir nur einen ermunternden Klaps, machte einen Schritt nach vorn und streckte den Kellner mit zwei Karatehieben zu Boden. »Sie sind alle so saugrob«, meinte er, während er über den niedergestreckten Kellner hinwegkletterte. »Besonders Kellner. Wenn sie bessere Manieren hätten, würden sich auch ihre Gäste besser benehmen.«

»Ja.«

»Los, weiter«, rief Byrd. »Lungern Sie nicht da rum. Bleiben Sie dicht an der Wand, und achten Sie auf Rückendeckung. Sie!« brüllte er einen Mann in zerrissenem Abendanzug an, der versuchte, den Notausgang zu öffnen. »Schieben Sie den obersten Riegel zurück, Mann, und ziehen Sie gleichzeitig den Zapfen heraus. Stehen Sie nicht so herum, ich will nicht zu viele erledigen müssen, das hier ist meine Pinselhand.«

Wir gelangten in eine dunkle Seitenstraße. Marias Wagen stand dicht am Ausgang. »Steigt ein«, rief sie.

»Warst du drin?« fragte ich sie.

Sie nickte. »Ich habe auf Jean-Paul gewartet.«

»Ja, und Sie beide fahren jetzt los«, bestimmte Byrd.

»Was ist mit Jean-Paul?« fragte mich Maria.

»Ihr fahrt jetzt«, wiederholte Byrd. »Ihm passiert schon nichts.«

»Können wir Sie nicht mitnehmen?« fragte Maria.

»Ich gehe lieber noch mal hinein, um nach Jean-Paul zu sehen.«

»Die werden Sie umbringen«, sagte Maria.

»Kann Jean-Paul nicht da drin lassen«, erklärte Byrd. »Er sollte sich nicht in solchen Lokalen herumtreiben, sondern lieber früh zu Bett gehen. Nur im Morgenlicht kann man malen. Wenn er das nur endlich einsehen wollte.«

Byrd lief zum Klub zurück. »Sie werden ihn umbringen«, sagte Maria.

»Kaum«, erwiderte ich. Wir stiegen in Marias Jaguar E.

Zwei Männer in Regenmänteln und Filzhüten kamen über die Straße gerannt.

»Die sind von der Mordkommission«, bemerkte Maria. Einer der Männer machte ihr ein Zeichen. Sie kurbelte das Fenster herunter. Er beugte sich hinunter und tippte grüßend an seinen Hut. »Ich suche Byrd«, erklärte er Maria.

»Warum?« fragte ich, doch Maria hatte ihnen bereits erzählt, Byrd wäre der Mann gewesen, der uns soeben verlassen hätte.

»Kriminalpolizei. Wegen Mordes an Annie Couzins. Ich habe beeidete Zeugenaussagen.«

»O Gott«, rief Maria. »Bestimmt ist er unschuldig, Gewalttätigkeit liegt ihm gar nicht.«

Ich blickte mich nach der Türe um, hinter der Byrd verschwunden war. Die zwei Polizisten folgten ihm. Maria ließ den Motor an, wir bummsten hart auf das Pflaster hinunter, streiften fast ein Motorrad und glitten auf den Boulevard St. Germain.

»Du hast mich nicht gerade mit Bewunderung erfüllt«, bemerkte Maria.

»Wie bitte?«

»Du bist den Damen nicht eben hilfreich beigesprungen.«

»Ich wußte nicht genau, welches Damen waren.«

»Du hast lediglich deine eigene Haut gerettet.«

»Es ist die einzige, die mir geblieben ist«, erklärte ich ihr. »Die anderen habe ich für Lampenschirme gebraucht.« Der Schlag, den ich in die Nieren bekommen hatte, tat höllisch weh. Ich wurde langsam zu alt für solche Sachen.

»Deine Späßchen sind ziemlich dünn«, meinte Maria.

»Werd' jetzt nicht aggressiv«, riet ich. »Das erzeugt nicht die rechte Stimmung, wenn man einen Gefallen erbitten will.«

»Woher weißt du, daß ich dich um einen Gefallen bitten will?«

»Ich kann Gedanken lesen, Maria. Als du meine Antworten nach Datts Injektionen falsch gedolmetscht hast, wolltest du mich für etwas Bestimmtes aufsparen.«

»Wirklich?« lächelte sie. »Vielleicht habe ich dich bloß gerettet, um dich nach Hause ins Bett mitzunehmen.«

»Nein, es war mehr als das. Du hast irgendeinen Ärger mit Datt, und du glaubst — irrtümlich wahrscheinlich —, daß ich etwas dagegen unternehmen kann.«

»Wie kommst du nur darauf?« Am anderen Ende des St. Germain waren die Straßen stiller. Wir kamen an der von Bomben gezeichneten Fassade des Kriegsministeriums vorüber und jagten ein Taxi über den Fluß. Der Place de la Concorde war ein großes Betonfeld, wie eine Filmszenerie von Scheinwerfern angestrahlt.

»Es liegt an der Art, wie du von ihm sprichst. Außerdem hast du dich in jener Nacht, als er mir die Spritzen verpaßte, immer so bewegt, daß mein Körper zwischen dir und ihm war. Ich glaube, da hattest du bereits beschlossen, mich als Bollwerk gegen ihn zu benutzen.«

»Psychiatrie im Selbststudium, Band drei.«

»Band fünf, der mit dem Gehirnchirurgie-Instrumentarium für Heimwerker.«

»Loiseau will dich heute abend sprechen. Er meint, es geht um etwas, bei dem du ihm bestimmt helfen willst.«

»Was hat er vor — sich den Bauch aufzuschlitzen?«

Sie nickte. »In der Avenue Foch. Ihr trefft euch um Mitternacht an der Ecke.« Sie hielt vor dem *Café Blanc.*

»Komm' mit und trink' einen Kaffee mit mir«, schlug ich vor.

»Nein, ich muß nach Hause.« Ich stieg aus dem Wagen, und sie fuhr davon. Jean-Paul saß auf der Terrasse und trank Coca Cola. Er winkte mir zur. »Waren Sie heute abend im *Les Chiens*?« fragte ich ihn.

»War schon eine Woche nicht mehr da. Ich wollte hingehen, hab's mir aber anders überlegt.«

»Es gab eine *bagarre.* Byrd war auch dort.«

Jean-Paul verzog das Gesicht, schien aber nicht weiter interessiert. Ich bestellte etwas zu trinken und setzte mich. Jean-Paul starrte mich an.

19

Jean-Paul starrte den Engländer an und fragte sich, wieso er ihn aufgespürt hatte. Das war mehr als ein Zufall. Jean-Paul traute ihm nicht über den Weg. Er glaubte, Marias Wagen im Verkehrsgewühl erblickt zu haben, kurz bevor der Engländer Platz genommen hatte. Was hatten die beiden ausgeheckt? Jean-Paul war sich darüber klar, daß man keiner Frau trauen konnte. Sie vereinnahmten den Mann, verschlangen ihn, schwächten seine Kraft und Zuversicht, ohne selbst etwas dafür zu geben. Die bloße Natur machte die Frau zu seiner . . . war »Feindin« ein zu starkes Wort? Er entschied, daß »Feindin« kein zu starkes Wort war. Sie nahm einem den Mannesstolz und forderte doch mehr und mehr körperliche Liebe. »Unersättlich« war das einzige Wort für sie. Die andere

Schlußfolgerung war keiner Erwägung wert — nämlich, daß seine Potenz zu wünschen übrig ließ. Nein. Frauen waren geil und wollüstig und, wenn er sich selbst gegenüber ehrlich war, auch schlecht. Sein Leben war eine endlose Anstrengung, die lüsternen Feuer zu löschen, denen er begegnete. Und wenn er jemals versagte, würden sie ihn demütigen. Sie warteten nur darauf.

»Haben Sie Maria in letzter Zeit gesehen?« fragte Jean-Paul.

»Vor einem Moment. Sie hat mich hier abgesetzt.«

Jean-Paul lächelte, bemerkte aber nichts dazu. So war das also. Wenigstens der Engländer hatte nicht gewagt, ihm etwas vorzulügen. Er mußte in seinen Augen gelesen haben, daß er nicht in der Stimmung war, mit sich spaßen zu lassen.

»Sagen Sie«, wollte Jean-Paul wissen, »ist Englisch genau dieselbe Sprache wie Amerikanisch, genau dieselbe?«

»Ja«, erwiderte ich.

Er blickte mich an. »Maria ist ganz begeistert von Ihnen.« Ich sagte nichts. »Ich verachte alle Frauen.«

»Warum?«

»Weil sie einander verachten. Sie behandeln sich gegenseitig mit einer Grausamkeit, wie sie kein Mann einem andern zufügen würde. Sie haben niemals eine Freundin, von der sie nicht verraten werden.«

»Das scheint mir für die Männer ein guter Grund, sie nett zu behandeln«, versetzte ich.

Jean-Paul lächelte. Er hatte das sichere Gefühl, daß es nicht ernst gemeint war.

»Die Polizei hat Byrd wegen Mordes verhaftet«, bemerkte ich.

Jean Paul war nicht überrascht. »Ich habe ihn schon immer für einen Mörder gehalten.«

Ich war schockiert.

»Das sind sie alle«, erklärte Jean-Paul. »Für ihre Arbeit werden sie alle zu Mördern. Byrd, Loiseau, Datt, auch Sie, mein Freund, werden zu Mördern, wenn die Arbeit es erfordert.«

»Wovon reden Sie? Wen hat Loiseau umgebracht?«

»Maria. Oder glauben Sie, daß sie immer so war wie heute — falsch, desorientiert und ständig in Angst vor Ihnen allen?«

»Aber Sie sind kein Killer?«

»Nein«, erwiderte Jean-Paul. »Welche Fehler ich auch haben

mag, ich bin kein Killer, es sei denn ...« Er hielt inne, bevor er sorgsam das englische Wort aussprach: »ein Ladykiller.«

Lächelnd setzte er seine Sonnenbrille auf.

20

Um Mitternacht kam ich zur Avenue Foch.

An der Ecke einer schmalen Hintergasse standen vier blinkende Motorräder und vier Polizisten in Sturzhelmen, Schutzbrillen und kurzen schwarzen Lederjacken. Sie lungerten teilnahmslos dort herum, wie es nur Polizisten können, ohne irgend etwas Bestimmtes zu erwarten, ohne auf die Uhr zu schauen oder zu reden; sie standen einfach da und schauten, als hätten nur sie ein Recht, dort zu sein. Weiter hinten parkte Loiseaus dunkelgrüner DS 19, und dahinter bezeichneten rote Absperrungen und Scheinwerfer den Straßenabschnitt, der ausgeschachtet wurde. Bei der Absperrung drängten sich weitere Polizisten. Mir fiel auf, daß es keine Verkehrspolizisten waren, sondern junge, unangenehm aussehende Uniformierte mit unruhigen Händen, die ständig ihre Pistolenhalfter, Gürtel und Schlagstöcke abklopften, um sich zu vergewissern, daß alles bereit war.

Innerhalb der Absperrung standen zwanzig breitschultrige Männer über Preßluftbohrer gebeugt. Der Lärm war ohrenbetäubend, wie von Maschinengewehren, die lange Stöße abfeuerten. Die Generatoren der Lastwagen dröhnten gleichmäßig. Der Arbeiter an dem Aufreißer ganz in meiner Nähe rief einen anderen Mann heran, um sich ablösen zu lassen, und wandte sich dann uns zu, während er sich mit einem blauen Taschentuch die schweißbedeckte Stirn wischte. Unter seinem Overall trug er ein sauberes Hemd mit Seidenkrawatte.

Es war Loiseau.

»Harte Arbeit«, meinte er.

»Wollen Sie in den Keller?«

»Nicht in den von Datts Haus«, erläuterte Loiseau mir. »Wir bohren einen Keller zwei Türen weiter an. Von da aus wollen wir uns in Datts Keller durchgraben.«

»Warum haben Sie diese Leute nicht gefragt?« Ich deutete auf das Haus, hinter dem die Straßenarbeiten im Gange waren. »Warum bitten Sie sie nicht einfach, Sie durchzulassen?«

»Das ist nicht meine Arbeitsmethode. Sobald ich einen Gefallen erbitte, decke ich damit meine Karten auf. Es gefällt mir ganz und gar nicht, daß *Sie* wissen, was wir vorhaben. Vielleicht streite ich es morgen schon wieder ab.« Er wischte sich erneut über die Stirn. »Ganz bestimmt streite ich es morgen ab.« Hinter ihm legte der Bohrer explosionsartig los, und der abgemeißelte Staub glitzerte golden in den Strahlen der starken Lampen, wie die Illustration für ein Märchenbuch; doch aus der feuchten Erde stieg der saure Geruch nach Tod und Bakterien, der einer bombardierten Stadt anhaftet.

»Kommen Sie«, rief Loiseau. Wir gingen an drei großen Berliot-Bussen voller Polizisten vorüber zu einem vierten mit dunkelblauen Scheiben. Aus seiner Karosserie wand sich ein dickes Kabel über den Boden bis in einen Schachtdeckel hinein. Loiseau führte mich die Stufen hinauf, an einem Wachtposten vorbei. Der Bus beherbergte eine hell erleuchtete Kommandozentrale. Zwei Polizisten saßen vor Funk- und Fernschreibgeräten, im Hintergrund wurde ein großes Magazin mit MAT 49-Maschinenpistolen bewacht von einem Mann, der seine silberbetreßte Mütze aufbehielt, um zu zeigen, daß er Offizier war.

Loiseau nahm hinter einem Schreibtisch Platz und brachte eine Flasche Calvados mit zwei Gläsern zum Vorschein. Er schenkte reichlich ein und schob mir eines über den Tisch herüber. Dann nahm er einen großen Schluck und wandte sich mir zu. »Wir sind auf altes Pflaster gestoßen, direkt unter der Oberfläche, das hat uns so lange aufgehalten. Sonst wären wir inzwischen im Keller und hätten alles für Sie bereit.«

»Alles für mich bereit?«

»Ja. Ich möchte, daß Sie als erster im Haus sind.«

»Warum?«

»Aus vielerlei Gründen. Sie kennen die Anlage des Hauses, Sie wissen, wie Datt aussieht. Sie sehen nicht zu sehr nach einem Polizisten aus — besonders dann nicht, wenn Sie den Mund aufmachen —, und Sie können auf sich selbst achtgeben. Außerdem — sollte dem ersten Mann drin etwas zustoßen, sähe ich es nicht gern, wenn das einer von meinen Jungs wäre. Die Ausbildung dauert sehr lange.« Er gestattete sich ein grimmiges kleines Lächeln.

»Und der wahre Grund?«

Loiseau machte eine Bewegung mit der flachen Hand und ließ sie wie ein Rollo zwischen uns niederfallen. »Ich möchte, daß Sie aus dem Haus ein Telefongespräch führen. Ein einfacher Anruf bei der Polizei, den die Vermittlung in der Präfektur in ihr Kontrollbuch einträgt. Wir sind natürlich unmittelbar hinter Ihnen, es geht mir lediglich darum, ein sauberes Protokoll zu erhalten.«

»Unsauber, meinen Sie wohl«, erwiderte ich. »Es geht Ihnen lediglich darum, ein unsauberes Protokoll zu erhalten.«

»Das hängt ganz davon ab, wo Sie stehen.«

»Dort, wo ich stehe, verspüre ich keine große Neigung, die Präfektur zu verärgern. Die *Renseignements généraux* befinden sich in eben diesem Gebäude, und sie enthalten Dossiers über uns Ausländer. Wenn ich diesen Anruf mache, wird das in meine Akte eingetragen, und wenn ich das nächste Mal um meine *carte de séjour* nachsuche, werden sie mich aufgrund sittlicher Verfehlungen und was weiß ich ausweisen. Ich bekomme nie wieder eine Aufenthaltsgenehmigung.«

»Dann tun Sie, was alle anderen Ausländer auch tun«, erklärte Loiseau. »Nehmen Sie alle neunzig Tage eine Rückfahrkarte zweiter Klasse nach Brüssel. Es gibt Ausländer, die seit zwanzig Jahren hier leben und es lieber so machen, als daß sie fünf Stunden lang in der Präfektur herumstehen und auf ihre *carte de séjour* warten.« Er hielt die flache Hand hoch, als wollte er die Augen gegen die blendende Sonne abschirmen.

»Sehr komisch.«

»Nur keine Sorge, ich kann nicht riskieren, daß Sie in der Präfektur überall herumerzählen, die Sûreté hätte Sie für einen Auftrag angeheuert.« Er lächelte. »Erweisen Sie mir einen guten Dienst, und ich sorge dafür, daß Sie keinen Ärger mit der Präfektur bekommen.«

»Danke«, entgegnete ich. »Und was ist, wenn mich am anderen Ende des Mauseloches schon jemand erwartet? Was, wenn mir einer von Datts Wachhunden mit aufgerissenem Rachen an die Kehle springt? Was passiert dann?«

Loiseau zog in gespieltem Entsetzen die Luft ein. »Dann werden Sie in Stücke gerissen«, erklärte er lachend und ließ die Hand wie eine Guillotine niederklatschen.

»Was hoffen Sie, dort zu finden?« fragte ich. »Da schuften Sie nun hier mit Dutzenden von Polizisten, mit Getöse und Licht — glauben Sie, daß die in dem Haus nicht nervös werden?«

»Glauben *Sie* das?« fragte Loiseau ernst zurück.

»Einige bestimmt. Wenigstens ein paar von den Aufgeklärteren werden Verdacht schöpfen.«

»Den Aufgeklärteren?«

»Kommen Sie, Loiseau«, versetzte ich gereizt. »Da drin sind doch wohl eine ganze Menge Leute, die Ihrer Abteilung nahe genug stehen, daß ihnen die Gefahrensignale bekannt sind.«

Er nickte und blickte mich starr an, schwieg aber.

»Das ist es also«, sagte ich. »Es ist Ihnen so befohlen worden. Ihre Dienststelle konnte die Kollegen nicht mehr informieren; doch man kann sie wenigstens dadurch warnen, indem man die Sache geräuschvoll abwickelt.«

»Darwin nannte das natürliche Auslese«, erklärte Loiseau. »Die hellsten Köpfe kommen davon. Meine Reaktion können Sie sich wahrscheinlich ausmalen, doch ich kann das Etablissement wenigstens schließen und vielleicht einige der weniger Phantasiebegabten erwischen. Noch etwas Calvados?« Er schenkte ein.

Ich erklärte mich nicht damit einverstanden, als erster ins Haus zu gehen; doch Loiseau wußte, daß ich zuletzt gehorchen würde. Es konnte recht ungemütlich sein, auf Loiseaus falscher Seite zu leben.

Ich zog mir einen Polizei-Overall über, bevor ich den letzten Durchbruch passierte. Wir standen im Keller von Datts Nachbarhaus unter der Notbeleuchtung, die Loiseaus Leute von der Hauptstromleitung gelegt hatten. Die nackte Birne hing dicht vor Loiseaus Gesicht; seine Haut war faltig und grau vom Ziegelstaub und schimmerte nur durch kleine Schweißbäche hellrosa hindurch.

»Mein Assistent bleibt unmittelbar hinter Ihnen. Falls die Hunde auf Sie losgehen, wird er von der Schußwaffe Gebrauch machen, doch nur, wenn Sie wirklich in Gefahr sind; denn sonst wird das ganze Haus alarmiert.«

Loiseaus Assistent nickte mir zu. »Sobald Sie drin sind«, fuhr Loiseau fort, »geben Sie meinem Assistenten Ihren Overall. Vergewissern Sie sich, daß Sie unbewaffnet sind und keine verräterischen Papiere bei sich haben. Denn es kann Ihnen leicht passieren, daß Sie zusammen mit den anderen in Haft genommen werden, und es ist immer möglich, daß einer meiner besonders eifrigen Beamten Sie durchsucht. Wenn Sie also irgend etwas in der Tasche haben, was Sie kompromittieren könnte . . .«

»Ich habe einen Minisender im Mund.«

»Tun Sie ihn raus.«

»Es war nur ein Scherz.«

Loiseau grunzte. »Die Telefonvermittlung in der Präfektur wird von jetzt an für Sie offengehalten« — er blickte prüfend auf seine Uhr, um sich zu vergewissern, daß er die Wahrheit sagte —, »so daß Sie sehr rasch durchkommen.«

»Sie haben in der Präfektur Bescheid gesagt?« Ich wußte, daß zwischen den beiden Dienststellen eine bittere Rivalität bestand. Es schien unwahrscheinlich, daß Loiseau sie ins Vertrauen gezogen haben sollte.

»Sagen wir, ich habe Freunde in der Alarmzentrale. Ihr Anruf wird von uns hier im Kommandowagen über unsere eigene Leitung mitgehört.«*

»Aha, ich verstehe.«

»Die letzte Wand«, rief eine leise Stimme aus dem Keller nebenan. Loiseau gab mir einen leichten Klaps, und ich kletterte durch das kleine Loch, das seine Leute in die Wand gebrochen hatten. »Nehmen Sie das mit«, rief er noch. Es war ein plumper Silberstift. »Eine Gaspistole«, erläuterte Loiseau. »Benützen Sie sie bis zu vier Meter Entfernung, aber nicht näher als einen Meter, sonst leiden die Augen.«

Ich stieg in den Keller hinunter und suchte mir meinen Weg nach oben. Die Tür am Kopf der Dienstbotentreppe war als Wandtäfelung verkleidet. Loiseaus Assistent folgte mir. Er hatte im Keller zurückbleiben sollen, doch war es nicht meine Aufgabe, Loiseaus Anordnungen Nachdruck zu verleihen. Und überhaupt konnte ich einen Mann mit einer Schußwaffe gut gebrauchen.

Ich trat durch die Tür.

In einem meiner Kinderbücher hatte sich mir ein Foto von einem Fliegenauge in fünfzehntausendfacher Vergrößerung eingeprägt. Der riesige Glaslüster erinnerte mich jetzt an dieses Auge,

*Die Pariser Polizei besitzt ihr eigenes Telefonnetz, das von dem öffentlichen unabhängig ist.

als er so glitzernd und bewegungslos über der breiten Freitreppe hing. Ich schritt über den spiegelnden Holzfußboden und hatte dabei das Gefühl, vom Lüster beobachtet zu werden. Dann öffnete ich die hohe goldverzierte Tür und spähte hinein. Der Ring war verschwunden, ebenso die Metallstühle; der Salon wirkte untadelig, doch leblos.

Ich vermutete, daß Loiseaus Männer sich inzwischen durch die Keller vorarbeiteten; doch ich benutzte nicht das Telefon, das im Alkoven in der Halle stand. Stattdessen stieg ich die Treppe hinauf. Die Zimmer, die Datt als Büros benutzte — und wo ich meine Injektionen erhalten hatte —, waren versperrt. Ich schritt durch den Korridor und probierte die einzelnen Türen aus. Es waren alles Schlafzimmer, die meisten unverschlossen und alle leer. In der Mehrzahl waren sie in verschwenderischem Rokoko mit riesigen säulengetragenen Betten unter schimmernden seidenen Baldachinen und vier bis fünf aufklappbaren Spiegeln ausgestattet.

»Sie sollten jetzt telefonieren«, meinte Loiseaus Assistent.

»Wenn ich anrufe, nimmt die Präfektur diese Razzia zu Protokoll. Ich finde, wir sollten erst noch mehr herausfinden.«

»Ich denke . . .«

»Erzählen Sie mir nicht, was Sie denken, sonst erinnere ich Sie daran, daß Sie unten hätten warten sollen.«

»Na schön«, gab er zurück. Auf Zehenspitzen stiegen wir die kleine Treppe hinauf, die den ersten mit dem zweiten Stock verband. Loiseaus Männer mußten inzwischen nervös geworden sein. Am oberen Ende der Treppe steckte ich vorsichtig den Kopf um die Ecke. Mit meinem Kopf bin ich immer vorsichtig, aber ich hätte nicht so behutsam sein brauchen: das Haus war leer. »Holen Sie Loiseau rauf.«

Loiseaus Leute durchkämmten das ganze Haus, klopften die Täfelung ab und suchten Geheimtüren. Es waren weder Unterlagen noch Filme vorhanden. Zuerst schien hier überhaupt nichts Geheimes zu existieren, bis auf die Tatsache, daß das ganze Haus ein Geheimnis darstellte: seltsame Zellen mit fürchterlichen Folterinstrumenten, Zimmer, die wie üppige Zugabteile oder Rolls-Royce-Wagen ausgestattet waren, und alle Arten bizarrer Rahmen für den Geschlechtsverkehr — sogar Betten.

Die Gucklöcher und das hauseigene Fernsehsystem waren sämtlich für Datt und seine »wissenschaftlichen Methoden« bestimmt. Ich fragte mich, welch merkwürdiges Archiv er zusammengetragen und wo er es untergebracht haben mochte; denn Datt war nirgends zu finden. Loiseau fluchte fürchterlich. »Irgend jemand muß ihn gewarnt haben.«

Loiseau war bereits rund zehn Minuten im Haus, als er nach seinem Assistenten rief. Er rief lange und laut durch die zwei Etagen. Als der Assistent schließlich erschien, trug er gebückt ein schwarzes Metallgehäuse in der Art einer ägyptischen Mumie. Es besaß die Größe und, in sehr groben Umrissen, die Form eines menschlichen Körpers.

Loiseau hatte Baumwollhandschuhe übergestreift und tastete das Ding sorgfältig ab.

»Das Diagramm der Couzins«, verlangte er von seinem Assistenten.

Es wurde irgendwoher besorgt: ein Papierschema des Körpers von Annie Couzins, auf dem säuberlich mit roter Tinte die Stichwunden markiert und gleich daneben die jeweiligen Abmessungen, einschließlich der Tiefe, in winziger, akkurater Schrift eingetragen waren.

Loiseau öffnete das schwarze Metallgehäuse. »Richtig«, erklärte er. »Genau wie ich es mir dachte.« Im Innern des Gehäuses, das gerade groß genug war, um einen Menschen aufzunehmen, waren Messerspitzen in genau der auf dem Diagramm verzeichneten Weise angeordnet. Loiseau erteilte eine ganze Menge Befehle, und plötzlich war der Raum voll von Männern mit Bandmaßen, weißem Puder und Kamerazubehör. Loiseau trat zurück, um ihnen Platz zu machen. »Ich glaube, Eiserne Jungfrau wird das genannt«, meinte er. »Mir scheint, ich habe davon in alten Schuljungen-Magazinen gelesen.«

»Was hat sie nur veranlaßt, in dieses verdammte Ding reinzusteigen?« wollte ich wissen.

»Sind Sie naiv! Als ich noch ein junger Beamter war, hatten wir in Bordellen so viele Todesfälle durch Stichverletzungen, daß wir in jedem einen Polizisten vor der Tür postierten. Allen Kunden wurden Messer und ähnliches abgenommen, und erst, wenn sie gingen, erhielten sie sie wieder zurück. Ich garantiere Ihnen, daß keiner an dem Polizisten vorbeikam, und trotzdem wurden die Mädchen weiterhin durchbohrt, manchmal sogar tödlich.«

»Wie das?«

»Die Frauen — die Prostituierten — haben die Messer eingeschmuggelt. Sie werden eine Frau niemals verstehen.«

21

Der Samstag war sonnig, das Licht hüpfte und funkelte wie nur auf impressionistischen Gemälden und in Paris. Der Sonnenschein auf dem Boulevard reichte von Hauswand zu Hauswand und roch nach gutem Brot und schwarzem Tabak. Sogar Loiseau lächelte. Er kam morgens um halb neun meine Treppe hinaufgestürmt. Ich war überrascht; er hatte mich noch nie besucht, wenigstens nicht, wenn ich zu Hause war.

»Klopfen Sie nicht an, treten Sie ein.« Das Radio spielte klassische Musik von einem der Piratensender. Ich schaltete es ab.

»Ich bitte um Entschuldigung«, erklärte Loiseau.

»Für einen Polizisten hat in diesem Land jedermann zu Hause zu sein.«

»Ärgern Sie sich nicht. Ich wußte ja nicht, daß Sie gerade, in einen seidenen Morgenmantel gehüllt, Ihren Kanarienvogel füttern würden. Sieht sehr nach Noël Coward aus. Wenn ich einmal diese Szene als typisch englisch schildere, werden die Leute mir Übertreibung vorwerfen. Sie haben mit dem Kanarienvogel *geredet*«, setzte Loiseau hinzu.

»Ich probiere alle meine Witze an Joe aus«, erwiderte ich. »Aber lassen Sie die Förmlichkeiten, fahren Sie nur fort, meine Wohnung in ihre Bestandteile zu zerlegen. Wonach suchen Sie diesmal?«

»Ich habe Sie bereits um Entschuldigung gebeten. Was soll ich noch tun?«

»Sie könnten aus meiner altertümlichen, aber sehr teuren Wohnung sowie aus meinem Leben verschwinden. Und Sie könnten aufhören, mit Ihren Wurstfingern in meinem Kaffee herumzufummeln.«

»Ich habe gehofft, daß Sie mir welchen anbieten. Bei Ihnen gibt es den Kaffee so hell gebrannt wie bei uns in Frankreich nur selten.«

»Ich habe vieles, das es in Frankreich nur sehr selten gibt.«

»Wie zum Beispiel das Recht, einen Polizisten hinauszuwerfen?«

»Genau das.«

»Na schön, machen Sie von diesem Recht aber keinen Gebrauch, bevor wir miteinander Kaffee getrunken haben, selbst wenn Sie mich ihn unten bestellen lassen.«

»Jungejunge, jetzt bin ich sicher, daß Sie etwas vorhaben. Ein Polyp führt unbedingt etwas im Schilde, wenn er einen Kaffee selbst bezahlen will.«

»Ich habe gute Nachrichten.«

»Daß öffentliche Hinrichtungen wieder eingeführt werden?«

»Im Gegenteil«, versetzte Loiseau ungerührt. »Es hat einen kleinen Machtkampf gegeben unter den Leuten, von denen ich meine Order empfange, und im Augenblick sind Datts Freunde am Verlieren. Ich wurde bevollmächtigt, Datt und seine Filmsammlung mit allen geeigneten Mitteln ausfindig zu machen.«

»Wann bricht die Panzerkolonne auf? Was ist geplant, Hubschrauber und Flammenwerfer?«

»Sie urteilen zu hart über unsere Methoden. Glauben Sie, wir könnten mit Bobbies in spitzen Helmen und mit Holzstöcken arbeiten? Ich sage Ihnen eins, mein Freund, mit solchen Methoden würden wir uns keine zwei Minuten behaupten.«

»Na schön. Aber was habe ich damit zu tun?«

»Wie ich schon sagte: Sie sind Ausländer, und keiner würde Sie für einen Polizisten halten. Sie sprechen ausgezeichnet französisch und können auf sich achtgeben. Und was noch wichtiger ist, Sie sind nicht der Mann, der verraten würde, von wem er seine Instruktionen erhält, auch nicht unter Druck.«

»Das klingt ganz so, als trauten Sie Datt noch immer einige Schwungkraft zu.«

»Diese Leute besitzen noch Schwungkraft, wenn sie mit einem Strick um den Hals im Weltraum baumeln. Ich unterschätze niemals die Menschen, mit denen ich zu tun habe. Denn im allgemeinen werden sie zu Mördern, wenn's zum Finale kommt. Falls ich das übersehe, ist es einer meiner Beamten, der die Kugel in den Kopf bekommt, nicht ich. Deshalb übersehe ich es nicht, und deshalb habe ich einen ausdauernden, ergebenen, zuversichtlichen Stab von Männern.«

»Na gut«, erklärte ich. »Ich spüre also Datt auf. Was dann?«

»Wir dürfen nicht noch einmal ein solches Fiasko erleben wie das letzte Mal. Jetzt wird Datt besser vorbereitet sein denn je. Ich will alle seine Archivunterlagen, weil sie eine ständige Gefahr für viele darstellen, einschließlich der dummen Leute in unserer Regierung. Ich will diese Filme, weil ich Erpressungen verabscheue — ebenso wie Erpresser; sie sind die gemeinsten in der ganzen Kloake.«

»Bis jetzt ist aber noch gar niemand erpreßt worden, nicht wahr?«

»Ich stehe nicht herum und warte, bis passiert, was klar auf der Hand liegt. Dieses Zeug muß vernichtet werden. Ich möchte nicht hören, daß es vernichtet wurde, ich will es selber tun.«

»Angenommen, ich will mich raushaulten?«

Loiseau breitete die Hände aus. »Erstens«, sagte er und ergriff einen seiner kurzen Finger, »sind Sie bereits in die Sache verwikkelt. Zweitens«, er packte den nächsten Finger, »sind Sie, soviel ich weiß, bei irgendeiner britischen Regierungsbehörde beschäftigt. Dort wird man sehr böse sein, wenn Sie sich die Chance entgehen lassen, das Ende dieser Affäre mitzuerleben.«

Ich nehme an, daß sich mein Gesichtsausdruck änderte.

»Oh, es ist meine Aufgabe, über diese Dinge Bescheid zu wissen«, fuhr Loiseau fort. »Drittens: Maria hat entschieden, daß Sie vertrauenswürdig sind, und trotz ihrer gelegentlichen Mißgriffe schätze ich ihr Urteil hoch ein. Sie ist immerhin eine Angestellte der Sûreté.«

Loiseau ergriff seinen vierten Finger, sagte aber nichts. Er lächelte. Bei den meisten Menschen kann ein Lächeln oder Lachen ein Zeichen von Verlegenheit sein oder der Versuch, eine angespannte Situation zu entschärfen. Loiseaus Lächeln war ruhig und wohlbedacht. »Sie warten darauf, daß ich Ihnen mit dem drohe, was passiert, wenn Sie mir nicht helfen.« Er hob die Schultern und lächelte wieder. »Dann würden Sie meine vorangegangenen Worte über Erpressung auf mich anwenden und Ihre Hilfe in aller Ruhe verweigern. Aber das werde ich nicht tun. Es steht Ihnen frei, nach Ihren eigenen Wünschen zu handeln. Ich bin ein sehr friedfertiger Mensch . . .«

». . . für einen Polypen«, ergänzte ich.

»Ja«, pflichtete Loiseau mir bei, »ein sehr friedfertiger Mensch für einen Polypen.« Das stimmte.

»Also gut«, sagte ich nach einer langen Pause. »Aber verkennen Sie nicht meine Motive. Nur um die Dinge klarzustellen: Ich habe Maria sehr gern.«

»Nehmen Sie wirklich an, daß mich das ärgert? Sie sind so unglaublich viktorianisch, so eisern entschlossen, anständig zu handeln, die Ohren steif zu halten und die Dinge klarzustellen. In Frankreich handhaben wir so etwas anders; die Frau eines anderen ist jagdbares Wild für alle.«

»Ich ziehe meine Art vor.«

Loiseau blickte mich an und lächelte auf seine bedächtige, kraftlose Weise. »Ich auch.«

»Loiseau«, fragte ich und behielt ihn sorgfältig im Auge, »diese Klinik von Datt: wird sie von Ihrem Ministerium unterhalten?«

»Fangen Sie jetzt nicht auch damit an. Er hat halb Paris glauben gemacht, daß er sie für uns unterhält.« Der Kaffee war noch heiß. Loiseau holte sich eine Schale aus dem Schrank und schenkte sich davon ein. »Er steht mit uns in keinerlei Verbindung. Er ist ein Verbrecher, ein Verbrecher mit guten Verbindungen, aber immerhin nur ein Verbrecher.«

»Loiseau«, erklärte ich, »Sie können Byrd nicht für den Mord an diesem Mädchen Annie in Haft behalten.«

»Warum nicht?«

»Weil er es nicht getan hat, deshalb. Ich war an jenem Tag in der Klinik. Ich stand in der Halle und sah das Mädchen davonrennen und sterben. Und ich hörte, wie Datt sagte: ›Holt Byrd her.‹ Es war ein abgekartetes Spiel.«

Loiseau griff nach seinem Hut. »Guter Kaffee«, stellte er fest.

»Es war ein abgekartetes Spiel. Byrd ist unschuldig.«

»Das glauben Sie. Aber angenommen, Byrd verübte den Mord, und Datt sagte das nur, damit Sie es hörten? Angenommen, ich erzähle Ihnen, wir wissen, daß Byrd dort war? Das würde doch diesen Kuang entlasten, wie?«

»Vielleicht, wenn ich höre, wie Byrd es zugibt. Werden Sie es einrichten, daß ich Byrd besuchen kann? Das ist meine Bedingung fürs Mitmachen.« Ich erwartete, daß Loiseau protestieren würde; doch er nickte.

»Einverstanden. Ich weiß aber nicht, warum Sie sich um ihn Sorgen machen. Er ist der Verbrechertyp wie er im Buche steht.« Ich gab keine Antwort, weil ich die scheußliche Ahnung hatte, daß Loiseau im Recht war.

»Also gut. Morgen vormittag um elf auf dem Vogelmarkt.«

»Morgen ist Sonntag.«

»Um so besser, sonntags ist der Justizpalast ruhiger.« Er lächelte erneut. »Guter Kaffee.«

»Das sagen sie alle«, entgegnete ich.

22

Ein beträchtlicher Teil dieser großen Insel in der Seine wird in der einen oder anderen Form vom Gesetz in Beschlag genommen. Es befinden sich dort die Präfektur und die Gerichte, Polizeidienststellen, Zellen für Untersuchungsgefangene sowie eine Polizeikantine. An Wochentagen wimmelt es hier von schwarzgewandeten Anwälten mit Plastikaktentaschen, die wie aufgescheuchte Kakerlaken durcheinander hasten. Doch am Sonntag liegt der Justizpalast still da. Draußen auf der Place Louis Lépine jedoch, im Sonnenschein, zwitschern mehrere hundert Vögel in ihren Käfigen, und in den Bäumen sitzen ihre freien Artgenossen, die verschüttetes Futter und der ganze Rummel anlockt.

Als ich zum Vogelmarkt kam, um mich mit Loiseau zu treffen, herrschte geschäftiges Treiben. Ich parkte gegenüber den Toren des Justizpalastes und schlenderte über den Markt. Dumpf dröhnend schlug die Uhr elf. Loiseau stand vor ein paar Vogelbauern mit der Aufschrift »*Caille réproductrice*.« Er winkte, als er mich erblickte. »Augenblick.« Vorsichtig hob er eine Schachtel an, die mit »Vitaminphosphat« bezeichnet war, und las das Etikett: »*Biscuits pour oiseaux*.«

»Das gebe ich Ihnen auch«, stellte Loiseau fest, und zu mir gewandt setzte er hinzu: »Ich habe ihn nicht gesehen.«

»Wieso?« Ich schlenderte mit ihm über den Markt.

»Er ist verlegt worden. Ich kann nicht feststellen, wer das veranlaßt hat oder wo er hingebracht worden ist. Die Registratur sagt Lyon, aber das kann nicht stimmen.« Loiseau hielt vor einem alten Kinderwagen voll grüner Hirse an.

»Warum?«

Loiseau antwortete nicht sofort. Er nahm einen Hirsezweig und roch daran. »Er wurde fortgeschickt, auf allerhöchste Anordnung. Vielleicht haben sie vor, ihn vor irgendeinen *juge d'instruction* zu bringen, der tut, was man ihm sagt. Oder möglicherweise wollen sie ihn aus dem Wege haben, bis die *enquêtes officieuses* abgeschlossen sind.«*

»Sie glauben nicht, daß man ihn fortgebracht hat, um ihn in aller Stille aburteilen zu lassen?« Loiseau winkte der alten Frau hinter dem Stand zu. Sie kam herangeschlurft.

»Ich rede wie ein Erwachsener mit Ihnen«, meinte Loiseau. »Sie glauben doch nicht wirklich, daß ich Ihnen darauf eine Antwort gebe, nicht? Einen Zweig.« Er drehte sich um und starrte mich an. »Oder lieber zwei«, setzte er, zu der Frau gewandt, hinzu. »Der Kanarienvogel meines Freundes sah letztes Mal nicht so recht gesund aus.« — »Joe geht's gut. Lassen Sie ihn in Ruhe.«

»Wie Sie wollen. Aber wenn er noch dünner wird, klettert er bald durch die Käfigstangen.«

Ich ließ ihm das letzte Wort. Er bezahlte die Hirse und stieg zwischen den Bergen leerer Vogelbauer herum, probierte die Stangen aus und klopfte gegen die Holzböden. Auf dem Markt gab es alle Arten von Vögeln. Sie erhielten Samen, Hirse, Wasser und Tintenfischknochen für den Schnabel, ihre Krallen wurden regelmäßig gestutzt, und sie waren vor Raubvögeln sicher.

Doch es waren die Vögel in den Bäumen, die sangen.

23

Gegen zwölf kam ich in meine Wohnung zurück. Um zwölf Uhr fünfunddreißig läutete das Telefon. Es war Monique, Annies Nachbarin. »Sie müssen sofort kommen«, sagte sie.

*Nach französischem Recht kann der Präfekt der Pariser Polizei aus eigener Vollmacht Verhaftungen, Verhöre, Nachforschungen und Briefpostkontrollen durchführen. Er ist lediglich dazu verpflichtet, den Staatsanwalt zu informieren und den Gefangenen innerhalb vierundzwanzig Stunden einem Richter — dem *juge d'instruction* — vorzuführen, der die Beweisaufnahme veranlaßt. Nachforschungen, die vor dem Erscheinen vor dem *juge d'instruction* durchgeführt werden, heißen *enquêtes officieuses* (formlose Untersuchungen).

»Warum?«

»Kann ich am Telefon nicht sagen. Hier bei mir sitzt ein Kerl, er hat nach Annie gefragt, will mir aber sonst nichts erzählen. Kommen Sie gleich?«

»In Ordnung«, antwortete ich.

24

Es war Mittagessenszeit, aber Monique trug ein straußenfedernbesetztes Négligé, als sie mir die Tür öffnete. »Kommen Sie lieber rein«, kicherte sie, »die Alte spitzt die Ohren, wenn wir hier stehen und reden.« Sie öffnete die Tür und ließ mich ein. Das Zimmer war mit Bambusmöbeln, Tischen und einer plastikbezogenen Frisierkommode mit vier Drehspiegeln und einer Unmenge Parfüm und Kosmetika vollgestopft. Das Bett war noch nicht gemacht, und um die eingedrückte warme Vertiefung darin lagen Teile einer Nummer von *Salut les Copains* verstreut. Monique trat ans Fenster und stieß die Läden auf, Sonnenschein strömte ins Zimmer und machte es nur noch staubiger. Auf dem Tisch lag ein Stück rosa Einwickelpapier; sie holte ein hartgekochtes Ei heraus, klopfte die Schale auf und biß hinein.

»Ich hasse den Sommer«, erklärte sie. »Pusteln, Parks und offene Autos, die einem das Haar zerzausen, und mieses kaltes Essen, das wie Abfall aussieht. Die Sonne macht einem ein schlechtes Gewissen, weil man zu Hause bleibt. Ich bin gern im Haus, und noch lieber im Bett. Es ist doch keine Sünde, im Bett zu sein?«

»Kann ich nicht sagen, so ohne Praxis. Wo ist er?«

»Ich hasse den Sommer.«

»Dann halten Sie sich an den Weihnachtsmann«, riet ich ihr. »Wo ist er?«

»Ich dusche jetzt. Sie können sich setzen und warten. Sie stellen ja immer nur Fragen, Sie müssen sehr klug sein.«

»Das bin ich.«

»Ehrlich, die einzige Frage, die ich immer stelle, ist: ›Bist du verheiratet?‹ oder: ›Was, wenn ich schwanger werde?‹ Und nicht mal dann kriege ich die Wahrheit zu hören.«

»Das ist das Dumme an den Fragen. Halten Sie sich lieber an die Antworten.«

»Oh, ich weiß alle Antworten.«

»Dann müssen Ihnen schon alle Fragen gestellt worden sein.«

»Stimmt.«

Sie schlüpfte aus ihrem Négligé und stand für eine millionstel Sekunde nackt da, bevor sie im Badezimmer verschwand. Der Blick ihrer Augen war spöttisch und nicht wenig grausam.

Aus dem Bad ertönte viel Gespritze und Gestöhne, bis sie schließlich in einem Baumwollkleid und Tennisschuhen wieder erschien.

»Das Wasser war kalt«, bemerkte sie kurz, lief geradewegs durchs Zimmer und öffnete die Wohnungstür. Ich sah ihr zu, wie sie sich über das Treppengeländer beugte.

»Das Wasser war eiskalt, du dämliche alte Kuh«, schrie sie ins Treppenhaus hinab. Von irgendwo unten ertönte die Stimme des alten Drachen: »Es soll ja auch nicht zehn Leute pro Nacht versorgen, du dreckige Hure.«

»Pah!« rief Monique, zog die Augen zusammen, zielte sorgfältig und spuckte ins Treppenhaus hinunter. Der Drachen mußte das vorausgesehen haben; denn ich hörte ein triumphierendes Kichern.

Monique kehrte zu mir zurück. »Wie soll man sich sauberhalten, wenn das Wasser kalt ist?«

»Hat Annie sich auch darüber beschwert?«

»Ständig, aber sie hatte nicht die Art, mit der man etwas erreicht. Wenn sie mir kein heißes Wasser gibt, treibe ich sie ins Grab, die alte Hexe. Ich ziehe sowieso hier aus«, setzte sie hinzu.

»Und wohin?«

»Zu meinem festen Freund am Montmartre. Scheußliche Gegend, aber ein größeres Zimmer als das hier; und überhaupt, er will mich haben.«

»Wovon lebt er?«

»Er arbeitet in den Klubs, als — lachen Sie nicht — als Zauberkünstler. Er führt ein tolles Kunststück vor: Er setzt einen singenden Kanarienvogel in einen großen Bauer und läßt ihn verschwinden. Sieht phantastisch aus. Wissen Sie, wie er's macht?«

»Nein.«

»Der Käfig klappt zusammen. Das geht ganz leicht, es ist ein

Trickkäfig. Aber der Vogel wird zerquetscht. Wenn er ihn dann wiedererscheinen läßt, ist es eben ein anderer Kanarienvogel, der genauso aussieht. Eigentlich einfach, der Trick, nur kommt eben niemand im Publikum auf die Idee, daß er den Vogel jedesmal umbringt.«

»Aber Sie haben es erraten.«

»Ja, gleich beim ersten Mal. Er fand es klug von mir. Ich fragte ihn nur: ›Wieviel kostet schon so ein Kanarienvogel? Drei Francs, höchstens vier.‹ Trotzdem ist es schlau von ihm, nicht wahr? Sie müssen zugeben, daß es schlau ist.«

»Es ist schlau. Aber ich mag Kanarienvögel lieber als Zauberkünstler.«

»Dummerchen«, lachte Monique. »›Der tolle Graf Szel‹ heißt er.«

»Dann werden Sie also jetzt Gräfin?«

»Das ist sein Künstlername, Dummer.« Sie ergriff einen Topf Gesichtscreme.

»Wo ist er?« fragte ich. »Wo ist dieser Kerl, der angeblich hier bei Ihnen sitzt?« Ich war darauf gefaßt zu hören, daß sie die ganze Geschichte erfunden hatte.

»Im Café an der Ecke. Dort sitzt er gut. Er liest seine amerikanischen Zeitungen.«

»Ich gehe jetzt und spreche mit ihm.«

»Warten Sie auf mich.« Sie wischte sich die Creme mit einem Papiertuch ab, drehte sich um und lächelte. »Bin ich okay?«

»Sie sind schon okay«, versicherte ich.

25

Das Café lag auf dem Boul. Mich., dem absoluten Herzstück des linken Ufers. Draußen in der hellen Sonne saßen die Studenten: behaart und ernst kamen sie aus München und Los Angeles in der sicheren Annahme, daß Hemingway und Lautrec noch immer am Leben waren und sie sie eines Tages in irgendeinem Café des linken Ufers entdecken würden. Aber das einzige, was sie je finden, sind andere junge Männer, die genauso aussehen wie sie, und mit dieser traurigen Erkenntnis kehren sie schließlich nach Bayern oder Kalifornien zurück, um Handelsreisende oder Beamte zu werden.

Also Hudson. Ich habe ein gutes Gedächtnis für Gesichter und erblickte ihn, sobald wir um die Ecke bogen. Er saß allein am Tisch und hielt sich die Zeitung vors Gesicht, während er interessiert die anderen Gäste beobachtete. Ich rief ihn an.

»Jack Percival — was für eine Überraschung!«

Der amerikanische Wasserstofforscher blickte erstaunt auf, spielte aber für einen Amateur sehr schön mit. Wir setzten uns zu ihm, und ich errang endlich die Aufmerksamkeit des Kellners: »Drei große Cafés crèmes.« Hudson sagte nichts, bis der Kaffee kam.

»Was ist mit dieser jungen Dame?« wollte er dann wissen und ließ die Zuckerwürfel so erschöpft in seinen Kaffee plumpsen, als litt er an einem Schock. »Kann ich vor ihr sprechen?«

»Aber natürlich. Zwischen Monique und mir gibt es keine Geheimnisse.« Ich beugte mich zu ihr und senkte die Stimme. »Das hier ist sehr vertraulich, Monique«, erklärte ich ihr. Sie nickte erfreut. »Es geht um eine kleine Plastikperlen-Firma in Grenoble. Einige der Stammaktionäre haben ihre Anteile an einer Gesellschaft verkauft, die dieser Herr hier und ich mehr oder weniger kontrollieren. Bei der nächsten Vollversammlung werden wir . . .«

»Geben Sie's auf«, unterbrach mich Monique. »Geschäftsgespräche kann ich nicht ausstehen.«

»Na, dann laufen Sie nur«, sagte ich, und mit einem verstehenden Lächeln schenkte ich ihr die Freiheit.

»Können Sie mir nicht ein paar Zigaretten besorgen?«

Der Kellner brachte zwei Päckchen, und ich wickelte einen Hundert-Franc-Schein darum.

Sie schob damit auf die Straße ab wie ein Hund mit einem saftigen Knochen.

»Es handelt sich nicht um Ihre Perlenfabrik«, bemerkte Hudson.

»Es gibt ja auch gar keine«, erklärte ich.

»Oh!« Er lachte nervös. »Ich sollte mich mit Annie Couzins in Verbindung setzen.«

»Sie ist tot.«

»Das habe ich schon selbst herausgefunden.«

»Von Monique?«

»Sie sind T. Davis?« fragte er plötzlich.

»Und ob«, erwiderte ich und reichte ihm meine Aufenthaltsgenehmigung.

Er reichte sie mir zurück. »Sie scheint in Ordnung zu sein. Jedenfalls kann ich nicht zurück zur Botschaft, das ist mir ausdrücklich gesagt worden. Deshalb muß ich mich in Ihre Hände begeben. Um Ihnen die Wahrheit zu sagen, ich bin völlig ratlos.«

»Schießen Sie los.«

»Ich bin ein Fachmann auf dem Gebiet von Wasserstoffbomben, und ich weiß über die gesamte Arbeit am Atomprogramm Bescheid. Meine Instruktionen lauten, gewisse Informationen über die Gefahren radioaktiven Niederschlags einem Monsieur Datt zuzuspielen. Soviel ich weiß, steht er mit den Rotchinesen in Verbindung.«

»Warum sollen Sie denn sowas tun?«

»Ich dachte, das wüßten Sie. Es ist ein fürchterliches Dilemma. Und dieses arme Mädchen ist tot — welch eine Tragödie. Ich habe sie kennengelernt, sie war so jung, welch eine tragische Geschichte. Ich denke, man hat Ihnen alles darüber erzählt? Sie waren der einzige Name, den sie mir noch gaben, abgesehen von ihr, meine ich. Selbstverständlich handle ich auf Weisung der US-Regierung.«

»Wieso sollte die US-Regierung Sie beauftragen, geheime Niederschlagsdaten herauszugeben?« fragte ich.

Er lehnte sich in seinem Rohrstuhl zurück, bis es krachte wie in alten arthritischen Gelenken, und zog einen Aschenbecher zu sich heran.

»Es fing alles mit den Atomversuchen auf dem Bikini-Atoll an«, begann er. »Die Atomenergie-Kommission wurde wegen der Gefahr radioaktiven Niederschlags und der damit verbundenen biologischen Folgen für die Tier- und Pflanzenwelt heftig kritisiert. Die Kommission brauchte aber diese Tests und führte deshalb eine ganze Reihe Nachuntersuchungen auf dem jeweiligen Testgelände durch, um zu beweisen, daß die Gefahren nicht annähernd so groß waren, wie viele Warner behaupteten. Ich muß Ihnen aber sagen, daß diese Warner der Wahrheit verdammt nahe kamen. Eine schmutzige Bombe von rund fünfundzwanzig Megatonnen erzeugt einen Niederschlag tödlicher Radioaktivität auf ungefähr fünfzehntausend Quadratmeilen. Um das zu überleben, müßte man monatelang, manche sagen sogar ein Jahr und länger, unter der Erde bleiben. Wenn wir nun in einen Krieg mit Rotchina verwickelt würden — schon der Gedanke an diese Möglichkeit entsetzt mich —, dann müßten wir den radioaktiven Niederschlag als Waffe benutzen, weil nur zehn Prozent der chinesischen Bevölkerung in Großstädten leben. In den Vereinigten Staaten dagegen lebt mehr als die Hälfte der Bevölkerung in Großstädten. China mit seiner weitgestreuten Bevölkerung könnte nur durch Niederschlag besiegt werden ...« Er hielt inne. »Aber es läßt sich besiegen. Unsere Fachleute sagen, daß rund eine halbe Milliarde Menschen auf einem Fünftel des chinesischen Gebiets leben. Die vorherrschende Windströmung ist westlich. Vierhundert Bomben würden fünfzig Millionen Menschen durch direkte Hitzeeinwirkung töten, einhundert Millionen würden schwer verletzt, ohne daß ein Krankenhausaufenthalt erforderlich wäre, aber dreihundertfünfzig Millionen würden aufgrund der vom Wind herangetragenen Niederschläge sterben. Die Atomenergie-Kommission hat die Folgen des Niederschlags in ihren Nachberichten über die Versuche (Bikini usw.) auf ein Mindestmaß verringert dargestellt. Nun benutzen die militanteren unter den chinesischen Militärwissenschaftlern die US-Berichte, um zu beweisen, daß China einen Atomkrieg überstehen kann. Wir können diese Berichte nun nicht zurückziehen oder erklären, daß sie unwahr seien. Deshalb bin ich hier — um die korrekten Daten zu den chinesischen Wissenschaftlern durchsickern zu lassen. Die ganze Operation begann vor fast acht Monaten. Es hat lange gedauert, bis wir diese Annie Couzins an der richtigen Stelle hatten.«

»In der Klinik in Datts Nähe.«

»Ganz recht. Es war ursprünglich daran gedacht, daß sie mich bei diesem Datt einführen und erklären sollte, ich sei ein amerikanischer Wissenschaftler den sein Gewissen plage.«

»Das kann sich nur die CIA ausgedacht haben.«

»Sie glauben, diese Sorte sei ausgestorben?«

»Was ich glaube, spielt keine Rolle, aber Datt wird Ihnen das nicht so leicht abkaufen.«

»Wenn Sie jetzt anfangen, den Plan zu ändern ...«

»Der Plan änderte sich von selbst, als das Mädchen getötet wurde. Er ist ein einziges Durcheinander. Wir haben nur noch die Möglichkeit, daß ich die Sache auf meine Art in die Hand nehme.«

»Na gut«, meinte Hudson. Er saß einen Moment lang schweigend da.

»Mein Kontaktmann hier weiß nicht, wieso Sie in Paris sind«, erklärte ich plötzlich. Ich versuchte, Hudson aus dem Gleis zu bringen, doch er nahm es ruhig hin.

»Das hoffe ich«, erwiderte Hudson. »Alles gilt als streng geheim. Ich wollte damit gar nicht zu Ihnen kommen, aber ich habe keinen anderen Kontakt hier.«

»Sie wohnen im *Hotel Lotti.*«

»Woher wissen Sie das?«

»Es ist mit großen blauen Buchstaben auf Ihre *Tribune* gestempelt.« — Er nickte, und ich sagte: »Sie gehen jetzt geradewegs zum *Hotel Ministère*. Holen Sie Ihr Gepäck vom *Lotti* nicht ab, kaufen Sie sich auf dem Rückweg eine Zahnbürste oder was Sie sonst brauchen.« Ich rechnete damit, auf Opposition zu stoßen, doch Hudson ging bereitwillig auf alles ein.

»Verstehe vollkommen. Welchen Namen soll ich benutzen?«

»Sagen wir Potter.« Er nickte. »Halten Sie sich bereit, augenblicklich ausziehen zu müssen. Und, Hudson, telefonieren Sie nicht und schreiben Sie keinerlei Briefe; Sie wissen, was ich meine. Denn dann könnte ich schrecklich mißtrauisch werden.«

»Ja.«

»Ich bringe Sie zu einem Taxi«, erklärte ich und erhob mich.

»Tun Sie das; die Métro macht mich wahnsinnig.«

Ich ging mit ihm die Straße zum Taxistand hinunter. Plötzlich verschwand er in einem Optikerladen. Ich folgte ihm.

»Fragen Sie ihn, ob ich mir ein paar Brillen ansehen kann«, meinte er.

»Zeigen Sie ihm ein paar Brillen«, bat ich den Optiker. Er stellte einen Kasten mit Brillengestellen auf den Ladentisch.

»Er muß sich einem Test unterziehen«, bestimmte der Optiker. »Wenn er kein Rezept hat, muß er einen Test machen.«

»Sie brauchen einen Test oder ein Rezept«, erklärte ich Hudson.

Er hatte sich ein Gestell ausgesucht, das ihm gefiel. »Einfaches Glas«, verlangte er.

»Wozu sollte ich einfaches Fensterglas führen?« fragte der Optiker.

»Warum sollte er einfaches Fensterglas führen?« sagte ich zu Hudson.

»Dann das schwächste Glas, das es gibt«, erklärte Hudson.

»Das schwächste, das es gibt«, wiederholte ich für den Optiker. Ein bis zwei Augenblicke später hatte er die Linsen eingepaßt. Hudson setzte sich die Brille auf, und wir gingen weiter. Kurzsichtig blickte er um sich.

»Zur Tarnung«, erklärte er.

»Dachte ich mir fast.«

»Ich hätte einen guten Spion abgegeben.«

»Ja«, erwiderte ich. »Na, da ist ja ein Taxi. Ich bleibe mit Ihnen in Verbindung, melde Sie im *Lotti* ab und im *Ministère* an. Ich habe den Namen auf meiner Karte notiert, man kennt mich dort. Erregen Sie keine Aufmerksamkeit. Bleiben Sie im Haus.«

»Wo ist das Taxi?« fragte Hudson.

»Wenn Sie Ihre verdammte Brille abnehmen, können Sie's vielleicht sehen.«

26

Eilig begab ich mich zu Marias Wohnung. Als sie die Tür öffnete, trug sie Reithosen und einen Rollkragenpullover. »Ich wollte gerade gehen.«

»Ich muß Datt sprechen«, erklärte ich.

»Warum erzählst du mir das?«

Ich schob mich an ihr vorbei und schloß die Tür. »Wo ist er?«

Sie sah mich mit einem kleinen nervös-ironischen Lächeln an, während sie sich eine niederschmetternde Antwort überlegte. Ich packte ihren Arm. »Halt mich nicht zum Narren, Maria. Ich bin dazu nicht in der Stimmung. Glaub' mir, ich würde dich auch schlagen.«

»Daran zweifle ich nicht.«

»Du hast Datt von Loiseaus Razzia in der Avenue Foch erzählt. Für dich gibt es keine Loyalität, kein Zusammengehörigkeitsgefühl, weder der Sûreté noch Loiseau gegenüber. Du verschenkst Informationen, als wären sie wertloser Plunder.«

»Wolltest du nicht sagen, ich verschenke sie wie meine Gunst?« Sie lächelte wieder.

»Vielleicht wollte ich das.«

»Hast du vergessen, daß ich dein Geheimnis bewahrt und nicht weggeschenkt habe? Niemand weiß, was du wirklich gesagt hast, als Datt dir die Injektion gab.«

»Noch nicht. Aber ich habe den Verdacht, daß du dir das für einen besonderen Zweck aufbewahrst.«

Sie fuhr mit der Hand auf mich los, doch ich wich ihr aus. Einen Moment lang blieb sie still stehen, wobei es in ihrem Gesicht wütend zuckte.

»Du undankbarer Bastard! Du bist der erste wirkliche Bastard, der mir je untergekommen ist.«

Ich nickte. »Es laufen auch nicht viele von uns herum. Undankbar wofür? Für deine Loyalität? War denn das dein Motiv: Loyalität?«

»Vielleicht hast du recht«, räumte sie ruhig ein. »Ich empfinde keinem Menschen gegenüber Loyalität. Eine alleinstehende Frau wird furchtbar hart. Datt ist der einzige, der das versteht. Irgendwie wollte ich nicht, daß Loiseau ihn festnimmt.« Sie blickte auf. »Aus diesem und vielen anderen Gründen.«

»Nenne mir einen der anderen Gründe.«

»Datt bekleidet einen hohen Posten im SDECE, das ist auch ein Grund. Wenn Loiseau mit ihm aneinandergerät, kann er nur den kürzeren ziehen.«

»Wieso hältst du Datt für einen Mann der Spionageabwehr?«

»Es ist ziemlich bekannt. Loiseau will es nicht glauben, aber es stimmt.«

»Loiseau will es nicht glauben, weil er Verstand besitzt. Ich habe mich über Datt erkundigt, er hat niemals mit irgendeiner französischen Nachrichtenabteilung zu tun gehabt. Aber er wußte, wie nützlich es war, die Leute das glauben zu machen.«

Sie zuckte die Schultern. »Ich weiß, daß es wahr ist. Datt arbeitet für den SDECE.«

Ich packte sie. »Schau, Maria, geht es dir denn nicht in den Kopf, daß er ein Blender ist? Er besitzt kein Diplom für Psychiatrie und hat auch niemals etwas mit der französischen Regierung zu tun gehabt, außer daß er zwischen seinen Freunden Fäden spinnt und selbst Leute wie dich, die für die Sûreté arbeiten, davon überzeugen kann, daß er ein hochgestellter Agent des SDECE ist.«

»Was willst du?« fragte sie.

»Ich will, daß du mir hilfst, Datt zu finden.«

»Helfen? Das ist ja ganz neu. Du kommst hier hereingeplatzt und stellst deine Forderungen. Wenn du gekommen wärst, mich um Hilfe zu bitten, hätte ich vielleicht mehr Anteilnahme aufgebracht. Was willst du von Datt?«

»Ich will Kuang; er hat neulich in der Klinik dieses Mädchen umgebracht. Ich muß ihn finden.«

»Es ist nicht deine Aufgabe, ihn zu suchen.«

»Du hast recht. Es ist Loiseaus Aufgabe, aber er hält Byrd dafür fest, und er wird ihn auch weiterhin festhalten.«

»Loiseau würde keinen Unschuldigen einsperren. Ha, du weißt ja gar nicht, was für ein Theater er um die Unantastbarkeit des Gesetzes und derlei Dinge macht.«

»Ich bin ein britischer Agent«, erklärte ich. »Das weißt du bereits, so daß ich dir damit nichts Neues erzähle. Byrd ist ebenfalls einer.«

»Bist du da sicher?«

»Nein, und ich wäre der letzte, den man davon unterrichten würde. Es ist nur so eine Vermutung von mir. Ich glaube, daß Loiseau angewiesen wurde, Byrd für den Mord haftbar zu machen — mit oder ohne Beweis —, deshalb ist Byrd verloren, sofern ich Kuang nicht Loiseau direkt in die Arme treibe.«

Maria nickte.

»Deine Mutter lebt in Flandern. Datt ist sicher in seinem Haus in der Nähe, stimmt's?« Maria nickte. »Ich möchte, daß du einen Amerikaner zum Haus deiner Mutter mitnimmst und dort wartest, bis ich anrufe.«

»Sie hat kein Telefon.«

»Komm, komm, Maria«, versetzte ich. »Ich habe es nachgeprüft: Deine Mutter hat Telefon. Außerdem habe ich meine Leute hier in Paris informiert. Sie werden im Haus deiner Mutter einige Papiere abgeben, die für den Grenzübertritt benötigt werden. Ganz gleich, was ich sage, komm nicht ohne sie zu Datt.«

Maria nickte. »Gut, ich helfe dir, diesen abscheulichen Kuang festzunageln. Ich hasse ihn.«

»Und Datt, haßt du ihn auch?«

Sie blickte mich forschend an. »Manchmal, aber auf eine andere Weise. Weißt du, ich bin seine uneheliche Tochter. Vielleicht hast du das auch überprüft.«

Die Straße war gerade. Sie scherte sich nicht um Geografie, Geologie oder Geschichte. Ihr ölglänzendes Band bedrohte Kinder und trennte Nachbarn, durchbohrte das Herz kleiner Dörfer und legte sie bloß. Es war logisch, daß es so gerade verlief, aber auch beängstigend. Sorgfältig beschriftete Schilder — die Namen von Dörfern und die Zeiten der Heiligen Messe — und staubige Häuseransammlungen huschten vorüber, selten mit einem Anzeichen von Leben. Bei Le Cateau bog ich ab und suchte mir meinen Weg über die kleinen Landstraßen. Schließlich erblickte ich das Schild *Plaisir* und fuhr langsamer. Das war der Ort, den ich suchte.

Der Tag war heiß, glühend heiß. Vier schäbige Köter hatten genug Fressen gefunden und lagen nun schlafend in der Mitte der Fahrbahn. Alle Häuser hatten die Fensterläden dicht verschlossen und lagen grau und staubig in der grausamen, sengenden Mittagssonne, die ihnen nur einen schmalen Streifen Schatten erlaubte.

Ich hielt bei einer Zapfsäule, einem altertümlichen Gerät mit Pumpschwengel, das unsicher an einer Betonsäule befestigt war. Ich stieg aus und hämmerte gegen die Werkstattür, doch es kam keine Antwort. Das einzige andere Fahrzeug weit und breit war ein alter Traktor, der ein paar Meter weiter parkte. Auf der anderen Seite der Straße stand ein Pferd, das vor irgendeine landwirtschaftliche Maschine gespannt war, und schlug mit dem Schwanz nach den Fliegen. Ich berührte den Motor des Traktors; er war noch warm. Erneut schlug ich gegen die Türen, doch das einzige, was sich rührte, war der Pferdeschwanz. Ich ging die stille Straße hinunter, den Asphalt heiß unter meinen Schuhen. Einer der drei Hunde, der, dem das linke Ohr fehlte, kratzte sich, wachte auf dabei und kroch in den Schatten des Traktors. Er knurrte mich pflichtschuldig an, als ich vorüberging, dann sank er wieder in Schlaf. Die Augen einer Katze spähten durch ein Fenster voller Topfpflanzen. Über dem Fenster, auf verwittertem Holz, stand kaum erkennbar das Wort »Café«. Die Türe war schwer und öffnete sich geräuschvoll.

Ich trat ein.

Ein halbes Dutzend Leute standen an der Theke. Sie unterhielten sich nicht, und ich hatte das Gefühl, daß sie mich beobachtet hatten, seit ich aus dem Auto gestiegen war. Sie starrten mir entgegen.

»Einen Rotwein«, bestellte ich. Die alte Frau an der Theke starrte mich regungslos an. Sie rührte sich nicht.

»Und ein Käsebrot«, setzte ich hinzu. Sie ließ sich eine weitere Minute Zeit, bevor sie langsam nach einer Weinflasche langte, ein Glas ausspülte und einschenkte, und das alles, ohne die Füße zu bewegen. Ich wandte mich dem Raum zu. Die Männer waren größtenteils Landarbeiter, mit erdverschmierten Stiefeln und Gesichtern voll lang eingegrabenem Schmutz. An dem Tisch in der Ecke dagegen saßen drei Männer in Anzügen und weißen Hemden. Obwohl die Essenszeit lange vorüber war, hatten sie noch ihre Servietten im Kragen stecken und schoben sich ganze Gabeln voll Käse in den Mund, säbelten dicke Brotstücke durch und schütteten reichlich Rotwein hinterher. Sie aßen weiter. Es waren die einzigen Leute im Raum, die mich nicht beachteten, bis auf einen muskulösen Mann, der im Hintergrund saß, die Füße auf einen Stuhl gestützt, und Patience legte. Ich beobachtete ihn, wie er jede Karte von dem Packen abhob, sie mit der überlegenen Unparteilichkeit eines Computers betrachtete und dann mit dem Gesicht nach oben auf die marmorne Tischplatte legte. Ich sah ihm etwa eine Minute lang zu, doch er blickte nicht auf.

»Ich suche Monsieur Datt«, sagte ich in den Raum hinein. »Wo steht sein Haus?«

Nicht eine Miene veränderte sich. »Ich habe wichtige Nachrichten für ihn«, fuhr ich fort, »und ich weiß, daß er hier im Dorf lebt.« Ich ließ meine Augen von Gesicht zu Gesicht wandern, um nach einem Funken von Verständnis zu forschen; es war keiner zu erkennen.

»Ist das hier Plaisir?« fragte ich. Keine Antwort. Ich wandte mich an die Frau hinter der Theke. »Ist dies hier das Dorf Plaisir?« Sie lächelte unschlüssig.

»Noch eine Karaffe Roten«, rief einer der weißbehemdeten Männer.

Die Frau an der Bar langte nach einer Literflasche, schenkte eine Karaffe voll und schob sie die Theke hinunter. Der Mann, der sie bestellt hatte, kam heran, die Serviette noch im Kragen, eine Gabel in der Hand. Er packte die Karaffe am Hals und kehrte zu seinem Platz zurück. Dann schenkte er sich ein Glas ein und nahm einen großen Schluck. Den Wein noch im Mund, lehnte er sich zurück, hob den Blick zu mir und ließ sich den Wein die Kehle hinunterrinnen. Die Hunde draußen fingen an zu raufen. Es waren abgehackte, bösartige Laute: leises Knurren und plötzliches schmerzhaftes Aufjaulen.

»Sie werden langsam bösartig«, stellte der Mann fest. »Vielleicht sollten wir doch einen davon abschaffen.«

»Schaffen Sie sie alle ab«, bemerkte ich. Er nickte.

Ich trank aus. »Drei Francs«, sagte die Frau.

»Was ist mit dem Käsebrot?«

»Wir verkaufen nur Wein.«

Ich legte drei Francs auf die Theke. Der Mann hinten beendete seine Patience und sammelte die Karten ein. Er trank seinen Rotwein aus, trug das leere Glas und die speckigen Karten zur Theke zurück und legte zwei Geldstücke dazu. Dann wischte er sich die Hände an seiner Arbeitsjacke ab und blickte mich einen Moment lang an; seine Augen waren schnell und wachsam. Er wandte sich zur Tür.

»Wollen Sie mir nicht sagen, wie ich zu Monsieur Datts Haus komme?« fragte ich die Frau von neuem.

»Wir verkaufen nur Wein«, erklärte sie und raffte die Münzen zusammen. Ich trat in die heiße Mittagssonne hinaus. Der Mann, der Patience gespielt hatte, ging langsam zu dem Traktor hinüber. Er war groß, besser genährt und aufgeweckter als die Dorfbewohner, vielleicht dreißig Jahre alt und mit dem Gang eines Reiters. Als er zu der Zapfsäule kam, pfiff er leise. Die Tür öffnete sich augenblicklich, und ein Tankwart kam heraus.

»Zehn Liter.«

Der Tankwart nickte. Ich sah ihnen aus der Nähe zu, doch keiner von beiden blickte sich um. »Bis morgen«, sagte der große Mann schließlich, ohne zu bezahlen. Er warf ein Bein über den Traktorsitz und startete den Motor, der mit ohrenbetäubendem Getöse ansprang. Der einohrige Hund wachte wieder auf und lief bellend die Straße hinunter, wobei er nach den Traktorrädern schnappte. Das weckte auch die anderen Hunde, und sie begannen zu kläffen. Der große Mann beugte sich wie ein Apachenspäher seitlich aus dem Sattel hinunter und schlug den Hund mit einem Holzstück unter sein einziges Ohr. Er heulte schmerzerfüllt auf und ließ von der Verfolgung ab.

»Ich möchte zu Datt«, sagte ich zum Tankstellenwart, der dem Traktor nachstarrte.

»Er wird es nie lernen«, sagte er.

Der Hund zog sich humpelnd in den Schatten der Zapfsäule zurück, der Tankwart drehte sich um und blickte mich an. »Manche Hunde sind so. Sie lernen nie dazu.«

»Wenn ich zu Datts Haus fahre, brauche ich zwanzig Liter vom besten.«

»Hab' nur eine Sorte«, erklärte der Mann.

»Ich brauche zwanzig Liter, wenn Sie so freundlich sind, mir zu zeigen, wo Datt wohnt.«

»Am besten tanken Sie voll«, versetzte der Mann. Zum erstenmal hob er die Augen zu mir auf. »Sie müssen ja auch wieder zurück, nicht?«

»Ganz recht. Und sehen Sie Öl und Wasser nach.« Ich nahm einen Zehn-Franc-Schein aus der Tasche. »Für Ihre Mühe.«

»Ich sehe auch nach der Batterie.«

»Ich werde Sie beim Touristik-Verein empfehlen.« Er nickte. »Alles in Ordnung«, erklärte er schließlich, und ich bezahlte.

»Prüfen Sie auch die Reifen nach?«

Er stieß gegen einen mit dem Fuß. »Die bringen Sie um. Es ist nur die Straße hinunter, letztes Haus vor der Kirche. Die warten schon auf Sie.« — »Danke«, antwortete ich und bemühte mich, nicht überrascht auszusehen.

28

Es war das letzte Haus an der Straße, sofern man hohe Zäune und Mauern als Straße bezeichnen kann. Ich hielt vor dem Tor; es trug weder Name noch Klingelzug. Auf der anderen Seite starrte mich ein kleines Kind, das zwei angebundene Ziegen hütete, einen Moment lang an und lief dann davon. In einem Gebüsch am Haus lag halb verborgen ein großer, grauer, quadratischer Betonklotz: ein unverwüstlicher Beitrag der Wehrmacht zur europäischen Baukunst.

Eine flinke kleine Frau kam ans Tor gelaufen und zog es mit Mühe auf. Das Haus war hoch, schmal und nicht besonders schön, doch es lag geschickt inmitten des großen Grundstücks. Rechts fiel der Küchengarten zu zwei Glashäusern hin ab, hinter dem Haus lag ein winziger Park, wo sich Statuen hinter Bäumen verbargen wie graue Steinkinder, die Versteck spielten. Dazwischen standen geordnete Reihen von Obstbäumen, und in einem abgegrenzten Stück des Gartens war im Winde flatternde Wäsche gerade noch zu sehen.

Ich fuhr langsam an einem schmierigen Schwimmbecken vorüber, in dem ein Strandball und einige Eispapierchen schwammen. Die Frau keuchte neben mir her. Jetzt erkannte ich in ihr die Dienerin, die mir die Spritze verabreicht hatte. Ich parkte in einem gepflasterten Hof, sie öffnete einen Nebeneingang und führte mich durch eine große luftige Küche. Im Vorübergehen drehte sie einen Gashahn ab, riß eine Schublade auf, zog eine weiße Schürze heraus und band sie sich um, ohne den Schritt zu verlangsamen. Der Boden der Eingangshalle bestand aus Steinfliesen, die Wände waren getüncht und mit Schwertern, Schilden und alten Bannern geziert. Die Möblierung war sparsam: eine eichene Truhe, ein paar steife Stühle und Tische mit großen Vasen voll frischer Blumen. Die Halle öffnete sich zu einem Billardzimmer hin. Die Lampen darin brannten, und die bunten Kugeln lagen wie ein Pop-art-Bild auf dem grünen Fries.

Die kleine Frau eilte mir voraus, öffnete Türen, winkte mich hindurch, suchte in einem Bündel großer Schlüssel herum, versperrte jede Tür wieder und schoß dann an mir vorbei, um weiterzuhasten. Schließlich führte sie mich in das Gesellschaftszimmer, das weich und überladen wirkte nach der steifen Strenge des übrigen Hauses; es enthielt vier Sofas mit riesigem Blumenmuster, Pflanzen, allerlei Nippsachen, antike Schränke voll antikem Tafelgeschirr, silbergerahmte Fotos, etliche bizarre moderne Gemälde in Primärfarben, sowie eine nierenförmige Bar aus goldenem Blech und Plastik.

»Ich bin entzückt, Sie zu sehen«, rief Monsieur Datt aus.

»Das freut mich.«

Er lächelte gewinnend. »Wie haben Sie mich gefunden?«

»Ein kleines Vögelchen hat es mir erzählt.«

»Zum Teufel mit diesen Vögeln«, meinte Datt, noch immer lächelnd. »Macht aber nichts, bald beginnt ja die Schießsaison, nicht wahr?«

»Sie könnten recht haben.«

»Warum setzen Sie sich nicht und lassen mich Ihnen etwas zu trinken bringen? Es ist verdammt heiß, eine solche Hitze habe ich noch nie erlebt.«

»Bilden Sie sich nur nichts ein«, warnte ich. »Meine Leute kommen hier rein, wenn ich zu lange wegbleibe.«

»Was haben Sie für rohe Gedanken! Und doch vermute ich, daß in der Gewöhnlichkeit Ihres Geistes seine Dynamik begründet liegt. Aber haben Sie keine Angst, Sie bekommen keine vergifteten Speisen oder anderen derartigen Unsinn. Im Gegenteil, ich hoffe, Ihnen beweisen zu können, wie völlig falsch Ihre Vorstellung von mir ist.« Er streckte die Hand nach einer Traube von Kristallkaraffen aus. »Einen Scotch?«

»Nein, nichts.«

»Sie haben recht.« Er ging zum Fenster hinüber, und ich folgte ihm. »Nein, nichts«, wiederholte er. »Wir sind beide Asketen.«

»Klammern Sie mich aus. Ich habe ein bißchen Schlemmerei hin und wieder ganz gern.«

Die Fenster überblickten einen Hof, dessen efeubedeckte Mauern durch die exakte Geometrie weißer Läden aufgelockert wurden. Vor einem Taubenschlag stolzierten weiße Tauben auf und ab.

Am Tor hupte es, dann fuhr ein großer Citroën-Krankenwagen in den Hof ein. *Clinique de Paradis* stand seitlich unterhalb des großen roten Kreuzes. Er war sehr staubig, als hätte er eine lange Reise hinter sich. Vom Fahrersitz kletterte Jean-Paul; er drückte nochmals die Hupe.

»Das ist meine Ambulanz«, erklärte Datt.

»Ja, mit Jean-Paul am Steuer.«

»Ein guter Junge.«

»Ich will Ihnen sagen, was ich . . .«, erklärte ich eilig.

Datt machte eine Bewegung mit der Hand. »Ich weiß, warum Sie hier sind. Sie brauchen gar nichts zu erklären.« Er ließ sich wieder in einen Sessel sinken.

»Woher wissen Sie, daß ich nicht gekommen bin, um Sie zu töten?« fragte ich.

»Mein Lieber, Gewalttätigkeit kommt gar nicht in Betracht, aus vielerlei Gründen.«

»Zum Beispiel?«

»Erstens sind Sie nicht der Mensch, der mutwillig von Gewalt Gebrauch macht. Sie würden nur dann dazu greifen, wenn Sie den Gang der Ereignisse voraussehen könnten, die Sie mit der Gewalt ermöglichen. Zweitens sind wir gleichwertige Partner, Sie und ich. Pfund für Pfund sind wir einander ebenbürtig.«

»Das sind Schwertfisch und Angler auch, aber der eine sitzt im Sessel, und der andere wird mit einem Haken im Maul durch den Ozean gezogen.«

»Und wer bin ich von den beiden?«

»Um das zu klären, bin ich hier.«

»Dann fangen Sie an.«

»Holen Sie Kuang her.«

»Wie meinen Sie?«

»Ich meine, holen Sie Kuang. K,U,A,N,G. Holen Sie ihn her.«

Datt überlegte es sich mit der Askese anders, schenkte sich ein Glas Wein ein und nippte daran. »Ich leugne nicht, daß er hier ist«, sagte er schließlich.

»Warum holen Sie ihn dann nicht?«

Er drückte auf einen Knopf, und die Dienerin kam herein. »Hole Monsieur Kuang her.«

Die alte Frau ging still hinaus und kehrte mit Kuang zurück. Er trug graue Flanellhosen, ein offenes Hemd und schmutzigweiße Tennisschuhe. An der Bar schenkte er sich ein großes Glas Perrier-Wasser ein und setzte sich in einen Sessel, die Füße seitlich über die Lehne. »Nun?« sprach er mich an.

»Ich bringe Ihnen einen amerikanischen Wasserstoffexperten, mit dem Sie sich unterhalten können.«

Kuang schien nicht überrascht. »Petty, Barnes, Bertram oder Hudson?«

»Hudson.«

»Ausgezeichnet; ein Spitzenmann.«

»Das gefällt mir nicht«, schaltete Datt sich ein.

»Es braucht Ihnen auch nicht zu gefallen«, meinte ich. »Wenn Kuang und Hudson ein wenig miteinander reden wollen, so hat das mit Ihnen gar nichts zu tun.« Ich wandte mich an Kuang. »Wie lange wollen Sie mit ihm zusammen sein?«

»Zwei Stunden«, erwiderte Kuang, »höchstens drei. Weniger, wenn er schriftliche Unterlagen bei sich hat.«

»Ich glaube, das hat er. Er ist gründlich vorbereitet.«

»Das gefällt mir nicht«, beschwerte sich Datt erneut.

»Still«, sagte Kuang. Und zu mir: »Arbeiten Sie für die Amerikaner?« — »Nein. Nur bei dieser einen Operation.«

Kuang nickte. »Das erscheint mir sinnvoll. Sie würden sicher nicht gern einen ihrer ständigen Leute preisgeben.«

Wütend biß ich mir auf die Lippe. Natürlich handelte Hudson auf amerikanische Anweisung hin und nicht aus eigener Initiative. Der Plan sah vor, mich bloßzustellen, so daß die CIA ihre eigenen Männer in Deckung halten konnte. Schlaue Schweine. Na schön, ich wollte also lächelnd leiden und versuchen, etwas für mich herauszuschlagen.

»Ganz recht«, pflichtete ich ihm bei.

»Sie feilschen also nicht?«

»Ich erhalte keine Bezahlung, falls Sie das meinen.«

»Wieviel wollen Sie?« fragte Kuang gelangweilt. »Aber hegen Sie keine zu großen Hoffnungen.«

»Das machen wir ab, sobald Sie mit Hudson gesprochen haben.«

»Ein erstaunlicher Vertrauensbeweis«, stellte Kuang fest. »Hat Datt Sie für die unvollständigen Unterlagen bezahlt, die Sie uns zuspielten?«

»Nein.«

»Nachdem nun unsere Karten auf dem Tisch liegen, nehme ich an, daß Sie gar keine Bezahlung wünschen?«

»Richtig.«

»Gut«, erwiderte Kuang. Er löste seine Beine von der Sessellehne und holte sich aus dem Silbereimer etwas Eis. Bevor er sich einen Whisky einschenkte, schob er mir das Telefon zu.

Maria mußte in der Nähe des Telefons gewartet haben, als ich sie anrief. »Bring' Hudson her. Du kennst ja den Weg.«

»Ja«, antwortete Maria. »Ich kenne den Weg.«

29

Kuang ging hinaus, um sich auf Hudson vorzubereiten. Ich setzte mich wieder auf einen dieser harten Stühle. Datt bemerkte, wie ich aufstöhnte.

»Haben Sie Schmerzen im Rückgrat?«

»Ja. Die habe ich mir in einer Galerie geholt.«

»Diese modernen Künstler sind mir zu anstrengend.«

»Der auf jeden Fall«, erwiderte ich. »Er hatte Knöchel aus Eisen.«

Datt kniete zu meinen Füßen nieder, zog mir den Schuh aus und tastete mit kräftigen Fingern meine Ferse ab. Er befühlte den Fußknöchel und schnalzte unwillig, als wäre alles falsch konstruiert. Plötzlich preßte er die Finger in meine Ferse. »Ah«, rief er aus, was jedoch durch meinen Schmerzensschrei übertönt wurde. Kuang öffnete die Tür und sah nach uns.

»Fehlt Ihnen etwas?« fragte er.

»Er hat eine Muskelkontraktur«, entgegnete Datt. »Akupunktur«, erläuterte er, zu mir gewandt. »Diesen Schmerz in Ihrem Rücken habe ich bald beseitigt.«

»Au«, rief ich. »Tun Sie's nicht, wenn es mich für den Rest meines Lebens lähmt.«

Kuang zog sich wieder zurück. Datt untersuchte meinen Fuß erneut und erklärte die Angelegenheit dann als erledigt.

»Damit müßte es mit ihren Schmerzen vorbei sein. Ruhen Sie sich eine halbe Stunde aus.«

»Es ist wirklich ein bißchen besser«, gab ich zu.

»Wundern Sie sich nicht«, erklärte Datt. »Die Chinesen haben diese Kunst jahrhundertelang praktiziert. Ein Muskelschmerz ist eine einfache Sache.«

»Behandeln Sie mit Akupunktur?« wollte ich wissen.

»Nein, eigentlich nicht, aber ich habe mich immer dafür interessiert«, erwiderte Datt. »Körper und Geist — die Wechselwirkung zwischen zwei gegensätzlichen Kräften: Körper und Geist, Gefühl und Vernunft; die Dualität der Natur. Mein Ehrgeiz ist es immer gewesen, etwas Neues über den Menschen in Erfahrung zu bringen.« Er lehnte sich zurück. »Sie sind einfach. Ich sage das nicht als Kritik, sondern eher voll Bewunderung. Einfachheit ist die meistgesuchte Eigenschaft in Kunst und Natur; Ihre Einfachheit ermöglicht es Ihnen, die Welt um Sie herum in Schwarz-Weiß zu sehen. Sie mißbilligen meine Erforschung der menschlichen Gedanken und Handlungen. Ihre puritanische Herkunft, Ihre angelsächsische Erziehung lassen es Ihnen als Sünde erscheinen, zu tief in unser Innerstes zu dringen.«

»Zumal Sie nicht in Ihr eigenes Innere, sondern in das anderer Menschen eindringen.«

Er lächelte. »Es gibt zwei Gründe dafür, daß ich Daten sammle, Akten, Filme und Tonaufnahmen zusammenstelle und die privaten Geheimnisse bedeutender Männer sondiere. Der erste ist eben, daß es bedeutende Männer sind, Männer die das Schicksal der Welt in Händen halten, und mir behagt das Gefühl, auf meine bescheidene Weise einen gewissen Einfluß auf sie ausüben zu können. Zweitens habe ich mein Leben der Erforschung des Menschen gewidmet. Ich liebe die Menschen; zwar habe ich keinerlei Illusionen über sie, aber das macht es auch viel leichter, sie zu lieben. Ich bin stets überrascht und voller Bewunderung für die seltsam verschlungenen Pfade, die ihr Geist geht, für ihre vernunftbegründeten Erklärungen und die Vorausschaubarkeit ihrer Schwächen und Fehler. Deshalb mein großes Interesse für die sexuelle Komponente. Einst glaubte ich, meine Freunde dann am besten zu verstehen, wenn ich ihnen beim Glücksspiel zusah: ihre Habgier, Güte und Furcht traten beim Spielen so offen zutage. Aber damals war ich ein junger Mann, lebte in Hanoi und sah dieselben Männer jeden Tag in denselben Klubs. Ich hatte sie wahnsinnig gern. Es ist wichtig, daß Sie mir das glauben.« Er blickte zu mir auf.

Ich zuckte die Schultern.

»Ich glaube es.«

»Ich mochte sie sehr gern und wollte sie besser verstehen. Mich hatte das Glücksspiel nie fasziniert: Es schien mir stumpfsinnig, monoton und trivial. Doch es legte die tiefsten Empfindungen frei. Ich hatte mehr davon, ihren Reaktionen zuzuschauen, als vom Selbstmitspielen. So fing ich an, mir Dossiers über meine Freunde anzulegen. Es war keine böswillige Absicht dabei; im Gegenteil, es geschah ausdrücklich zu dem Zweck, sie besser verstehen und lieben zu lernen.«

»Und hatten Sie sie dann auch lieber?«

»In gewisser Weise, ja. Natürlich gab es Enttäuschungen, aber das Versagen eines Mannes ist viel anziehender als sein Erfolg — das wird Ihnen jede Frau bestätigen. Bald kam ich darauf, daß Alkohol den Dossiers mehr Informationen lieferte als das Spiel. Beim Spielen zeigten sich mir die Agressionen und Ängste, beim Trinken aber sah ich auch die Schwächen. Erst wenn ein Mann Mitleid mit sich selbst empfand, erkannte man die Lücken in seinem Panzer. Schauen Sie zu, wie ein Mann sich betrinkt, und Sie kennen ihn — das rate ich vielen jungen Mädchen. Möchte er sich unter die Bettdecke vergraben oder lieber auf die Straße hinauslaufen und einen Aufruhr anzetteln? Möchte er liebkost werden oder Notzucht begehen? Empfindet er alles als komisch oder eher als eine Bedrohung? Hat er das Gefühl, die Welt mache sich heimlich über ihn lustig, oder wirft er einem Fremden die Arme um die Schultern und schreit, er liebe alle Menschen?«

»Ja, eine gute Methode.«

»Aber es gibt noch viel bessere Wege, tief in das Unterbewußtsein hineinzugreifen; bald wollte ich die Menschen nicht nur verstehen, sondern ihnen auch Ideen einpflanzen. Wenn ich sie nur empfindsam und verwundbar antreffen konnte, aber ohne das Unklare und den Gedächtnisverlust des Alkoholrausches, dann mußte sich mir eine Chance bieten, meine Unterlagen wirklich zu bereichern. Wie beneidete ich die Frauen, die Zugang zu meinen Freunden hatten in ihrem empfindsamsten Stadium, der tristen Verfassung nach dem Koitus. Der Sex, entschied ich, war der Schlüssel zu den Triebkräften eines Mannes, und nach der Vereinigung hatte er seinen verwundbarsten Zustand. Auf diese Weise entwickelten sich meine Methoden.«

Meine Anspannung ließ nach, nun, da Datt vollkommen in seine Biographie vertieft war. Wahrscheinlich hatte er untätig hier draußen gesessen, über sein Leben und darüber nachgesonnen, was ihn zu diesem Augenblick höchster Macht geführt hatte, die er jetzt so sehr genoß. Wie so viele verdiente Männer war auch er nicht aufzuhalten, wenn es erst einmal aus ihnen hervorzusprudeln begann.

»Achthundert Dossiers besitze ich jetzt, und viele davon stellen Analysen dar, auf die manche Psychiater stolz wäre.«

»Haben Sie sich dafür qualifiziert, Psychiatrie zu praktizieren?« fragte ich.

»Hat irgend jemand sich dafür qualifiziert?«

»Nein«, gab ich zu.

»Genau das ist es. Doch, ich bin ein wenig besser dazu befähigt als die meisten Menschen. Ich weiß, was getan werden kann, weil ich es schon getan habe, achthundertmal. Ohne Mitarbeiter hätte es sich niemals mit der gleichen Geschwindigkeit abwickeln lassen. Vielleicht wäre die Qualität noch höher ausgefallen, hätte ich alles allein gemacht; doch die Mädchen waren ein unerläßlicher Faktor.«

»Dann haben also eigentlich die Mädchen die Dossiers zusammengestellt?«

»Maria wäre dazu in der Lage gewesen, hätte sie länger mit mir zusammengearbeitet. Die Tote — Annie Couzins — war intelligent genug dazu, doch temperamentmäßig nicht für die Arbeit geeignet. Eine Zeitlang arbeitete ich nur mit Mädchen zusammen, die in Jura, Maschinenbau oder Rechnungswesen ausgebildet waren; aber so qualifizierte Mädchen zu finden, die auch sexuell reizvoll sind, ist schwer. Ich brauchte Mädchen mit Verständnis. Bei den dümmeren verwandte ich Aufnahmegeräte, doch die verständigen Mädchen brachten die echten Resultate.«

»Die Mädchen machten also kein Hehl aus der Tatsache, daß sie Verständnis hatten?«

»Zunächst doch. Ich glaubte — genau wie Sie jetzt —, daß die Männer einer klugen Frau gegenüber ängstlich und mißtrauisch sein würden; doch das sind sie nicht, wissen Sie. Im Gegenteil, Männer lieben kluge Frauen. Warum klagt ein Mann, ›meine Frau versteht mich nicht‹, wenn er mit einer anderen davonläuft? Ganz einfach, weil er nicht Sex sucht, sondern Verständnis.«

»Kann er sich nicht mit den Leuten aussprechen, mit denen er zusammenarbeitet?«

»Doch, aber er fürchtet sie. Die Kollegen sind hinter seinem Posten her, lauern auf eine Schwäche von ihm.«

»Genau wie Ihre Mädchen.«

»Ja, aber das versteht er nicht.«

»Letzten Endes aber sicher doch?«

»Dann macht es ihm nichts mehr aus — der therapeutische Aspekt der Beziehung ist ihm inzwischen klar geworden.«

»Sie zwingen ihn durch Erpressung zur Mitarbeit?«

Datt zuckte die Schultern. »Das hätte ich tun können, wenn es sich jemals als notwendig erwiesen hätte; doch das war nie der Fall. Wenn ein Mann von mir und den Mädchen sechs Monate lang studiert wurde, brauchte er uns.«

»Das verstehe ich nicht.«

»Nein«, erklärte Datt geduldig, »weil Sie darauf beharren, mich als ein böswilliges Ungeheuer zu sehen, das sich vom Blut seiner Opfer ernährt.« Datt hob die Hände. »Was ich für diese Männer tat, hat ihnen geholfen. Ich arbeitete Tag und Nacht, in endlosen Sitzungen, damit sie sich selbst besser verstanden: ihre Motive, ihre Sehnsüchte, ihre Schwächen und Stärken. Die Mädchen waren ebenfalls intelligent genug, um helfend — und beruhigend — auf sie einzuwirken. All die Leute, die ich studiert habe, entwikkeln sich jetzt zu besseren Persönlichkeiten.«

»*Werden* sich dazu entwickeln«, verbesserte ich. »Mit diesem Versprechen locken Sie sie nur an.«

»In manchen Fällen; nicht immer.«

»Aber Sie haben versucht, ihre Abhängigkeit von Ihnen zu verstärken. Sie haben alles eingesetzt, um diese Leute glauben zu machen, daß sie Sie brauchen.«

»Das ist Haarspalterei. Jeder Psychiater muß so vorgehen, das nennt man ›Übertragung‹.«

»Aber Sie haben sie in der Hand. Diese Filme und Bandaufnahmen — sie zeigen doch, welche Form der Macht Sie anstreben.«

»Sie zeigen gar nichts. Die Filme und so weiter bedeuten mir nichts. Ich bin Wissenschaftler, kein Erpresser. Ich habe die sexuellen Tätigkeiten meiner Patienten lediglich als den kürzesten Weg zum besseren Begreifen benutzt. Ein Mann enthüllt so vieles, wenn er mit einer Frau im Bett ist, aus dem wichtigen Element der Befreiung heraus. Er findet Befreiung darin, wenn er mit mir spricht, wodurch er wiederum die Freiheit gewinnt, seinen sexuellen Begierden nachzugeben. Eine stärkere und abwechslungsreichere sexuelle Betätigung wiederum löst das Bedürfnis aus, mehr zu reden.«

»Er spricht also mit Ihnen?«

»Aber natürlich. Er wird immer freier und vertrauensvoller.«

»Sie bleiben aber der einzige Mensch, vor dem er prahlen kann.«

»Nicht eigentlich prahlen — reden. Er hat den Wunsch, dieses neue, kraftvollere, bessere Leben, das er sich geschaffen hat, mit jemandem zu teilen.«

»Das Leben, das *Sie* ihm geschaffen haben.«

»Einige der Patienten waren so freundlich zuzugeben, daß sie, bevor sie in meine Klinik kamen, mit nur zehn Prozent ihrer Kraft lebten.« Datt lächelte selbstgefällig. »Es ist eine lebenswichtige und bedeutsame Aufgabe, einem Menschen zu zeigen, welche Kräfte in ihm wohnen, wenn er nur den Mut aufbringt, sie einzusetzen.«

»Werden Sie Ihre Ergebnisse veröffentlichen?« wollte ich wissen.

»Die Schlußfolgerungen vielleicht, aber nicht die Fallgeschichten.«

»Die Fallgeschichten sind doch gerade das Wichtige.«

»Für manche Leute, ja«, erwiderte Datt. »Deshalb muß ich sie ja so sorgfältig hüten.«

»Loiseau hat versucht, an sie heranzukommen.«

»Aber ein paar Minuten zu spät.« Datt schenkte sich noch ein Gläschen Wein ein, prüfte seine Klarheit und trank ein wenig. »Viele Leute trachten nach meinen Dossiers, aber ich passe gut auf sie auf. Die ganze Umgebung hier wird überwacht. Ich wußte schon über Sie Bescheid, als Sie im Dorf anhielten, um zu tanken.«

Die alte Frau klopfte diskret. »Ein Wagen mit Pariser Nummernschild — klingt nach Madame Loiseau — kommt soeben durch das Dorf.«

Datt nickte. »Sage Robert, ich brauche die belgischen Schilder an der Ambulanz, und die Unterlagen müssen bereitliegen. Jean-Paul kann ihm helfen. Nein, wenn ich mir's nochmals überlege, sag Jean-Paul nicht, daß er ihm helfen soll. Sie kommen nicht besonders gut miteinander aus.« Die alte Frau schwieg. »Das ist alles.«

Datt schritt zum Fenster hinüber, während bereits das Knirschen von Autoreifen auf dem Kies hörbar wurde.

»Marias Wagen«, bemerkte Datt.

»Und Ihre Hinterhof-Mafia hat ihn nicht aufgehalten?«

»Sie ist nicht dazu da, Leute aufzuhalten«, erklärte Datt. »Sie kassiert kein Eintrittsgeld, sondern sie schützt mich.«

»Hat Kuang Ihnen das erzählt? Vielleicht sollen diese Wachen Sie nur daran hindern, hier herauszukommen?«

»Pah«, machte Datt, doch ich wußte, daß ich ihm damit einen Stachel eingepflanzt hatte. »Ich wünschte, Maria hätte den Jungen mitgebracht.«

»Kuang ist hier der Chef«, stellte ich fest. »Er hat Sie nicht gefragt, bevor er einwilligte, daß ich Hudson herhole.«

»Wir haben unsere Zuständigkeitsbereiche«, erklärte Datt. »Alles, was mit Daten technischer Art zusammenhängt — wie Hudson sie liefern kann — ist Kuangs Bezirk.« Plötzlich stieg ihm die

Zornesröte ins Gesicht. »Wieso erkläre ich Ihnen eigentlich derartige Dinge?«

»Weil Sie sie sich selbst erklären.«

Datt wechselte abrupt das Thema. »Glauben Sie, daß Maria Loiseau gesagt hat, wo ich bin?«

»Sicher nicht. Sie hat nämlich eine Menge zu erklären, wenn sie Loiseau das nächste Mal sieht. Unter anderem, warum sie Sie vor seiner Razzia auf die Klinik gewarnt hat.«

»Das stimmt«, meinte Datt. »Ein kluger Mann, dieser Loiseau. Früher glaubte ich, Sie wären sein Assistent.«

»Und jetzt?«

»Jetzt glaube ich, Sie sind sein Opfer, oder werden es bald sein.«

Ich sagte nichts, und Datt fuhr fort: »Für wen Sie auch arbeiten, Sie stehen allein. Loiseau hat keinen Grund, Sie zu mögen. Er ist eifersüchtig auf Ihre Erfolge bei Maria — sie liebt Sie natürlich. Loiseau gibt vor, hinter mir her zu sein, aber Sie sind sein wahres Ziel. Loiseau hat Schwierigkeiten bei seiner Dienststelle; er kann zu dem Entschluß gekommen sein, daß Sie einen guten Sündenbock abgeben. Vor einiger Zeit wollte er von mir, daß ich ein Papier über Sie unterzeichne. Ein Gewebe von Lügen, doch klug mit Halbwahrheiten verbrämt, das Ihnen zum Schaden gereicht hätte. Es bedurfte lediglich meiner Unterschrift. Ich lehnte ab.«

»Warum?«

Datt setzte sich mir gegenüber nieder und blickte mir gerade in die Augen. »Nicht, weil ich Sie besonders mag. Ich kenne Sie ja kaum. Aber ich hatte Ihnen diese Injektion verabreicht, als ich Sie zunächst verdächtigte, ein Spitzel Loiseaus zu sein, und wenn ich einen Menschen behandle, wird er mein Patient. Ich werde verantwortlich für ihn. Ich rühme mich gern damit und bin stolz darauf, daß ein Patient, sollte er einmal gar einen Mord begehen, zu mir kommen und es mir erzählen könnte — vertraulich. So sieht auch mein Verhältnis zu Kuang aus. Ich brauche das, aber Loiseau weigert sich, es zu verstehen. Ich brauche es.« Er stand plötzlich auf und erklärte: »Einen Drink — und jetzt bestehe ich darauf. Was soll es sein?« Die Tür öffnete sich und Maria trat ein, gefolgt von Hudson und Jean-Paul. Sie lächelte, doch ihre Augen waren schmal und wachsam. Ihr alter Rollkragenpullover und die alten Reithosen hatten Erd- und Weinflecken. Sie sah zäh, elegant und reich aus und betrat das Zimmer so leise und wachsam wie eine schnuppernde Katze. Sie reichte mir das Paket mit den Papieren: drei Pässe — einer für mich, einer für Hudson, einer für Kuang. Es waren noch einige andere Unterlagen darin, Geld, ein paar Karten und Umschläge, die bewiesen, daß ich ein anderer war. Ich steckte mir alles unbesehen in die Tasche.

»Ich wünschte, du hättest den Jungen mitgebracht«, sagte Datt zu Maria; sie gab keine Antwort. »Was trinken Sie, meine lieben Freunde? Einen Apéritif vielleicht?« Er rief der Frau in der weißen Schürze zu: »Wir sind sieben zum Abendessen, aber Herr Hudson und Herr Kuang werden allein in der Bibliothek speisen. Führe Herrn Hudson jetzt in die Bibliothek«, setzte er hinzu. »Herr Kuang wartet dort.«

»Und lassen Sie die Tür angelehnt«, rief ich leutselig hinterher.

»Und laß' die Tür angelehnt«, sagte Datt.

Hudson lächelte und klemmte seine Aktenmappe fester unter den Arm. Er blickte Maria und Jean-Paul an, nickte und zog sich wortlos zurück. Ich stand auf und schritt zum Fenster hinüber, wobei ich mir überlegte, ob die Frau in der weißen Schürze wohl beim Abendessen mit uns am Tisch saß; doch dann lenkte mich der verbeulte Traktor ab, der hinter Marias Wagen stand. Der Traktorfahrer war also hier. Bei dem reichlichen Platz im Hof hätte der Traktor nicht beide Wagen so nah an die Mauer zu drücken brauchen.

30

»Lesen Sie die größten Denker des achtzehnten Jahrhunderts«, sagte Datt, »und Sie werden verstehen, wie der Franzose auch heute noch über Frauen denkt.« Der Suppengang war beendet, und die kleine Frau — jetzt in vorschriftsmäßiger Dienstmädchentracht — räumte das Geschirr ab. Datt schenkte jedem von uns ein Glas Weißwein ein. »Diderot hielt sie für nichts als Kurtisanen, Montesquieu bezeichnete sie als hübsche Kinder. Für Rousseau existierten sie nur als Beiwerk zum Vergnügen des Mannes, und für Voltaire waren sie überhaupt nicht vorhanden.« Er zog den geräucherten Lachs zu sich heran und wetzte das lange Messer.

Jean-Paul lächelte wissend. Er war nervöser als sonst, strich sich über die weiße, gestärkte Manschette, die gekonnt seine Cartier-

Uhr sehen ließ, und befühlte das kleine runde Heftpflaster über einem Rasierschnitt am Kinn.

»In Frankreich«, erklärte Maria, »befehlen die Männer, und die Frauen gehorchen. *Elle me plaît* ist das größte Kompliment, das eine Frau von einem Mann erwarten kann. Wie kann jemand Paris als Stadt der Frauen bezeichnen? Nur eine Prostituierte kann hier wirklich Karriere machen. Zwei Weltkriege waren notwendig, um der Französin das Stimmrecht zu geben.«

Datt nickte. Er goß Öl über den Lachs und begann, ihn zu tranchieren; dann bediente er Maria zuerst. Sie lächelte ihm zu.

Ebenso wie ein teurer Anzug anders knittert als ein billiger, hoben auch die Falten in Marias Gesicht ihre Schönheit nur hervor, statt sie zu beeinträchtigen. Ich starrte sie an und versuchte, sie besser zu verstehen. War sie falsch, wurde sie ausgenutzt — oder traf, wie bei den meisten von uns, beides zu?

»Für dich ist das ja alles ganz schön und gut, Maria«, schaltete sich Jean-Paul ein. »Du bist eine Frau von Wohlstand, Ansehen, Intelligenz«, er hielt inne, »und Schönheit . . .«

»Ich bin froh, daß du das hinzugesetzt hast«, entgegnete sie, immer noch lächelnd.

Jean-Paul blickte zu Datt und mir herüber. »Das illustriert genau, was ich sagen will. Selbst Maria besäße lieber Schönheit als Verstand. Als ich achtzehn war — vor zehn Jahren —, brachte ich den Frauen das entgegen, was ich mir selbst wünschte: Respekt, Bewunderung, gutes Essen, Unterhaltung, Geist und sogar Wissen. Aber Frauen verachten diese Dinge, Leidenschaft ist es, was sie wollen, tiefe Gefühle. Sie wollen nicht gut essen — Frauen haben einen mangelhaft entwickelten Gaumen —, und geistreiche Unterhaltung macht sie besorgt. Denn dadurch wird die Aufmerksamkeit von ihnen abgelenkt. Frauen wünschen sich Männer, die überlegen genug sind, ihnen Vertrauen einzuflößen, aber nicht gerissen genug, um sie zu überlisten. Sie wollen Männer mit vielen Fehlern, damit sie ihnen verzeihen können, Männer, die mit den kleinen Dingen des Lebens nicht fertig werden; Frauen tun sich in kleinen Dingen hervor. Sie erinnern sich ja auch an jede Kleinigkeit . . .«

»Ich muß sagen, Jean-Paul«, unterbrach Datt, »daß du zu hart gegen die Frauen bist. Nimm diese Annie, die für mich arbeitete. Ihr akademisches Niveau war enorm . . .«

»Natürlich«, erklärte Maria, »eine Frau, die von der Universität kommt, hat solche Schwierigkeiten, eine Stelle zu finden, daß ihr endlicher Arbeitgeber die höchsten Anforderungen stellen kann.«

»Genauso ist es«, meinte Datt. »Die meisten Mädchen, die ich beschäftigte, waren brillant. Noch dazu identifizieren sie sich stark mit ihren Forschungsaufgaben. Stellen Sie sich nur einmal vor, die Situation hätte es erfordert, daß männliche Mitarbeiter sich geschlechtlich mit Patientinnen zu befassen hatten. Wenngleich sie Lippenbekenntnisse für die Promiskuität ablegen, würden Männer zuletzt allerlei puritanische Gegengründe vorschieben. Diese Mädchen aber hatten begriffen, daß dies den entscheidenen Anteil in ihrer Beziehung zu den Patienten ausmachte. Ein Mädchen zum Beispiel war ein mathematisches Genie und doch eine Schönheit — wirklich beneidenswert.«

»Und wo befindet sich dieses mathematische Genie jetzt?« wollte Jean-Paul wissen. »Ich wäre ihr für ihren Rat sehr dankbar. Vielleicht könnte ich meine Technik noch verbessern.«

»Das könntest du nicht«, erklärte Maria in klinischem Ton, ohne eine Gefühlsbewegung. »Deine Technik ist ohnehin zu perfekt. Du schmeichelst einer Frau bis zum Sättigungspunkt, wenn du ihr das erste Mal begegnest. Dann, wenn du den Zeitpunkt für gekommen hältst, fängst du an, ihr Selbstvertrauen zu untergraben. Du weist sie recht geschickt und mitfühlend auf ihre Unzulänglichkeiten hin, bis sie dich für den einzigen Mann hält, der sich herbeiläßt, sich mit ihr abzugeben. Du zerstörst die Frauen durch Aushöhlung, weil du sie haßt.«

»Nein«, widersprach Jean-Paul, »ich liebe die Frauen. Ich liebe sie zu sehr, um so viele zurückzuweisen, indem ich eine einzige heirate.« Er lachte.

»Jean-Paul hält es für seine Pflicht, jeder Frau von fünfzehn bis fünfzig zur Verfügung zu stehen«, erklärte Maria ruhig.

»Dann bist du ja bald aus meinem Tätigkeitsbereich ausgeschieden«, stellte Jean-Paul fest.

Die Kerzen waren so tief heruntergebrannt, daß ihr Licht nun durch den strohfarbenen Wein hindurchschimmerte und golden auf Gesichtern und Decke lag.

Maria nippte an ihrem Wein; keiner sprach. Sie stellte das Glas auf den Tisch und hob dann den Blick zu Jean-Pauls Augen. »Du tust mir leid, Jean-Paul.«

Die Haushälterin brachte den Fischgang auf den Tisch und servierte *sole Dieppoise.* Nachdem sie sich wieder zurückgezogen hatte, trank Maria noch etwas Wein, und als sie ihr Glas niedersetzte, blickte sie Jean-Paul an. Er lächelte nicht.

»Wenn ich sage, du tust mir leid, Jean-Paul, mit deiner endlosen Kette von Geliebten, kannst du mich ruhig auslachen. Aber dies eine laß mich dir sagen: Die Kürze deiner Beziehung zu einer Frau beruht auf deiner mangelnden Geschmeidigkeit. Jeder muß sich dir anpassen, niemals umgekehrt. Ehen gehen aus eben diesem Grund in die Brüche — meine auch, und es war wenigstens zur Hälfte meine Schuld. Die Antithese zu diesem Gefühl ist die Liebe. Ich liebte dich, Jean-Paul. Verliebt zu sein bedeutet, neue Gedanken, neue Gefühle, Düfte, Geschmacksnoten, neue Tänze in sich aufzunehmen — selbst die Luft scheint anders zu schmecken. Deshalb ist die Untreue auch ein solcher Schock. Eine Frau, die in die trübe, leblose Schablone einer Ehe gezwängt ist, wird plötzlich durch Liebe befreit, und ihr Mann ist entsetzt über die Veränderung, die mit ihr vorgeht. Denn ebenso wie ich mich damals mit dir plötzlich zehn Jahre jünger fühlte, so schien mir mein Mann auf einmal zehn Jahre älter.«

»Und so erscheine ich dir heute?« fragte Jean-Paul.

»Genauso. Es ist lächerlich, daß ich mir einmal Sorgen machte, weil du jünger warst als ich. Du bist keineswegs jünger als ich. Du bist ein alter Spießer. Jetzt, da ich dich nicht mehr liebe, sehe ich das. Du bist ein alter Spießer von achtundzwanzig, und ich bin ein junges Mädchen von zweiunddreißig.«

»Du Aas.«

»Mein armer Kleiner, sei nicht böse. Denk' an das, was ich dir jetzt sage. Schau in dein Herz. Schau in dein Herz, und du wirst entdecken, was du dir so sehr wünschst: ewig ein junger Mann zu bleiben.«

Jean-Paul blickte sie an. Er war nicht wütend, wie ich es erwartet hatte. »Vielleicht bin ich ein hohler, eitler Dummkopf«, entgegnete er. »Aber als ich dich kennenlernte, Maria, liebte ich dich wirklich. Es dauerte nicht länger als eine Woche, aber für mich war es echte Liebe, die einzige Zeit in meinem Leben, in der ich wirklich glaubte, zu etwas Lohnendem fähig zu sein. Du warst älter als ich, aber mir gefiel das. Ich wünschte mir, daß du mich aus dem einfältigen Labyrinth meines Daseins herausführen möchtest. Du bist hochintelligent, und du, so dachte ich, würdest mir einen triftigen guten Grund zu leben sagen können. Aber du hast mich im Stich gelassen, Maria. Wie alle Frauen bist du willensschwach und unentschlossen. Du hast dir niemals wirklich gewünscht, stark und frei zu sein. Du hast niemals irgend etwas Entscheidendes getan, woran du aufrichtig glaubtest. Du bist eine Marionette, Maria, mit vielen Puppenspielern, die sich darum streiten, wer dich bedienen darf.« Die letzten Worte hatte er scharf und bitter hervorgestoßen; jetzt starrte er finster zu Datt hin.

»Kinder«, mahnte dieser. »Wenn wir doch gerade so nett miteinander auskommen . . .«

Jean-Paul lächelte sein angestrengtes Filmstarlächeln. »Stell' deinen Charme ab«, sagte er zu Datt. »Du mußt mich wohl immer bevormunden.«

»Wenn ich irgend etwas Falsches getan habe . . .« Datt beendete den Satz nicht, sondern blickte sich um und hob die Augenbrauen, um zu zeigen, wie schwer es ihm fiel, an eine solche Möglichkeit auch nur zu denken.

»Du glaubst, du kannst mich an- und abstellen, wie es dir gefällt«, sprach Jean-Paul weiter. »Du glaubst, du kannst mich wie ein Kind behandeln; aber das kannst du nicht. Ohne mich würdest du jetzt dick in der Tinte sitzen. Wenn ich dich nicht vor Loiseaus Razzia auf deine Klinik gewarnt hätte, wärst du jetzt im Gefängnis.«

»Vielleicht«, erwiderte Datt, »vielleicht auch nicht.«

»Oh, ich weiß, was du den Leuten weismachen willst», gab Jean-Paul zurück. »Ich weiß, sie sollen glauben, du stündest mit der Spionageabwehr und den anderen Geheimdienststellen der Regierung in Verbindung; aber wir wissen es besser. Ich habe dich gerettet — zweimal. Einmal mit Annie und einmal mit Maria.«

»Maria hat mich gerettet«, widersprach Datt, »wenn überhaupt jemand.«

»Deine kostbare Tochter ist nur für eines gut.« Er lächelte. »Und überdies haßt sie dich. Sie sagt, du bist widerwärtig und schlecht. Da siehst du, wie sehr sie den Wunsch hatte, dich zu retten, bevor ich sie überredete, dir zu helfen.«

»Hast du das von mir gesagt?« fragte Datt Maria, doch als sie antworten wollte, hob er die Hand. »Nein, antworte mir nicht. Ich habe kein Recht, dir eine solche Frage zu stellen. Wir alle sagen im

Zorn Dinge, die wir später bedauern.« Er lächelte Jean-Paul an. »Beruhige dich, mein lieber Freund, und trink' noch ein Glas.«

Datt schenkte Jean-Pauls Glas voll, doch Jean-Paul nahm es nicht hoch. Datt deutete mit dem Flaschenhals darauf. »Trink.« Er nahm das Glas und hielt es Jean-Paul hin. »Trink und sag' mir, daß diese schwarzen Gedanken nicht deine wohlüberlegte Meinung über den alten Datt sind, der doch soviel für dich getan hat.«

Jean-Paul holte mit der flachen Hand zu einer ärgerlich wegwerfenden Geste aus. Vielleicht hörte er nicht gern, daß er Datt irgend etwas verdankte. Er schleuderte das volle Glas quer durch den Raum und schlug dabei Datt die Flasche aus den Händen. Sie rollte über den Tisch, warf die Gläser wie Kegel um und ergoß ihren kühlen hellen Inhalt über Tischtuch und Besteck. Datt erhob sich und tupfte sich mit der Serviette linkisch die Weste ab. Jean-Paul stand ebenfalls auf. Den einzigen Laut verursachte der Wein, der aus der Flasche gluckerte.

»*Salaud!*« rief Datt. »Du greifst mich in meinem eigenen Hause an! Du *casse-pieds*! Du beleidigst mich vor meinen Gästen und vergreifst dich an mir, wenn ich dir Wein anbiete!« Er tupfte sich ab und warf die feuchte Serviette auf den Tisch, zum Zeichen, daß die Mahlzeit zu Ende war. Das Besteck klirrte traurig. »Du wirst es schon lernen«, erklärte Datt. »Hier und jetzt wirst du es lernen.«

Jean-Paul begriff endlich, welches Wespennest er in Datts Kopf aufgescheucht hatte. Er blickte starr und herausfordernd drein, aber man brauchte kein Amateurpsychologe zu sein, um zu wissen, daß er seinen Part neu geschrieben hätte, hätte er die Uhr um zehn Minuten zurückdrehen können.

»Rühr' mich nicht an«, warnte Jean-Paul. »Ich habe genauso skrupellose Freunde wie du, und zusammen können wir dich vernichten, Datt. Ich weiß alles über dich, über das Mädchen Annie und warum sie umgebracht werden mußte. Es gibt ein paar Dinge, die du noch nicht weißt, und noch ein paar mehr, die auch die Polizei gern erfahren würde. Rühr' mich nur an, du fettes altes Schwein, und du stirbst genau wie dieses Mädchen.« Er blickte in die Runde. Seine Stirn war feucht vor Anstrengung und Furcht, aber es gelang ihm, grimmig zu lächeln. »Rühr' mich nur an, versuch's nur . . .«

Datt sagte nichts, ebensowenig einer von uns. Jean-Paul schwatzte weiter, bis ihm der Dampf ausging. »Du brauchst mich«, erklärte er Datt schließlich; doch Datt brauchte ihn nicht mehr, und jeder im Zimmer wußte das.

»Robert!« rief Datt. Ich weiß nicht, ob Robert vor der Tür gestanden hatte, auf alle Fälle war er rasch da: der Traktorfahrer, der den einohrigen Hund geschlagen hatte. Er war so groß und breit wie Jean-Paul, aber damit war es mit der Ähnlichkeit auch schon zu Ende: Robert war Teak im Vergleich zu Jean-Pauls Papiermaché.

Unmittelbar hinter Robert erschien die Frau in der weißen Schürze. Jetzt, da sie so dicht nebeneinander standen, konnte man die Familienähnlichkeit erkennen: Robert war eindeutig der Sohn dieser Frau. Er schritt herein und stellte sich vor Datt hin wie ein Mann, der auf die Überreichung einer Medaille wartet. Die alte Frau stand im Türrahmen — mit einem Zwölfkaliber-Gewehr, das sie sicher in den Fäusten hielt. Es war ein abgewetztes altes Erbstück, der Kolben angesengt und fleckig, und um die Mündung herum hatte sich Rost angesetzt, als hätte sie einmal in einer Pfütze gesteckt. Es war genau das Stück, das man in der Halle eines Landhauses aufbewahren mochte, um Ratten und Kaninchen Einhalt zu gebieten: ein schlecht verarbeitetes Massenprodukt ohne Stil oder Schliff. Es war keinesfalls die Art von Gewehr, mit dem ich einst erschossen zu werden wünschte. Deshalb verhielt ich mich auch sehr, sehr still.

Robert schritt zu Jean-Paul hinüber und holte eine 6.35er Mauser Automatik aus seinem Anzug. Er roch daran und öffnete sie, ließ die Kugeln in seine Hand gleiten und reichte Waffe, Magazin und Kugeln Datt, der sie vorsichtig wie irgendeine Virusart anfaßte. Zögernd schob er sie in seine Tasche.

»Bring ihn fort, Robert«, verlangte Datt. »Er macht zuviel Lärm. Ich kann es nicht ausstehen, wenn Leute herumschreien.« Robert nickte, machte eine Kinnbewegung zu Jean-Paul und diesen schnalzenden Laut, mit dem man Pferde zu ermuntern pflegt. Jean-Paul knöpfte sich sorgfältig die Jacke zu und schritt zur Tür.

»Und jetzt den Fleischgang«, sagte Datt zu der Frau. Sie lächelte eher ehrerbietig als humorvoll und zog sich so zurück, daß die Gewehrmündung als letztes verschwand.

»Bring ihn raus, Robert«, wiederholte Datt.

»Was hast du mit ihm vor?« fragte Maria, nachdem Robert Jean-Paul sanft zur Tür hinausgezogen und sie geschlossen hatte.

»Nichts, meine Liebe. Aber er wird immer lästiger. Er muß einen

Denkzettel bekommen. Wir müssen ihm Furcht beibringen, zu unser aller Nutzen.«

»Du willst ihn umbringen«, rief Maria.

»Nein, meine Liebe.« Datt stand am Kamin und lächelte beruhigend.

»Doch, das willst du, ich spüre es.«

Datt wandte uns den Rücken zu. Er spielte mit der Uhr auf dem Sims, fand den Schlüssel dafür und begann, sie aufzuziehen; der Auslöser arbeitete geräuschvoll.

Maria wandte sich an mich. »Werden sie ihn töten?«

»Ich glaube schon.«

Sie lief zu Datt hinüber und packte seinen Arm. »Das darfst du nicht. Es ist zu schrecklich. Bitte, tu's nicht! Bitte, Vater, bitte tu's nicht, wenn du mich liebst.« Datt legte väterlich den Arm um sie, sagte aber nichts.

»Er ist ein wunderbarer Mensch«, erklärte Maria. Sie sprach von Jean-Paul. »Er würde dich niemals verraten. Sag' ihm«, bat sie mich, »daß er Jean-Paul nicht umbringen darf.«

»Sie dürfen ihn nicht umbringen.«

»Da müssen Sie schon überzeugender sein«, meinte Datt. Er tätschelte Maria. »Wenn unser Freund hier einen anderen Weg weiß, der uns Jean-Pauls Schweigen garantiert, dann bin ich vielleicht einverstanden.«

Er wartete, doch ich sagte nichts.

»Eben«, sagte Datt.

»Aber ich liebe ihn doch«, rief Maria.

»Das ändert auch nichts. Ich bin kein Generalbevollmächtigter Gottes. Er steht im Wege – nicht mir, sondern dem, woran ich glaube. Er steht im Wege, weil er boshaft und dumm ist. Maria, selbst wenn du es wärst, würde ich es tun.«

Maria flehte nicht mehr. Sie hatte jetzt jene eisige Ruhe einer Frau, die gleich von ihren Nägeln Gebrauch macht.

»Ich liebe ihn«, erklärte Maria. Das bedeutete, daß er außer für Untreue niemals für irgend etwas bestraft werden durfte. Sie blickte mich an. »Es ist deine Schuld, du hast mich hergeholt.«

Datt stieß einen Seufzer aus und verließ das Zimmer.

»Und deine Schuld, daß er in Gefahr ist«, fuhr sie fort.

»Na schön, gib mir die Schuld, wenn du willst. Auf meiner dunklen Weste sind die Flecken nicht zu sehen.«

»Kannst du ihn denn nicht aufhalten?«

»Nein«, erklärte ich ihr, »so ein Film ist das nicht.«

Ihr Gesicht verzerrte sich, als stiege ihr Zigarrenrauch in die Augen. Sie begann zu schluchzen, ohne dabei zu weinen. »Er wird sterben«, sagte sie mit seltsam leiser Stimme.

Ich weiß nicht, was dann als nächstes passierte, ob Maria sich vor oder nach dem Geräusch des Schusses bewegte. Ebensowenig wie ich weiß, ob Jean-Paul sich wirklich auf Robert gestürzt hatte, wie Robert uns später erzählte. Aber ich war unmittelbar hinter Maria, als sie die Tür öffnete. Eine .45er ist eine große Pistole. Der erste Schuß hatte die Anrichte getroffen, ein Loch ins Holz gerissen und ein halbes Dutzend Teller zerschlagen. Sie fielen noch, als schon der zweite Schuß krachte. Ich hörte Datt wegen seiner Teller aufbrüllen und sah Jean-Paul trunken, wie ein erschöpfter Kreisel, sich um die eigene Achse drehen. Er fiel gegen die Anrichte, stützte sich mit der Hand ab, starrte mich aus hervorquellenden Augen haßerfüllt an und verzerrte das Gesicht vor Schmerz, während seine Wangen sich wölbten, als wolle er sich übergeben. Er packte sein weißes Hemd und riß es sich aus der Hose. So heftig zerrte er daran, daß die Knöpfe absprangen und quer durchs Zimmer flogen. Er hielt jetzt ein dickes Hemdknäuel in der Hand und stopfte es sich in den Mund, als wäre er ein Zauberkünstler, der den Trick vorführte: ›Wie ich mein weißes Hemd verschlinge‹. Oder mein rosagesprenkeltes; oder mein rosa Hemd, mein rotes, mein dunkelrotes Hemd. Aber er schaffte es nicht. Der Stoff fiel ihm aus dem Mund, und sein Blut ergoß sich über das Kinn, färbte die Zähne rosa, rann ihm den Hals hinab und ruinierte ihm so den Hemdkragen. Er kniete nieder, als wollte er beten, doch sein Gesicht sank zu Boden, und er starb ohne ein Wort, das Ohr flach am Boden, als lauschte er auf Hufschläge, die ihm in eine andere Welt folgten.

Was die Toten uns zurücklassen, sind lebensgroße Abbilder ihrer selbst, die den Lebenden nur entfernt ähneln. Jean-Pauls blutiger Körper glich ihm nur wenig: Die dünnen Lippen waren fest zusammengepreßt, und das kleine runde Heftpflaster am Kinn war gerade noch sichtbar.

Robert war bestürzt. Voll Entsetzen starrte er auf die Waffe hinunter. Ich trat zu ihm, riß sie ihm aus der Hand und sagte: »Sie sollten sich schämen.« Datt wiederholte es noch einmal.

Die Tür ging auf, und Hudson und Kuang traten in die Küche. Sie blickten auf Jean-Pauls Leiche hinunter, die aus einem Haufen Blut und Eingeweide bestand. Keiner sprach, sie warteten auf mich. Da fiel mir ein, daß ich ja die Waffe in der Hand hielt. »Ich nehme Kuang und Hudson mit und fahre«, erklärte ich.

»O nein, das werden Sie nicht«, sagte Datt.

»Ich muß Hudson unversehrt zurückbringen; das gehört zu meinen Auflagen. Und die Informationen, die er Kuang gegeben hat, müssen an die chinesische Regierung gelangen. Andernfalls hätte es nicht viel Sinn gehabt, sie überhaupt weiterzuleiten. Deshalb muß ich auch Kuang mitnehmen.«

»Ich glaube, er hat recht«, erklärte Kuang. »Es klingt jedenfalls vernünftig.«

»Woher wissen Sie, was vernünftig ist?« fragte Datt. »*Ich* treffe die Vorkehrungen für Ihre Schritte, nicht dieser Dummkopf hier; wie können wir ihm trauen? Er gibt selbst zu, daß es ein Auftrag der Amerikaner ist.«

»Es klingt vernünftig«, sagte Kuang noch einmal. »Hudsons Informationen sind echt, das kann ich sagen: Sie füllen das aus, was ich aus den unvollständigen Unterlagen erfahren habe, die Sie mir letzte Woche zukommen ließen. Wenn die Amerikaner wollten, daß ich diese Informationen erhalte, dann müssen sie jetzt auch wollen, daß ich sie mit nach Hause nehme.«

»Sehen Sie denn nicht ein, daß man Sie vielleicht nur gefangennehmen will, um Sie zu verhören?« fragte Datt.

»Blödsinn«, unterbrach ich ihn. »Das hätte ich jederzeit in Paris arrangieren können, ohne Hudson hier draußen in Gefahr zu bringen.«

»Wahrscheinlich warten sie schon unten an der Straße. Innerhalb von fünf Minuten können Sie tot und begraben sein. Hier draußen würde niemand etwas hören, niemand würde die Erdhaufen bemerken.«

»Ich gehe das Risiko ein«, erklärte Kuang. »Wenn er Hudson mit falschen Papieren nach Frankreich hereinbekommt, kann er mich auch hinauskriegen.«

Ich beobachtete Hudson, weil ich fürchtete, er könnte sagen, daß ich nichts dergleichen für ihn getan hatte; doch er nickte ernst, und Kuang schien beruhigt zu sein.

»Kommen Sie mit uns«, bat Hudson, und Kuang nickte. Die beiden Wissenschaftler schienen die einzigen im ganzen Raum mit einem gewissen Maß an gegenseitigem Vertrauen zu sein.

Ich zögerte, Maria hier zurückzulassen; doch sie wedelte nur mit der Hand und erklärte, es fehle ihr nichts. Sie konnte den Blick nicht von Jean-Pauls Leichnam wenden.

»Deck ihn zu, Robert«, ordnete Datt an.

Robert holte aus einer Schublade ein Tischtuch und bedeckte damit die Leiche. »Geh'«, rief Maria mir zu und begann zu schluchzen. Datt legte den Arm um sie und zog sie an sich. Hudson und Kuang sammelten ihre Unterlagen ein; dann — wobei ich noch immer die Waffe schwenkte — führte ich sie zur Tür und hinaus.

Als wir durch die Halle gingen, tauchte die alte Frau mit einem schwerbeladenen Tablett auf. »Das *poulet sauté chasseur*«, sagte sie.

»*Vive le sport*«, meinte ich.

31

Wir holten den Lieferwagen aus der Garage — ein kleines graues Wellblechwägelchen —, weil Frankreichs Straßen voll davon sind. Ich mußte wegen des schwachen Motors ständig schalten, und die winzigen Scheinwerfer reichten nicht weiter als bis zu den Straßenhecken.

Kuang schien vollkommen zufrieden und zuversichtlich, daß es mir schon gelingen würde, ihn aus Frankreich hinauszubekommen. Er lehnte sich in dem harten Sitz zurück, verschränkte die Arme und schloß die Augen, wie in irgendeinem orientalischen Ritual der Selbstbetrachtung. Hin und wieder redete er ein paar Worte. Im allgemeinen war es die Bitte um eine Zigarette.

Die Grenze war kaum mehr als eine Formalität. Das Pariser Büro hatte uns fürstlich ausgestattet; drei gute britische Pässe, über fünfundzwanzig Pfund in kleinen Scheinen (belgische und französische), sowie ein paar Rechnungen und Quittungen, die mit den einzelnen Pässen übereinstimmten. Nachdem wir durch waren, atmete ich leichter. Ich hatte mit Loiseau ein Abkommen getroffen, in welchem er mir garantiert hatte, keine Schwierigkeiten zu machen; trotzdem atmete ich auf.

Hudson lag lang ausgestreckt auf ein paar Decken hinten im Wagen. Bald begann er zu schnarchen. Kuang sprach.

»Gehen wir in ein Hotel, oder opfern Sie einen Ihrer Agenten, um mir Obdach zu geben?«

»Wir sind in Belgien«, erwiderte ich. »Ins Hotel zu gehen, heißt soviel wie ein Polizeirevier aufzusuchen.«

»Was geschieht mit ihm?«

»Mit dem Agenten?« Ich zögerte. »Er wird pensioniert. Das ist Pech, aber er war ohnehin als nächster fällig.«

»Aus Altersgründen?«

»Ja.«

»Und haben Sie einen besseren in diesem Gebiet?«

»Wissen Sie, darüber können wir nicht sprechen.«

»Ich bin nicht beruflich daran interessiert«, erklärte Kuang. »Ich bin Wissenschaftler. Was die Engländer in Frankreich oder Belgien tun, geht mich nichts an. Aber wenn wir diesen Mann vor die Tür setzen, schulde ich ihm etwas.«

»Sie schulden ihm gar nichts. Wofür, zum Teufel, halten Sie das Ganze? Er wird hinausgeworfen, weil das zu seinem Beruf gehört. Genau wie ich Sie dirigiere, weil es mein Beruf erfordert. Ich tue es nicht aus Gefälligkeit. Sie schulden niemandem etwas, also denken Sie nicht mehr daran. Was mich betrifft, sind Sie ein Paket.«

Kuang zog tief an seiner Zigarette, nahm sie dann mit langen zarten Fingern aus dem Mund und drückte sie im Aschenbecher aus. Ich stellte ihn mir vor, wie er Annie Couzins getötet hatte. Aus Leidenschaft oder Taktik? Er rieb sich die Tabakreste von den Fingerspitzen wie ein Pianist, der Triller übte.

Ich ließ den Lieferwagen mit Höchstgeschwindigkeit fahren. Die Tachonadel stand still, und der Motor dröhnte gleichförmig.

»Wir sind in der Nähe von Ypern«, bemerkte Kuang.

»Das hier war der Frontvorsprung«, erklärte ich.

Hudson bat um eine Zigarette, er mußte schon seit geraumer Zeit wach sein. »Ypern«, meinte er, während er sich die Zigarette anzündete, »war das nicht der Schauplatz einer Schlacht im Ersten Weltkrieg?«

»Einer der größten. Es gibt kaum einen Engländer, der hier nicht ein Familienmitglied verloren hat. Sozusagen ist hier ein Stück Großbritannien gestorben.«

Hudson blickte aus dem Rückfenster. »Was für ein Platz zum Sterben.«

32

Jenseits von Ypern war der Morgenhimmel dunkel und wurde immer dunkler und niedriger. Es ist eine finstere Gegend, die sich meilenweit wie ein schlecht beleuchtetes Militärdepot erstreckt. Alle paar Meter stehen kleine grünweiße Schilder, die den Weg zu Soldatenfriedhöfen weisen, wo ganze Regimenter leuchtendweißer Grabsteine paradieren. Der Tod hat den Erdbogen durchdrungen, doch in den unordentlichen kleinen Bauerngehöften wird weitergearbeitet, die lebenden Kühe und toten Landser teilen sich das Land, und es gibt keinen Kampf mehr darum. Jetzt wuchsen in den Hecken grüne Pflanzen voll winziger roter Beeren, als schwitzte die Erde das Blut aus. Ich hielt an. Vor uns lag Passchendaele, eine sanft ansteigende Höhe.

»In welche Richtung gingen Ihre Soldaten vor?« wollte Kuang wissen.

»Die Anhöhe hinauf. Sie schoben sich die Böschung hoch mit fünfundfünfzig Pfund auf dem Rücken und einem Maschinengewehr am Hals.« — Hudson beugte sich wieder zum Fenster. »Junge, Junge, und dann Stellungskrieg hier«, sagte er und schüttelte den Kopf, als keiner antwortete. »Es muß ihnen wie das Ende der Welt vorgekommen sein.«

»Für viele war es das auch«, erklärte ich. »Sie sind noch immer hier.«

»In Hiroshima sind noch mehr gestorben«, bemerkte Kuang.

»Ich messe den Tod nicht nach Zahlen.«

»Dann ist es schade, daß Sie so genau darauf achteten, Ihre Atombombe nicht auf Deutsche oder Italiener anzuwenden.«

Ich ließ den Motor wieder an, um ein wenig Wärme in den Wagen zu bekommen; denn es ging ein eisiger Wind. Doch Kuang stieg aus und stapfte auf der Betonfahrbahn hin und her. Ihm schienen Kälte und Regen nichts auszumachen.

»Treffen wir uns hier mit einem anderen Wagen?« fragte er.

»Ja.«

»Sie müssen sich sehr sicher gewesen sein, daß ich mitkomme.«

»Ja. Es war nur logisch.«

Kuang nickte. »Kann ich noch eine Zigarette haben?« Ich gab ihm eine.

»Wir sind zu früh«, beklagte sich Hudson. »Das ist die sicherste Methode, Aufmerksamkeit zu erregen.«

»Hudson sieht sich gern als Geheimagent«, sagte ich zu Kuang.

»Ich kann Ihrem Sarkasmus nichts abgewinnen«, meinte Hudson.

»Tja, da haben Sie richtig altmodisches Pech, Hudson. Weil Sie nämlich damit festsitzen.«

Graue Wolken jagten über den Frontvorsprung hinweg. Da und dort standen alte unbewegliche Windmühlen vor dem Horizont wie Kreuze, die darauf warteten, daß sich jemand darannageln ließ. Über den Hügel kam ein Wagen mit Licht.

Sie waren eine halbe Stunde zu spät: zwei Flamen in einem Renault 16, ein Mann und sein Sohn. Sie stellten sich nicht vor, schienen überhaupt nicht versessen darauf, auch nur ihre Gesichter sehen zu lassen. Der Ältere stieg aus und kam zu mir herüber. Er spuckte auf die Straße und räusperte sich.

»Sie beide steigen in unseren Wagen. Der Amerikaner bleibt hier in dem. Reden Sie nicht mit dem Jungen.« Er lachte kurz und freudlos auf. »Und mit mir brauchen Sie auch nicht zu sprechen. Im Handschuhfach liegt eine Generalstabskarte. Schauen Sie nach, ob es die ist, die Sie brauchen.« Während er das sagte, packte er meinen Arm. »Der Junge nimmt den Lieferwagen und läßt ihn irgendwo an der holländischen Grenze stehen. Der Amerikaner bleibt bei ihm. Am anderen Ende erwartet sie jemand. Es ist alles arrangiert.«

Hudson sagte zu mir: »Mit Ihnen war das eine Sache, aber mit diesem Kind ins Blaue hineinzufahren, ist etwas anderes. Ich werde mich schon selbst zurechtfinden.«

»Denken Sie nicht weiter drüber nach«, riet ich ihm. »Wir befolgen ganz einfach die Anweisungen auf dem Etikett. Nase zuhalten und schlucken.«

Hudson nickte.

Wir stiegen aus, und der Junge kam herüber, wobei er langsam einen Bogen um uns machte, als hätte sein Vater ihm aufgetragen, sein Gesicht abgewandt zu halten. Im Renault war es schön warm.

Ich langte in das Handschuhfach und fand nicht nur die Karte, sondern auch eine Pistole.

»Keine Abdrücke«, rief ich dem Jungen zu. »Achten Sie darauf, daß nichts drinbleibt, keine Bonbonpapierchen oder Taschentücher.«

»Klar«, erwiderte der Vater. »Und keine von diesen Spezialzigaretten, die in der Jermyn-Street speziell für dich hergestellt werden.« Er lächelte sarkastisch. »Das weiß er alles.« Sein Akzent war so stark, daß er kaum zu verstehen war. Ich vermutete, daß er gewöhnlich flämisch sprach und ihm das Französische nicht so geläufig war. Der Mann spuckte abermals auf die Fahrbahn, bevor er neben uns auf den Fahrersitz kletterte. »Er ist ein guter Junge«, erzählte der Mann. »Er weiß, was er zu tun hat.« Bis er den Renault in Gang gebracht hatte, war der Lieferwagen bereits außer Sicht.

Jetzt fing ich an, mir Sorgen zu machen. »Haben Sie Notizen dabei?« fragte ich Kuang plötzlich. Er blickte mich an, ohne zu antworten. »Seien Sie vernünftig. Ich muß wissen, ob Sie irgend etwas bei sich haben, das vernichtet werden muß. Von dem Kasten mit dem Zeug von Hudson weiß ich.« Ich trommelte darauf. »Haben Sie sonst noch etwas?«

»Ein kleines Notizbuch, an mein Bein gebunden. Es ist ein dünnes Büchlein. Ich könnte durchsucht werden, ohne daß jemand es findet.«

Ich nickte. Das war noch eine Sorge mehr.

Der Wagen fuhr mit hoher Geschwindigkeit über die schmalen Betonstraßen. Bald bogen wir in die breitere Hauptstraße ein, die in nördlicher Richtung nach Ostende führt.

»Wie geht es eigentlich weiter?« fragte ich den Fahrer. Er war der Typ von Mann, den man fragen mußte, andernfalls gab er keine Auskunft.

»Seine Leute«, er rückte mit dem Kopf zu Kuang hinüber, »wollen ihn in Ostende haben. Um dreiundzwanzig Uhr heute nacht im Hafen. Ich zeige es Ihnen auf dem Stadtplan.«

»Im Hafen? Was ist los? Geht er heute nacht auf ein Schiff?«

»Sowas wird mir nicht erzählt«, erklärte der Mann. »Ich führe Sie nur zu meinem Haus, damit Sie sich dort mit Ihrem Operationschef treffen. Alles ist so verdammt langweilig. Meine Frau glaubt, ich werde bezahlt, weil es gefährlich ist, aber ich sage ihr immer wieder: Ich werde bezahlt, weil es so verdammt langweilig ist. Müde?« Ich nickte. »Wir holen eine gute Zeit heraus, das ist ein Vorteil. Um diese Zeit morgens gibt es nicht viel Verkehr«.

»Ja, es ist sehr ruhig.« Hin und wieder schossen kleine Vogelschwärme über den Himmel, die Augen im harten Morgenlicht nach Nahrung spähend, die Körper von der kalten Nachtluft geschwächt.

»Sehr wenig Polizei«, fuhr der Mann fort, »und die Autos halten sich an die Hauptstraßen. Bald wird es regnen, und dann sind auch nicht mehr viele Fahrräder unterwegs. Es ist der erste Regen seit zwei Wochen.«

»Hören Sie auf, sich Sorgen zu machen«, meinte ich. »Ihrem Jungen wird schon nichts passieren.«

»Er weiß, was er zu tun hat«, pflichtete der Mann mir bei.

33

Der Flame besaß ein Hotel unweit Ostende. Unser Wagen bog in eine gedeckte Durchfahrt ein, die zu einem kopfsteingepflasterten Hof führte. Ein paar Hennen kreischten, als wir parkten, und ein Hund heulte auf.

»Es ist schwierig, hier in der Gegend irgend etwas zu verheimlichen«, sagte der Mann.

Er war ein kleiner stämmiger Typ mit gelblicher Haut, die immer schmutzig aussah, ganz gleich, was er damit anfing. Sein Nasenrücken war breit und bildete mit der Stirn eine gerade Linie, wie das metallene Nasenstück eines mittelalterlichen Helmes. Der Mund war klein, und er hielt die Lippen fest aufeinandergepreßt, um seine schlechten Zähne zu verbergen. Um den Mund hatte er Narben, wie man sie bekommt, wenn man durch eine Windschutzscheibe geschleudert wird. Er lächelte, um mir zu zeigen, daß es eher ein Scherz als eine Entschuldigung war, und die Narben bildeten ein Muster wie ein gespanntes Haarnetz.

Die Seitentür des Hotels öffnete sich, und eine Frau in schwarzem Kleid und weißer Schürze starrte uns an.

»Sie sind da«, stellte der Mann fest.

»Das sehe ich. Kein Gepäck?«

»Kein Gepäck.« Sie schien dafür irgendeine Erklärung zu brauchen, als wären wir ein junges Paar, das versuchte, ein Doppelzimmer zu bekommen.

»Sie müssen sich ausruhen, *ma jolie môme*«, erläuterte der Mann. Sie war niemandes hübsches Kind, aber das Kompliment beschwichtigte sie zunächst.

»Zimmer vier«, sagte sie.

»Polizei schon da?«

»Ja.«

»Dann werden sie nicht vor dem Abend wiederkommen«, sagte der Mann zu uns. »Vielleicht nicht mal dann. Sie überprüfen das Gästebuch, mehr wegen der Steuern, als um Verbrecher zu finden.«

»Verbrauchen Sie nicht das ganze heiße Wasser«, sagte die Frau. Wir folgten ihr durch die gelb abblätternde Seitentür in die Hotelhalle. Dort stand ein Empfangstisch aus nachlässig gestrichenen Hartfaserplatten mit einem Brett dahinter, an dem acht Schlüssel hingen. — »Name?« fragte die Frau düster, als wollte sie uns in das Fremdenbuch eintragen.

»Frag sie nicht«, sagte der Mann, »dann fragen sie uns auch nicht.« Er lächelte, als hätte er einen Witz gemacht, und sah seine Frau in der Hoffnung an, daß sie es ihm gleichtun würde. Aber sie zuckte nur die Achseln und langte hinter sich nach dem Schlüssel. Sehr sanft legte sie ihn auf den Tisch, damit man ihr keinen Ärger vorwerfen konnte.

»Zwei Schlüssel, Sybil.«

Sie verzog ärgerlich das Gesicht. »Sie zahlen ja für die Zimmer«, erklärte er.

»Wir zahlen ja«, sagte ich. Draußen setzte Regen ein, schlug gegen das Fenster und rüttelte an der Tür, als wollte er unbedingt hinein.

Den zweiten Schlüssel knallte sie auf den Empfangstisch. »*Du* hättest den Wagen übernehmen und verschwinden lassen müssen«, erklärte die Frau zornig. »Rik hätte die beiden hierher zurückbringen können.«

»Dies hier ist aber die entscheidende Etappe.«

»Du faules Schwein«, keifte die Frau. »Wenn nach dem Auto gefahndet und Rik angehalten wird, dann werden wir ja sehen, welches die entscheidende Etappe war.«

Der Mann antwortete nicht, blickte mich auch nicht an. Er nahm die Schlüssel und führte uns über eine knarrende Treppe hinauf in unsere Zimmer. Sie waren eng und recht trist, glänzten vor gelbem Kunststoff und rochen nach schnelltrocknender Farbe. Durch die Wand hindurch hörte ich Kuang den Vorhang zurückziehen und seine Jacke aufhängen. Dann folgte ein Gluckern, als er das Waschbecken vollaufen ließ. Der Mann stand noch immer hinter mir und drückte sich herum, als wartete er auf etwas. Ich legte mir den Finger ans Auge und deutete dann auf Kuangs Zimmer; der Mann nickte. »Um zweiundzwanzig Uhr habe ich den Wagen für Sie bereit. Ostende ist nicht weit.«

»Gut«, sagte ich und hoffte, daß er gehen würde; doch er blieb.

»Wir haben früher dort gewohnt«, erzählte er. »Meine Frau möchte gern wieder zurück. Dort war mehr Leben. Ihr ist es zu ruhig auf dem Land.« Er machte sich an dem zerbrochenen Türriegel zu schaffen; er war übermalt, aber nicht repariert worden.

Ich starrte aus dem Fenster; es ging nach Südwesten, wo wir hergekommen waren. Es regnete stark.

»Ich konnte Sie nicht mit dem Jungen herschicken«, erklärte der Mann. »Ich führe Sie. Das kann ich niemand anderen tun lassen, nicht mal einen aus der Familie.« Er rieb sich das Gesicht, als hoffte er, so sein Hirn anzuregen. »Das andere war für den Erfolg der Operation weniger wichtig.« Er blickte aus dem Fenster. »Wir brauchen diesen Regen«, bemerkte er, ängstlich bemüht, meine Zustimmung zu finden.

»Sie haben sich richtig verhalten.«

Er nickte unterwürfig, als hätte ich ihm zehn Pfund Trinkgeld gegeben. Dann lächelte er und zog sich zurück. »Ich weiß«, sagte er.

34

Mein Operationschef traf gegen elf Uhr vormittags ein; es roch nach Essen. Ein großer schwarzer Humber bog in den Hof und hielt. Byrd stieg aus. »Warten Sie«, sagte er zu dem Fahrer. Byrd trug einen kurzen Harris-Tweed-Mantel mit passender Mütze. Seine Stiefel waren lehmverschmiert, die Hosenbeine unten umgeschlagen, damit sie nicht verschmutzten. Er polterte in mein

Zimmer hinauf und entließ den Flamen mit einem knappen Brummen. »Sie sind mein Operationschef?«

»Stimmt genau.« Er nahm die Mütze ab und legte sie aufs Bett. An einer Stelle standen ihm die Haare in die Höhe. Er zündete sich seine Pfeife an. »Bin verdammt froh, Sie zu sehen«, erklärte er. Sein Blick war hell und der Mund fest, wie bei einem Bürstenvertreter, der einen Kunden taxiert.

»Sie haben mich zum Narren gehalten«, beschwerte ich mich.

»Kommen Sie, kommen Sie, immer sachte, alter Junge. Keine Rede davon. Überhaupt keine Rede davon. Dachte mir, Sie haben eigentlich gut gearbeitet. Loiseau sagt, Sie hätten sich ganz schön für mich ins Zeug gelegt.« Wieder lächelte er kurz, erblickte sich im Spiegel über dem Waschbecken und strich sich das zerzauste Haar glatt.

»Ich sagte ihm, Sie hätten das Mädchen nicht ermordet — falls Sie das meinen.«

»Na ja«, er blickte verlegen drein, »war verdammt nett von Ihnen.« Er nahm die Pfeife aus dem Mund und suchte mit der Zunge seine Zähne ab. »Verdammt nett. Aber um Ihnen die Wahrheit zu sagen, alter Junge, ich war's doch.«

Ich mußte überrascht ausgesehen haben.

»Schreckliche Sache, sicher, aber sie hätte uns auffliegen lassen. Jeden einzelnen von uns. Sie haben sie weich gekriegt.«

»Mit Geld?«

»Nein, ohne Geld. Mit einem Mann.« Er legte seine Pfeife in den Aschenbecher. »Sie hatte eine Schwäche für Männer. Jean-Paul zum Beispiel, dem fraß sie aus der Hand. Deshalb sind Mädchen für diese Art Arbeit auch nicht geeignet, zum Kuckuck. Wir Männer waren immer Betrüger, he? Aber Mädchen lassen sich in alles hineinziehen. Doch beklagen wir uns nicht darüber, wir möchten sie ja selbst nicht anders haben.«

Ich sagte nichts, also redete Byrd weiter.

»Zuerst bestand der Plan, Kuang als eine Art orientalischen Jack the Ripper hinzustellen. Damit wir Gelegenheit hätten, ihn festzuhalten, mit ihm zu reden und, wenn nötig, ihn abzuurteilen. Doch die Pläne änderten sich. Das tun Pläne oft, und gerade das macht uns so viele Scherereien, wie?«

»Jean-Paul wird Ihnen keine Scherereien mehr machen. Er ist tot.«

»Ich hab's gehört.«

»Haben Sie das auch arrangiert?« fragte ich.

»Kommen Sie, kommen Sie, nur keine Bitterkeit. Dennoch weiß ich, wie Ihnen zumute ist. Ich habe gepfuscht, das gebe ich zu. Ich wollte es schnell, sauber und schmerzlos machen. Aber jetzt ist es zu spät für sentimentale oder bittere Gefühle.«

»Bitter«, wiederholte ich. »Wenn Sie das Mädchen wirklich getötet haben, wie sind Sie dann aus dem Gefängnis herausgekommen?«

»Geplante Sache. Französische Polizei. Gab mir eine Chance, zu verschwinden, mit den Belgiern zu reden. Sehr gute Zusammenarbeit. Mußten sie ja auch, nachdem diese chinesischen Knaben mit ihrem verdammten Boot drei Meilen außerhalb vor Anker gegangen waren. Man kann ihnen legal nichts anhaben, verstehen Sie? Piratensender; stellen Sie sich vor, was die tun könnten, wenn der Ballon hochgeht. Darf gar nicht dran denken.«

»Nein. Ich verstehe. Was geschieht nun?«

»Regierungsebene jetzt, alter Freund. Nicht mehr in den Händen von Burschen wie wir.«

Er ging ans Fenster und starrte auf die schlammige Erde und die Kohlstrünke hinunter. Weißer Nebel wälzte sich über den Boden wie bei einem Gasangriff.

»Schauen Sie sich dieses Licht an«, rief er. »Schauen Sie nur . . . Juckt es Sie da nicht, einen Pinsel in die Hand zu nehmen?«

»Nein«, erwiderte ich.

»Also, mich schon. Ein Maler ist in erster Linie an der Form interessiert, zuerst reden sie auch von gar nichts anderem. Aber das darauffallende Licht ist alles — ohne Licht keine Form, sage ich immer; Licht ist das einzige, worüber ein Maler sich Sorgen machen sollte. Alle großen Maler wußten das: Francesca, El Greco, van Gogh.« Er starrte nicht länger in den Nebel hinaus, sondern drehte sich wieder zu mir um, wobei er vor Freude glühte. »Oder Turner. Turner am allerbesten. Turner immer und jederzeit . . .« Er hielt inne, schaute mich an. Ich stellte ihm keine Frage, doch er hörte sie trotzdem. »Malen ist mein Leben«, erklärte er. »Ich würde alles tun, nur um genügend Geld zu haben, damit ich weitermalen kann. Es verzehrt mich. Vielleicht werden Sie nie verstehen, was die Kunst aus einem Menschen machen kann.«

»Ich fange soeben an, es zu begreifen.«

Byrd blickte mich unverwandt an. »Freut mich zu hören, alter Junge.« Er nahm einen braunen Umschlag aus der Tasche und legte ihn auf den Tisch.

»Ich soll Kuang auf das Schiff bringen?«

»Ja, halten Sie sich an den Plan. Kuang ist hier, aber wir hätten ihn gern draußen auf dem Schiff. Datt wird ebenfalls versuchen, auf das Schiff zu gelangen, aber ihn hätten wir lieber hier; doch das ist nicht so wichtig. Bringen Sie Kuang nach Ostende. Dort treffen Sie sich mit seinem Operationschef — Major Chan — und übergeben ihn.«

»Und Maria?«

»Datts Tochter — illegitim —, deshalb andere Loyalität. Ist ganz besessen von diesen Filmen von sich und Jean-Paul. Tut alles, um sie zurückzukriegen. Datt wird sich diesen Faktor zunutze machen, denken Sie an meine Worte. Er wird Maria sicher dazu benutzen, den Rest seines Zeugs zu transportieren.« Er riß den braunen Umschlag auf.

»Und Sie wollen sie aufhalten?«

»Ich nicht, alter Junge. Sind nicht mein Bier, diese Dossiers, und Ihres ebensowenig. Kuang nach Ostende, alles andere vergessen Sie. Kuang auf das Schiff raus, dann geben wir Ihnen ein bißchen Urlaub.« Er zählte belgisches Geld ab und gab mir einen belgischen Presseausweis, eine Kennkarte, einen Kreditbrief und zwei Telefonnummern, die im Notfall angerufen werden konnten. »Unterschreiben Sie hier.« Ich unterzeichnete die Empfangsbestätigungen.

»Loiseaus Sache, diese Dossiers«, erklärte er. »Überlassen Sie das alles ihm. Guter Mann, dieser Loiseau.«

Byrd war wie ein Fliegengewichtler unaufhörlich in Bewegung. Er nahm die Quittungen an sich, blies darauf und schwenkte sie, damit die Tinte trocknete.

»Sie haben mich nur benutzt, Byrd«, stellte ich fest. »Sie schickten Hudson zu mir, komplett mit seiner vorfabrizierten Unglücksgeschichte. Es war Ihnen gleich, ob ich von einer Kugel durchlöchert wurde — Hauptsache, der Gesamtplan stimmte.«

»Nicht ich, London«, korrigierte mich Byrd sanft.

»Sämtliche acht Millionen?«

»Unsere Dienststellenleiter«, erklärte er geduldig. »Ich persönlich war dagegen.«

»Auf der ganzen Welt sind Leute persönlich gegen Dinge, die sie für schlecht halten; doch sie tun sie trotzdem, weil ein Kollektivbeschluß ihnen die Schuld abnimmt.«

Byrd hatte sich halb dem Fenster zugedreht, um den Nebel zu betrachten.

»Bei den Nürnberger Prozessen wurde die Ansicht vertreten, daß jeder für seine Handlungen verantwortlich bleibt, ganz gleich ob er für Coca Cola, eine Mörder-GmbH oder den Generalstab der Wehrmacht arbeitet.«

»Dieser Teil der Nürnberger Prozesse muß mir entgangen sein«, erwiderte Byrd gleichgültig.

Er steckte die Quittungen ein, nahm seine Kappe und Pfeife und schritt an mir vorbei zur Tür.

»Na, dann will ich mal Ihrem Gedächtnis ein bißchen nachhelfen«, sagte ich; als er auf gleicher Höhe mit mir war, packte ich ihn am Brustkorb und beklopfte ihn sanft mit meiner Rechten. Ich verletzte ihn nicht, doch es beeinträchtigte seine Würde, und er wich vor mir zurück, strich sich den Mantel glatt und zog an seinem Krawattenknoten, der ihm unter den Hemdkragen gerutscht war.

Byrd hatte gemordet, viele Male vielleicht. Das hinterläßt einen Makel in den Augäpfeln, und Byrd besaß ihn. Er fuhr sich mit der rechten Hand im Nacken unter den Kragen. Ich erwartete, daß ein Wurfmesser oder eine Drahtschlinge zum Vorschein kommen würde, doch er zog sich nur das Hemd zurecht.

»Sie waren zu zynisch«, meinte Byrd. »Ich hätte damit rechnen müssen, daß Sie umkippen.« Er blickte mich starr an. »Zyniker sind enttäuschte Romantiker; sie suchen sich ständig jemanden, den sie bewundern können; und finden niemals einen. Aber Sie werden dem schon entwachsen.«

»Das will ich aber nicht.«

Byrd lächelte finster. Er betastete sein Gesicht, wo meine Hand es getroffen hatte. Als er sprach, kamen die Worte durch seine Finger.

»Keiner von uns hat es gewollt.«

Er nickte und ging.

35

Es fiel mir nicht leicht einzuschlafen, nachdem Byrd gegangen war. Ich lauschte den Lastzügen, die durch das Dorf polterten. Alle paar Minuten kam ein neuer die Straße herunter, eine finstere fremde Geißel der Einwohner. Ich blickte auf meine Uhr: halb sechs. Das Hotel war still, nur der Regen schlug leicht gegen das Fenster. Ich lag lange wach und dachte über alles nach. Plötzlich vernahm ich leise Schritte im Korridor. Es entstand eine Pause, dann sah ich, wie mein Türknopf sich lautlos drehte. »Schlafen Sie?« rief Kuang leise. Ich fragte mich, ob meine Unterhaltung mit Byrd ihn wohl geweckt hatte; die Wände waren so dünn. Er kam herein.

»Ich hätte gerne eine Zigarette; kann nicht schlafen. Ich war schon unten, aber es ist keiner da. Einen Automaten gibt es auch nicht.« Ich reichte ihm ein Päckchen Players, das er sogleich öffnete. Er schien es nicht eilig zu haben mit dem Gehen. »Ich kann nicht schlafen«, wiederholte er, ließ sich in dem plastikbezogenen Sessel nieder und sah dem Regen auf der Fensterscheibe zu. Wir saßen lange Zeit schweigend da, dann fragte ich: »Wie haben Sie Datt kennengelernt?«

Er schien froh zu sein, daß er reden konnte. »In Vietnam, 1954. Vietnam war schon damals ein Chaos. Die französischen *colons* waren noch dort, aber sie begannen einzusehen, daß ihre Niederlage unvermeidbar war. Ganz gleich, wie gut sie ausgebildet sind, die Franzosen sind keine guten Verlierer. Ihr Briten seid darin geübt. In Indien habt ihr gezeigt, daß ihr etwas von den Realitäten des Kompromisses versteht, was die Franzosen niemals lernen werden. Es war ihnen klar, daß sie gehen mußten, und sie wurden immer böser, immer irrsinniger. Sie waren entschlossen, nichts zurückzulassen, weder eine Wolldecke noch ein freundliches Wort. In den frühen fünfziger Jahren war Vietnam Chinas Spanien, und für uns Parteimitglieder war es eine Ehre, dorthin kommandiert zu werden. Es bedeutete, daß die Partei eine hohe Meinung von einem hatte. Ich war in Paris aufgewachsen und sprach perfekt französisch, so konnte ich mich frei bewegen. Ich arbeitete für einen alten Mann namens de Bois. Er war reinrassiger Vietnamese. Die meisten Parteimitglieder hatten vietnamesische Namen angenommen, ganz gleich welcher Herkunft sie waren; aber de Bois gab sich mit derlei Mätzchen nicht ab. So war er; Mitglied von Kind auf, Berater der kommunistischen Partei, rein politisch, hatte mit dem Militär nichts zu tun. Ich war sein Sekretär, er benutzte mich als Botenjungen. Ich bin Wissenschaftler und habe nicht den rechten Sinn für das Soldatentum, aber es war eine Ehre für mich. Datt lebte in einer kleinen Stadt. Ich sollte Kontakt mit ihm aufnehmen. Wir wollten uns mit den Buddhisten in diesem Gebiet in Verbindung setzen. Sie waren gut organisiert, und damals hieß es, daß sie mit uns sympathisierten. Später wurde der Krieg präziser (Vietcong gegen amerikanische Marionetten), doch damals bestand das ganze Land noch aus einem Gewirr der verschiedensten Fraktionen; wir versuchten, sie zu organisieren. Das einzige, was sie gemeinsam hatten, war ihr Haß gegen den Kolonialismus, das heißt gegen den französischen Kolonialismus. Die Franzosen hatten uns viel Arbeit abgenommen. Datt war eine Art gemäßigter Liberaler, doch er besaß Einfluß bei den Buddhisten; er war so etwas wie ein buddhistischer Gelehrter, sie achteten ihn wegen seiner Bildung — und, was viel wichtiger für uns war, er war nicht katholisch. Also nahm ich mein Fahrrad und fuhr sechzig Kilometer weit zu Datt. Aber es war nicht gut, sich in der Stadt mit einem Gewehr sehen zu lassen. Deshalb hielt ich zwei Meilen vorher in einem kleinen Dorf. Es war so klein, daß es nicht einmal einen Namen hatte. Ich hinterlegte mein Gewehr bei einem der jungen Burschen des Dorfes, einem Kommunisten, soweit ein Mann, der in einem namenlosen Dorf wohnt, überhaupt Kommunist sein kann. Es war ein altes Gewehr, noch aus der japanischen Invasion; ich hatte niemals einen Schuß damit abgefeuert. Als ich davonradelte, winkte mir der Bursche noch nach. Ich fand Datt. Er gab mir Stumpen und Branntwein und hielt mir einen langen Vortrag über die Geschichte der demokratischen Regierungsform. Dann stellten wir fest, daß wir in Paris nahe beieinander gewohnt hatten, und unterhielten uns eine Weile hierüber. Er sollte mit mir zurückkommen, um mit de Bois zu sprechen. Es war eine weite Reise, doch ich wußte, daß Datt einen alten Wagen besaß, und das hieß, wenn ich ihn überredete, bekam ich selbst eine Rückfahrgelegenheit. Überdies war ich es müde, mich mit Datt auseinanderzusetzen. Ich wollte den alten de Bois zum Zuge kommen lassen, sie waren gleichwertige Partner. Und Datt kam mit. Wir stellten das Fahrrad hinten in seinen alten Packard und fuhren in westlicher Richtung los. Es war eine klare Mondnacht, und bald kamen wir zu dem Dorf, das zu klein war, um einen Namen zu tragen. ›Ich kenne dieses Dorf‹, bemerkte Datt. ›Manchmal wandere ich bis hierher. Es gibt Fasane in der Nähe.‹ Ich sagte ihm, es wäre gefährlich, sich so weit von der Stadt zu entfernen. Er lächelte und meinte, für einen Menschen guten Willens könnte es keine Gefahr geben. Als wir hielten, war mir klar, daß irgend etwas nicht stimmte. Denn für gewöhnlich kommt jemand herausgelaufen und schaut oder lächelt sogar. Es war kein Laut zu hören, kein Hund, kein Huhn. Alles verschwunden. Nur Männer von der Sûreté waren dort. Das Gewehr war gefunden worden; ein Informant, ein Dieb — wer weiß, wer es gefunden hatte. Da lag die Schwester des Burschen, tot, den nackten Körper mit kleinen Brandwunden übersät, wie ein glühendes Zigarettenende sie hervorrufen kann. Zwei Männer winkten Datt heran. Er stieg aus dem Wagen. Um mich machten sie sich nicht viele Sorgen, sie schlugen nur mit einer Pistole auf mich ein. Aber Datt traten sie mit Füßen. Sie bearbeiteten ihn mit Fußtritten, Fußtritten, Fußtritten. Dann ruhten sie sich aus und rauchten Gauloises, und danach traten sie weiter auf ihn ein. Alles Franzosen, keiner über zwanzig, und selbst damals war Datt schon nicht mehr jung; aber sie traten erbarmungslos in ihn hinein. Er brüllte. Ich glaube nicht, daß sie uns für Viet-Minh hielten. Sie hatten nur eben ein paar Stunden lang darauf gewartet, daß jemand nach dem Gewehr fragte. Und als wir hielten, packten sie uns einfach. Sie wollten nicht einmal wissen, ob wir es holen wollten. Sie trampelten Datt zusammen, dann urinierten sie über ihm, lachten, zündeten sich Zigaretten an und fuhren in ihrem Citroën davon. Ich war nicht schwer verletzt. Ich hatte mein ganzes Leben lang die falsche Hautfarbe besessen und wußte einiges darüber, wie man getreten werden konnte, ohne dabei verletzt zu werden; Datt wußte das nicht. Ich schaffte ihn in den Wagen zurück — er hatte eine Menge Blut verloren und war sehr schwer, schon damals war er sehr schwer gewesen. ›Wohin soll ich Sie bringen?‹ fragte ich. In seiner Stadt gab es ein Krankenhaus, und daran dachte ich. ›Bringen Sie mich zum Genossen de Bois.‹ Ich hatte die ganze Zeit, solange ich mit Datt gesprochen hatte, ›Genosse‹ gesagt; doch dies war das erste Mal, daß Datt das Wort gebrauchte. Ein Fußtritt in den Bauch kann einem Mann beibringen, wo seine Genossen sind. Datt war schwer verletzt.«

»Er scheint jetzt wiederhergestellt zu sein«, meinte ich, »bis auf sein Hinken.«

»Er ist wiederhergestellt, bis auf das Hinken«, bestätigte Kuang. »Und die Tatsache, daß er keine Frau mehr besitzen kann.«

Kuang blickte mich sorgfältig prüfend an und wartete auf meine Reaktion. »Das erklärt vieles.«

»Wirklich?« fragte er spöttisch.

»Nein. Welches Recht hat er, Brutalität mit Kapitalismus gleichzusetzen?« Kuang antwortete nicht. »Woher nimmt er die Freiheit, das Leben anderer Leute zu untersuchen und darin herumzuschnüffeln, um die Ergebnisse dann Ihnen zur Verfügung zu stellen?«

»Sie sind ein Narr«, erklärte Kuang. »Mein Großvater wurde 1878 geboren. In dem Jahr starben dreizehn Millionen Chinesen an Hunger. Mein zweiter Bruder wurde 1928 geboren, damals verhungerten fünf Millionen Chinesen. Zwanzig Millionen verloren wir im Chinesisch-Japanischen Krieg und beim Langen Marsch töteten die Nationalisten zweieinhalb Millionen. Aber wir sind über siebenhundert Millionen und vermehren uns um vierzehn bis fünfzehn Millionen jährlich. Wir sind weder ein Land noch eine Partei; wir sind eine ganze Zivilisation, die mit einem Tempo vorwärtsdrängt, das in der Weltgeschichte noch nicht seinesgleichen hatte. Stellen Sie unsere industrielle Zuwachsrate der indischen gegenüber. Wir sind nicht mehr aufzuhalten.« Ich wartete darauf, daß er fortfuhr; doch das tat er nicht.

»Also?« fragte ich.

»Also brauchen wir keine Kliniken, um Ihre Dummheit und Schwäche zu studieren. Wir sind an Ihren kleinen psychologischen Fehltritten nicht interessiert. Datts amüsanter Zeitvertreib ist für mein Volk ohne Bedeutung.«

»Warum haben Sie ihn dann dazu ermuntert?«

»Wir haben nichts dergleichen getan. Er hat die ganze Sache selbst finanziert. Wir haben ihm niemals geholfen oder ihn beauftragt, noch haben wir irgend welche Aufzeichnungen von ihm entgegengenommen. Das interessiert uns nicht. Er war für uns ein guter Freund, doch kein Europäer kann unseren Problemen nahe kommen.«

»Sie haben ihn also nur benutzt, um uns Scherereien zu machen.«

»Das gebe ich zu. Wir haben ihn zumindest nicht daran gehindert, Ihnen Scherereien zu machen. Warum sollten wir auch? Vielleicht haben wir recht herzlos von ihm Gebrauch gemacht, aber eine Revolution muß jeden benutzen.« Er reichte mir mein Päckchen Zigaretten zurück.

»Behalten Sie's.«

»Sie sind sehr freundlich«, gab er zur Antwort. »Es sind noch zehn drin.«

»Bei siebenhundert Millionen reichen die nicht weit.«

»Das stimmt«, erwiderte er und zündete sich eine neue an.

36

Ich wurde um halb zehn geweckt. Es war *la patronne.* »Die Zeit reicht noch zum Baden und Essen«, sagte sie. »Mein Mann möchte lieber rechtzeitig losfahren; denn manchmal kommt der Polizist auf ein Gläschen herein, und dann sollten Sie nicht mehr hier sein.«

Sie sah mich wohl zum nächsten Zimmer hinüberschauen. »Ihr Kollege ist wach«, bemerkte sie. »Das Bad liegt am Ende des Korridors. Ich habe Seife hingelegt, und zu dieser Zeit ist reichlich heißes Wasser da.«

»Danke«, sagte ich. Sie ging ohne eine Erwiderung.

Wir aßen schweigend. Der Flame saß uns am Tisch gegenüber, kaute Brot und trank ein Glas Wein, um uns Gesellschaft zu leisten. — »Ich führe Sie heute nacht.«

»Gut«, antwortete ich. Kuang nickte.

»Ich habe Schals für Sie und zwei dicke Wollpullover. Wir treffen seinen Operationschef direkt am Kai. Sie werden wahrscheinlich per Schiff fahren.«

»Ich nicht«, widersprach ich. »Ich komme gleich wieder zurück.«

»Nein. Die Weisungen waren in diesem Punkt ganz klar.« Er rieb sich das Gesicht, um sich besser zu erinnern. »Sie werden seinem Operationschef unterstellt, einem Major Chan, genau wie er im Moment mir unterstellt ist.«

Kuang blickte unbeteiligt geradeaus. »Ich nehme an«, fuhr der Mann fort, »daß Sie gebraucht werden, falls diese Leute auf eine

Küstenwache, ein Fischereischutzboot oder irgend etwas Unerwartetes stoßen. Es gilt ja nur für die territorialen Gewässer. Sie werden sicher bald wissen, ob dieser Operationschef irgend etwas vorhat.«

»Das ist, als stiege einer in den Kühlschrank, um nachzuprüfen, ob das Licht auch ausgeht.«

»Sie müssen etwas ausgearbeitet haben. London muß . . .« Der Mann hielt inne und rieb sich wieder das Gesicht.

»Schon gut«, versetzte ich. »Er weiß, daß wir zu London gehören.«

»London schien es in Ordnung zu finden.«

»Das beruhigt mich kolossal.«

Der Mann kicherte. »Ja«, sagte er, »ja«, und rieb sich das Gesicht, bis ihm die Augen tränten. »Jetzt werde ich wohl geschaßt.«

»Das fürchte ich auch«, pflichtete ich ihm bei. »Dies dürfte der letzte Auftrag sein, den Sie für uns erledigen.«

Er nickte. »Das Geld wird mir fehlen«, meinte er bekümmert. »Gerade jetzt, wo wir's am meisten brauchen.«

37

Maria dachte immer wieder an Jean-Pauls Tod; er hatte sie aus dem Gleichgewicht geworfen. »Was für eine schreckliche Sinnlosigkeit«, sagte sie laut.

Sie versuchte, Abstand zu gewinnen, um sich in dem gegenwärtigen Dilemma zu orientieren. Lächerlich, sagte sie sich selbst. Ihr ganzes Leben hatte zwar etwas von einer Pantomime gehabt, doch einen vollbeladenen Krankenwagen quer durch Nordfrankreich zu steuern, damit hätte sie selbst in ihren erfinderischsten Augenblikken nicht gerechnet. Ein Krankenwagen, der mit achthundert Dossiers und Sexfilmen beladen war; das reizte sie beinahe zum Lachen. Beinahe.

Sie fuhr gern Auto, aber in diesem schweren alten Metzgerkarren über die schlechten Nebenstraßen Nordfrankreichs zu kutschieren, machte ihr keinen Spaß. Sie mußte die Hauptstraßen umgehen, fast instinktiv wußte sie, welche überwacht werden würden. Sie wußte, daß die Straßenpatrouillen von Loiseau Befehl hatten, Datt, Datts Akten, Bänder und Filme, Maria, Kuang oder den Engländer abzufangen. Ihre Finger tasteten zum drittenmal das Armaturenbrett ab. Sie schaltete die Scheibenwischer ein, fluchte, schaltete sie aus, befingerte den Schock und dann den Zigarettenanzünder. Irgendwo mußte ein Knopf sein, um dieses verdammte orangefarbene Licht auszuknipsen, in dem die aufgestapelten Kästen, Kisten und Büchsen hinten sich in ihrer Windschutzscheibe spiegelten. Es war gefährlich, mit dieser Spiegelung in der Scheibe zu fahren, aber sie wollte nicht anhalten. Sie hatte Zeit, doch sie wollte nicht halten, bevor die ganze Sache abgewikkelt war. Dann konnte sie halten, dann konnte sie ausruhen, dann konnte sie vielleicht wieder mit Loiseau zusammenkommen. Sie war sich keineswegs sicher, ob sie überhaupt wieder mit Loiseau zusammenkommen wollte. Es war ja alles ganz gut und schön, wenn sie jetzt so abstrakt an ihn dachte: umgeben von schmutzigem Geschirr und Löchern in den Socken, traurig und einsam. Doch wenn sie der düsteren Wirklichkeit ins Auge sah, dann war er weder traurig noch einsam; er war verschlossen, unnachgiebig und erschreckend selbstzufrieden so allein. Es war unnatürlich, aber ebenso unnatürlich war es, Polizist zu sein.

Verdammter schwerer Wagen; Federung und Steuerung waren so hart wie bei einem Laster. Schlechte Pflege, dachte sie, die Reifen fast abgefahren. Hinter sich hörte sie das Hupen eines schnellen Wagens. Sie bog nach rechts hinüber, und ein blauer Land-Rover brauste vorüber. Das Blaulicht auf seinem Dach blitzte geisterhaft über die dunkle Landschaft, dann verschwand es. Maria bremste ab; sie hatte auf dieser Straße nicht mit Polizeistreifen gerechnet, und plötzlich merkte sie, wie ihr Herz pochte. Am Horizont tauchten mehrere Lichtflammen auf, in kleinen flackernden Schalen, wie an einem Grabmal. Die Oberfläche der Straße war schwarz und glänzte wie ein tiefer See; doch Wasser konnte es nicht sein, weil es seit einer Woche nicht geregnet hatte. Sie bildete sich ein, das Wasser würde die Ambulanz verschlingen, wenn sie jetzt nicht anhielt. Doch sie hielt nicht. Unter den Vorderrädern spritzte es auf. In ihrer Einbildung schlug das Wasser über ihr zusammen, und sie zitterte: Platzangst. Sie ließ das Fenster herunter und fuhr zurück vor einem überwältigenden Geruch nach Rotwein. Jenseits des Scheinwerferlichts wurden flackernde Warnlampen und eine Reihe von Autolichtern sichtbar. Dahinter standen Männer um ein kleines Gebäude herum, das quer über der Straße stand. Zuerst hielt sie es für eine Zollhütte, doch dann erkannte sie, daß es gar kein Gebäude war, sondern ein riesengroßer Wein-Kesselwagen, der zur Seite gekippt war und jetzt quer über der Straße lag, während der Wein aus seinen aufgeplatzten Schweißnähten sprudelte. Der vordere Teil des Fahrzeugs hing über den Graben, Lichter flammten hinter zersplittertem Glas auf, als die Helfer versuchten, den Fahrer zu befreien. Maria bremste. Ein Polizist winkte sie heftig gestikulierend an den Straßenrand.

»Sie waren schnell da«, meinte er. »Also, vier Tote und ein Verletzter. Er klagt über Schmerzen, aber es sind wohl nur Abschürfungen.«

Ein anderer Polizist eilte herbei. »Fahren Sie rückwärts ran, dann heben wir ihn hinein.«

Zuerst wollte Maria einfach weiterfahren, doch es gelang ihr, sich zu beherrschen. »Es kommt noch ein Wagen«, behauptete sie. Sie wollte das einschieben, bevor die echte Ambulanz erschien.

»Wieso das?« fragte der Polizist. »Wie viele Verunglückte wurden Ihnen genannt?«

»Sechs«, log Maria.

»Nein«, widersprach der Polizist, »ein Verletzter und vier Tote. Der Pkw-Fahrer verletzt, die vier im Kesselwagen auf der Stelle tot. Zwei Fahrer und zwei Anhalter.«

Entlang der Straße ordneten die Polizisten Schuhe, ein zerbrochenes Radio, Landkarten, Kleider und einen Segeltuchsack in einer geraden Linie.

Maria stieg aus dem Wagen. »Lassen Sie mich die Anhalter sehen.«

»Tot, ich kenn' doch einen Toten, glauben Sie mir.«

»Ich will sie sehen«, beharrte Maria. Sie spähte die dunkle Straße hinauf aus Furcht, daß die Lichter des Krankenwagens erscheinen könnten.

Der Polizist schritt hinüber zu einem Haufen in der Mitte der Fahrbahn. Dort unter eine Zeltplane, die von Polizeistreifen speziell für diesen Zweck mitgeführt wird, ragten vier Paar Füße hervor. Er hob einen Zipfel der Plane an, und Maria starrte hinunter, gefaßt darauf, die verstümmelten Überreste des Engländers und Kuangs zu Gesicht zu bekommen; doch es waren Jugendliche mit Bart und Drillichkleidung. Einer von ihnen hatte ein eingefrorenes

Lächeln im Gesicht. »Ich sag's Ihnen doch«, meinte der Polizist, »tot.«

»Der Verletzte kann in die zweite Ambulanz«, sagte Maria.

»Und zusammen mit vier Leichen fahren? Nie im Leben. Sie nehmen ihn mit.« Der Rotwein gluckerte noch immer auf die Fahrbahn.

»Schauen Sie«, erklärte Maria verzweifelt. »Das ist meine Frühschicht. Ich kann gleich weg, wenn ich nicht noch einen Verunglückten melden muß. Der anderen Ambulanz wird es nichts ausmachen.«

»Sie sind ja ein nettes Herzchen. Von Arbeit halten Sie wohl nichts?«

»Bitte . . .« Maria blickte ihn mit flatternden Augenlidern an.

»Nein, nichts zu machen, und damit basta«, entgegnete der Beamte. »Sie nehmen den Verletzten mit. Auf den Leichen will ich nicht bestehen, und wenn Sie sagen, daß noch ein Wagen kommt, dann warte ich hier. Aber nicht mit dem Verletzten zusammen, kommt nicht in Frage.« Er reichte ihr ein kleines Bündel. »Seine Sachen. Sein Paß ist hier drin, verlieren Sie ihn nicht.«

»Nein, ich nix *parle français*«, erklärte eine laute Stimme auf englisch. »Und lassen Sie mich 'runter, ich kann schon allein latschen, danke.«

Der Polizist, der versucht hatte, den jungen Mann zu tragen, ließ ihn wieder los und sah ihm zu, wie er vorsichtig durch die Hecktür des Sanitätsautos kletterte. Der andere Polizist war vor ihm in den Wagen gestiegen und hatte die Filmdosen von der Liege geräumt. »Voller Gerümpel«, bemerkte er. Er nahm eine Kassette in die Hand und betrachtete sie.

»Das sind Klinikunterlagen«, erklärte Maria. »Von verlegten Patienten. Krankenblätter auf Film. Ich bringe sie morgen früh weg.«

Der englische Tourist — ein großer Junge in schwarzem Wollhemd und rosa Leinenhosen — streckte sich der Länge nach auf dem Bett aus. »Das ist genau das Richtige«, meinte er anerkennend. Der Polizeibeamte verschloß die Tür sorgfältig. Maria hörte, wie er sagte: »Wir lassen die Leichen, wo sie sind. Das andere Sanitätsauto wird sie schon finden. Wir gehen zu den Straßensperren 'rüber. Heute nacht passiert aber auch wieder alles. Unfall, Straßensperren, Fahndung nach Schmuggelgut, und als nächstes werden sie uns noch ein paar Stunden Extradienst aufbrummen.«

»Laß die Ambulanz erst abfahren«, meinte der zweite Polizist. »Sie soll doch nicht berichten können, daß wir den Unfallort verlassen haben, bevor der zweite Wagen eingetroffen ist.«

»Dieses faule Stück.« Der erste Beamte schlug mit der Faust auf das Wagendach und rief laut: »Ab mit Ihnen! Und arbeiten Sie nicht zu schwer.«

»Polyp«, stieß Maria hervor, als wäre es ein Schimpfwort; der Polizist zuckte zurück, erstaunt über soviel Haß.

Leise und wütend erwiderte er: »Das Schlimme an euch Feldschern ist, daß ihr euch für die einzig normalen Menschen haltet, die's noch gibt.«

Maria fiel keine Antwort darauf ein. Sie fuhr los. Hinter ihr ertönte die Stimme des Engländers: »Es tut mir leid, daß ich Ihnen all diese Mühe mache.« Er sagte es auf englisch in der Hoffnung, daß ihr der Tonfall seiner Stimme die Bedeutung klarmachen würde.

»*It's all right*«, erwiderte Maria.

»Sie sprechen ja englisch!« rief der Mann aus. »Das ist wunderbar.«

»Verursacht das Bein Ihnen Schmerzen?« Sie bemühte sich, es so fachmännisch und klinisch wie nur möglich zu machen.

»Überhaupt nicht. Ich hab's verknackst, als ich die Straße hinunterrannte, um ein Telefon zu suchen. Ist schon zum Lachen: diese vier tot, und ich ohne einen Kratzer.«

»Und Ihr Auto?«

»Das ist hin. Billiger Wagen, Ford Anglia. Hin. War nicht die Schuld des Lastwagenfahrers. Armes Luder. Meine Schuld war's auch nicht, außer daß ich zu schnell fuhr. Ich fahre immer zu schnell, das sagen alle. Aber diesem dicken Brummer hätte ich gar nicht ausweichen können. Er fuhr genau in der Mitte. Auf den Straßen hier muß man das auch mit einem schweren Lastzug. Ich mache ihm daraus keinen Vorwurf. Hoffentlich macht er mir auch keinen.«

Maria antwortete nicht; sie hoffte, daß er einschlafen würde, damit sie über diese neue Lage nachdenken konnte.

»Sie waren zu dem Polizisten aber wirklich grob«, fing der junge Mann wieder an. Maria brummte zustimmend.

»Warum?« fragte der Junge. »Mögen Sie Polizisten nicht?«

»Ich war einmal mit einem verheiratet.«

»Erzählen Sie«, bat er, dann dachte er darüber nach. »Ich habe nie geheiratet. Ein paar Jahre lang lebte ich mit einem Mädchen zusammen . . .« Er hielt inne.

»Und was passierte?« Maria war es gleichgültig. Ihre Sorgen galten der Straße vor ihr. Wie viele Straßensperren gab es? Wie gründlich wurden Papiere und Ladung überprüft?

»Sie hat mich abserviert. Wie war's bei Ihnen?«

»Meiner hat mich wohl auch abserviert«, antwortete Maria.

»Und da wurden Sie Ambulanzfahrerin«, stellte der Junge mit der schrecklichen Einfachheit der Jugend fest.

»Ja«, erwiderte Maria und lachte laut.

»Ist Ihnen auch ganz wohl?« fragte der Junge besorgt.

»Mir ist ganz wohl«, erklärte Maria. »Aber das nächste Krankenhaus, das etwas taugt, liegt drüben in Belgien. Wenn wir an die Grenze kommen, legen Sie sich lang, stöhnen und benehmen sich ganz wie ein schwerer Fall. Verstanden?«

Maria fuhr absichtlich in östlicher Richtung, um den Forêt de St. Michel herum und durch Watigny und Signy-le-Petit. Sie wollte die Grenze bei Riezes passieren.

»Wenn nun die Grenze geschlossen ist?« wollte der Junge wissen.

»Überlassen Sie das mir.« Maria schlug zur Abkürzung einen schmalen Weg ein und dankte dem Himmel, daß es nicht zu regnen begonnen hatte. In diesem Teil der Welt konnte der Schlamm nach einer halben Stunde Regen unpassierbar sein.

»Sie kennen sich aber wirklich aus«, meinte der Junge. »Sind Sie von hier?«

»Meine Mutter wohnt hier heute noch.«

»Ihr Vater nicht?«

»Doch, der auch«, erwiderte Maria und lachte.

»Ist Ihnen ganz wohl?« fragte der Junge erneut.

»Sie sind der Verletzte. Legen Sie sich nieder und schlafen Sie.«

»Tut mir leid, wenn ich Ihnen zur Last falle«, gab der junge Mann zur Antwort.

Und verzeihen Sie, daß ich atme, dachte Maria; Engländer mußten sich ständig entschuldigen.

Der kurze Schmetterlingssommer der großen Hotels war fast schon wieder vorüber. Manche Läden hatten bereits geschlossen, und die Kellner suchten die Anzeigen nach Arbeitsplätzen in den Wintersportorten ab. Die Straße schlängelte sich am Golfklub und dem Militärkrankenhaus vorüber. Riesige weiße Dünen, die im Mondschein wie Alabastertempel glänzten, lehnten sich an die grauen Geschützstellungen der Wehrmacht. Der rote Schein von Ostende lag jetzt näher, und gelbe Straßenbahnen ratterten über die Brücke am Königlichen Jachtklub, wo weiße Segelboote schliefen, die Segel säuberlich zusammengerollt und festgeschnürt, auf dem grauen Wasser schaukelnd wie Möwen.

»Tut mir leid«, sagte ich. »Ich habe sie früher erwartet.«

»Als Polizist gewöhnt man sich ans Herumstehen«, entgegnete Loiseau und retirierte über Kiesel und Grasgestrüpp, wobei er vorsichtig über die rotglänzenden Eisenbahnschienen trat und um formlose Trümmerstücke und alte Kabel einen Bogen machte. Als ich sicher sein konnte, daß er außer Sicht war, ging ich über den Kai zurück zu Kuang. »Er kommt zu spät«, bemerkte ich. Kuang sagte nichts. Hinter ihm, weiter unten am Kai, belud ein riesiger Laufkran gerade einen Frachter. Die Scheinwerfer ergossen ihr Licht auf die Wasserfläche. Konnten Kuangs Leute Loiseau gesichtet haben und verscheucht worden sein? Es war fünfzehn Minuten nach dem vereinbarten Termin. Das Normverfahren besagte, daß man nur vier Minuten zu warten und dann nach vierundzwanzig Stunden wiederzukommen hatte; doch ich blieb noch. Normverfahren wurden von fleißigen Männern in sauberen Hemden und warmen Büros erfunden. Ich blieb. Kuang schien das Verrinnen der Zeit nicht zu bemerken, er stand geduldig da. Wenn ich mich ihm näherte, hob er weder fragend die Augenbrauen, noch machte er eine Bemerkung über die Kälte oder blickte auch nur auf die Uhr.

»Wir geben ihm noch zehn Minuten«, sagte ich. Kuang sah mich an. Ich schritt den Kai entlang zurück.

Die gelben Scheinwerfer bogen ein wenig zu schnell von der Hauptstraße herunter, und es knirschte, als ein Kotflügel eines der Ölfässer streifte, die außerhalb der Fina Tankstelle gestapelt lagen. Die Scheinwerfer kamen weiter auf uns zu, voll aufgeblendet. Kuang strahlte auf, hell wie ein Schneemann, und zwischen ihm und einem Zaun war nur etwa ein Meter Platz. Also sprang er über den Weg, den das Auto nehmen mußte. Sein Mantel verdunkelte einen Moment die Scheinwerfer. Es quietschte, als die Bremsen griffen, und als der Motor zum Stillstand kam, war es plötzlich sehr still. Das Meer schlug gierig gegen den Pier. Kuang sog an seinem Daumen, als er wieder von seinem Ölfaß herunterstieg. Es war ein Ambulanzwagen, der uns beinahe umgefahren hätte.

Aus dem Auto stieg Maria.

»Was ist denn nun los?« fragte ich.

»Ich bin Major Chan«, erklärte Maria.

»Sie?« Kuang glaubte ihr offensichtlich nicht.

»Du bist Major Chan, Kuangs Operationschef?« fragte ich.

»Für die Zwecke, die uns allen am Herzen liegen, bin ich es.«

»Was ist denn das für eine Antwort?« wollte ich wissen.

»Was es auch für eine Antwort sein mag«, versetzte Maria, »sie muß genügen.«

»Na schön. Er gehört dir.«

»Ich gehe nicht mit ihr. Sie hat versucht, mich zu überfahren. Sie haben es selbst gesehn.«

»Ich kenne sie gut genug, um zu wissen, daß sie's noch viel gründlicher hätte versuchen können.«

»So zuversichtlich warst du aber nicht«, versetzte Maria, »als du dich schleunigst aus dem Staub gemacht hast, weil du dachtest, ich wollte *dich* umfahren.«

»Was ist schon Zuversicht? Lächeln, wenn man von einer Klippe stürzt, um zu beweisen, daß man gesprungen ist?«

»Genau das ist es«, erklärte Maria, beugte sich vor und gab mir ein Küßchen; doch ich wollte mich nicht besänftigen lassen.

»Wo ist dein Kontaktmann?«

»Hier«, erwiderte Maria, um Zeit zu gewinnen. Ich packte ihren Arm und hielt ihn fest. »Versuch nicht, Zeit zu gewinnen. Du sagst, du bist sein Operationschef; dann nimm also Kuang und kümmere dich um ihn.« Sie blickte mich verständnislos an, und ich schüttelte sie.

»Sie müßten längst hier sein«, meinte sie. »Das Boot.« Sie deutete zur Mole hinüber, und wir starrten in die Finsternis. Ein kleines Boot schoß in den Lichtkreis des ladenden Frachters hinein. Es drehte bei.

»Sie werden die Kisten aus dem Krankenwagen aufladen wollen.«

»Langsam«, riet ich. »Laß dich erst auszahlen.«

»Woher weißt du . . .?«

»Das ist doch wohl klar, oder? Du bringst Datts Unterlagen bis hierher, dank deiner Findigkeit und Kenntnis der Polizeimethoden und -routen, und schlimmstenfalls kannst du auch noch deinen Einfluß bei deinem Exgatten geltend machen. Wofür? Als Gegenleistung wird Datt dir Dossier, Film usw. von dir aushändigen. Stimmt's?«

»Ja.«

»Dann sollen sie sich über das Verladen selbst den Kopf zerbrechen.« Das Motorboot war jetzt näher gekommen. Es war ein Schnellboot; vier Männer in Seemannsjacken standen am Heck, blickten uns entgegen, winkten oder riefen aber nicht. Als das Boot die Steinstufen erreichte, sprang ein Mann an Land. Er ergriff das Tau und machte es am Pier fest. »Die Kisten«, rief ich ihnen zu. »Die Unterlagen für Sie sind hier.«

»Verladen Sie sie zuerst«, erwiderte der Seemann, der an Land gesprungen war.

»Zuerst die Kisten«, rief ich zurück. Die Seeleute blickten mich und Kuang an. Einer der Männer im Boot machte eine Handbewegung, und die anderen hoben zwei Blechkassetten mit roten Siegeln vom Boden auf und reichten sie dem ersten Mann weiter, der sie die Stufen hinauf zu uns brachte.

»Helfen Sie mir mit dem Verladen«, sagte Maria zu dem chinesischen Matrosen.

Ich hielt noch immer ihren Arm. »Steig in den Krankenwagen und schließ die Türen von innen.«

»Du hast doch gesagt, ich soll . . .«

Grob schob ich sie auf die Fahrertür zu.

Ich wandte den Blick nicht von Maria, doch am Rande meines Blickfeldes konnte ich einen Mann erkennen, der seitlich an der Ambulanz entlang auf uns zuschlich. Ich ließ ihn auf Armlänge herankommen, und, noch immer ohne den Kopf zu wenden, holte ich mit der Hand aus, so daß meine Fingerspitzen ihn im Gesicht trafen. Blinzelnd fuhr er zurück. Ich beugte mich leicht vor, wobei ich nochmals mit der Hand ausholte und ihn nicht sehr hart am Kinn traf.

»Hören Sie auf«, rief er auf englisch. »Was, zum Teufel, ist denn los?«

»Gehen Sie in den Krankenwagen zurück«, rief Maria. Und zu mir: »Er ist harmlos. Ein Verkehrsunfall von unterwegs. Auf diese Weise bin ich gut durch die Sperren gekommen.«

»Ich soll doch ins Krankenhaus Ostende«, widersprach der Junge.

»Halt dich da raus, Kleiner«, erklärte ich. »Du bist in Lebensgefahr, selbst wenn du den Mund hältst. Mach ihn auf, und du bist tot.«

»Ich bin der Operationschef«, beharrte Maria.

»Was bist du?« Ich lächelte ihr beruhigend zu, doch jetzt weiß ich, daß es Maria wie Spott vorgekommen sein muß. »Du bist ein Kind, Maria, du hast keine Ahnung, worum es hier geht. Steig in den Krankenwagen. Dein Ex-Mann wartet unten am Pier. Falls du diese Wagenladung mit Dokumenten bei dir hast, wenn er dich festnimmt, wird die Sache für dich leichter.«

»Haben Sie das gehört?« fragte Maria den Seemann und Kuang. »Verladen Sie die Dokumente und nehmen Sie mich mit — er hat uns alle an die Polizei verraten.« Ihre Stimme war ruhig, hatte aber einen Unterton von Hysterie.

Der Matrose blieb unbeteiligt, und Kuang schaute sie nicht einmal an.

»Haben Sie denn nicht gehört?« fragte sie verzweifelt. Keiner sprach.

»Du weißt nicht, um was es geht«, entgegnete ich ihr. »Die Aufgabe dieses Mannes ist es, Kuang auf das Schiff zu bringen. Er hat Weisung, auch mich mitzunehmen. Außerdem soll er versuchen, die Unterlagen mitzubringen. Aber er ändert seine Pläne nicht, nur weil du die Neuigkeit verkündest, daß Loiseau darauf wartet, dich festzunehmen. Genaugenommen ist das sogar ein guter Grund für ihn, sofort abzufahren, weil sein Befehl lautet, sich aus allen Schwierigkeiten herauszuhalten.«

Ich bedeutete Kuang, zum Motorboot hinunterzusteigen, und der Matrose stützte ihn auf der glitschigen Metalleiter. Ich klopfte Maria leicht auf den Arm. »Ich schlage dich bewußtlos, Maria, wenn du es nicht anders haben willst.« Ich lächelte, doch es war mein voller Ernst.

»Ich kann Loiseau nicht gegenübertreten. Nicht mit diesen Kassetten.« Sie öffnete die Fahrertür und setzte sich. Eher wollte sie Datt gegenübertreten als Loiseau. Sie fröstelte. Der Junge meinte: »Ich habe das Gefühl, daß ich Ihnen Ungelegenheiten bereite. Entschuldigen Sie bitte.«

»Entschuldigen Sie sich bloß nicht schon wieder«, hörte ich Maria antworten.

»Legen Sie ab«, rief ich dem Seeman zu. »Die Polizei muß jeden Moment hier sein. Die Zeit reicht nicht, um noch die Kisten zu verladen.« Er stand auf der Leiter, und ich hatte schwere Schuhe an. Achselzuckend bestieg er das Boot. Ich kappte das Tau, und der Motor wurde angelassen. Wasser spritzte hell auf, und das Boot schoß im Zickzack davon, ehe der Steuermann das Ruder in seine Gewalt bekam.

Am Ende der Brücke bewegte sich eine Taschenlampe. Ich überlegte, ob sie wohl pfiffen. Aber außer dem Geräusch des Außenbordmotors war nichts zu hören. Der Schein der Taschenlampe wurde plötzlich von der Fahrertür der Ambulanz widergespiegelt. Das Boot tanzte heftig, als wir den Hafen hinter uns ließen und in die offene See hinausstießen. Ich schaute dem chinesischen Seemann am Steuerrad zu. Er schien keine Angst zu haben; doch wie hätte er auch ausgesehen, wenn er sich fürchtete? Ich blickte zurück: Die Gestalten am Kai waren jetzt winzig klein und unscharf. Es war zehn nach zwei. Der tolle Graf Szell mußte soeben wieder einen Kanarienvogel getötet haben; sie kosteten ja nur drei Francs, allerhöchstens vier.

39

Drei Meilen vor Ostende war das Wasser still, ein Dunstschleier lag darüber: ein öder, bodenloser Suppenkessel, der in der kalten Morgenluft abkühlte. Aus dem Nebel tauchte Datts Schiff auf. Es war ein heruntergekommener Kahn von rund zehntausend Tonnen, ein alter Frachtdampfer mit zerbrochenem hinterem Schwergutbaum. Eine Seite der Kommandobrücke war bei irgendeinem längst vergessenen Mißgechick zertrümmert worden, und der graue schäbige, abblätternde Schiffsrumpf trug lange braune Rostflecken. Es hatte lange hier draußen in der Kanalenge von Dover vor Anker gelegen. Das Augenfälligste an dem Schiff waren ein Hauptmast, rund dreimal höher als normal, sowie die Worte *Radio Janine,* die in drei Meter hohen Lettern und frischer Farbe über den Rumpf geschrieben waren.

Die Maschinen standen still, nichts rührte sich an Deck; doch im Steuerhaus sah ich Glas aufblitzen, als wir näherkamen. Am Rumpf war ein scheußliches metallenes Fallreep festgemacht, das eher wie eine Feuerleiter aussah. Datt winkte uns an Bord.

Als wir die Metallstufen hinaufstiegen, rief Datt uns entgegen: »Wo sind sie?« Keiner antwortete, keiner blickte auch nur zu ihm empor. »Wo sind die Kassetten — meine Arbeit? Wo ist das alles?«

»Nur ich bin da«, erwiderte ich.

»Ich habe euch doch gesagt . . .« brüllte Datt einen der Seeleute an.

»Es war unmöglich«, erklärte Kuang ihm. »Die Polizei war unmittelbar hinter uns. Wir hatten Glück, daß wir überhaupt noch ablegen konnten.«

»Die Dossiers waren das Wichtigste«, rief Datt. »Haben Sie nicht mal auf die Frau gewartet?« Niemand sprach. »Haben Sie denn nicht auf sie gewartet?«

»Es ist so gut wie sicher, daß die Polizei sie gefaßt hat«, erklärte Kuang. »Sie war uns dicht auf den Fersen.«

»Und meine Unterlagen?«

»So etwas kann passieren«, erwiderte Kuang mit wenig oder gar keinem Interesse.

»Arme Maria! Meine Tochter . . .«

»Sie trauern doch nur um Ihre Dossiers«, versetzte Kuang ruhig. »Um die Frau machen Sie sich keinerlei Sorgen.«

»Ich sorge mich um Sie alle«, erklärte Datt. »Ich sorge mich sogar um den Engländer hier. Ich sorge mich um Sie alle.«

»Sie sind ein Narr«, sagte Kuang.

»Das werde ich berichten, wenn wir in Peking sind.«

»Wie können Sie das?« fragte Kuang. »Sie werden ihnen dann auch erzählen müssen, daß Sie die Dossiers der Frau übergaben und meine Sicherheit in ihre Hände legten, weil Sie nicht mutig genug waren, Ihren Pflichten als leitender Offizier nachzukommen. Sie lassen die Frau als Major Chan fungieren, während Sie sich eilig aus dem Staub machen, allein und ungehindert. Sie weihen sie in den Codegruß und in was weiß ich für andere Geheimnisse ein. Und dann haben Sie die Unverschämtheit, sich darüber zu beklagen, daß Ihre albernen Forschungsarbeiten Ihnen nicht frei Haus geliefert werden.« Kuang lächelte.

Datt wandte sich ab und schritt davon. Das Innere des Schiffes war in besserem Zustand und gut beleuchtet. Datt stieg die untere Brückendeckleiter empor, und ich folgte ihm; doch Kuang blieb an ihrem Fuße stehen. »Ich habe Hunger«, stellte er fest. »Ich habe jetzt genug gehört und gehe hinunter zum Essen.«

»Gut«, versetzte Datt, ohne sich umzublicken. Er öffnete die Tür zur einstigen Kapitänskajüte und winkte mir, vor ihm einzutreten. Die kleine Koje war benützt, auf dem Schreibtisch lagen ein Stoß Papiere, einige Umschläge, ein großer Stapel Schallplatten und eine Thermosflasche. Datt öffnete ein Schränkchen über dem Tisch und nahm zwei Tassen heraus. Er schenkte uns heißen Kaffee ein und goß Branntwein in tulpenförmige Gläser. Ich gab zwei Löffel Zucker in meinen Kaffee und den Branntwein dazu, kippte die heiße Mixtur hinunter und spürte, wie sie in meinen Arterien Wunder wirkte.

Datt bot mir seine Zigaretten an.

»Das war ein Fehler von mir«, sagte er. »Ein dummer Fehler. Machen Sie jemals dumme Fehler?«

»Fehler gehören zu meinen wenigen schöpferischen Tätigkeiten.« Ich lehnte seine Zigaretten ab.

»Merkwürdig«, fuhr Datt fort. »Dabei hatte ich das sichere Gefühl, daß Loiseau nicht gegen mich vorgehen würde. Ich besaß Einfluß und Macht über seine Frau. Ich war ganz sicher, daß er nicht gegen mich vorgehen würde.«

»War das Ihr einziger Grund, Maria mit hineinzuziehen?«

»Um die Wahrheit zu sagen: ja.«

»Dann muß ich Ihnen leider bestätigen, daß Ihre Annahme falsch war. Es wäre besser gewesen, Sie hätten Maria beiseite gelassen.«

»Meine Arbeit war beinahe abgeschlossen, solche Dinge dauern ja nicht ewig.« Sein Gesicht hellte sich auf. »Aber in einem Jahr führen wir die gleiche Operation noch einmal durch.«

»Neue psychologische Studien mit versteckten Kameras, Tonbändern und willigen Damen für einflußreiche Persönlichkeiten des Westens? Ein neues großes Haus mit allem Drum und Dran in einem schicken Viertel von Paris?«

Datt nickte: »Oder in einem schicken Viertel von Buenos Aires, Tokio, Washington oder London.«

»Ich halte Sie keineswegs für einen überzeugten Marxisten; Sie freuen sich lediglich am Niedergang des Westens. Ein Marxist tröstet sich mit der Vorstellung, daß sich das Proletariat über die nationalen Grenzen hinweg die Hände reicht. Doch ihr chinesischen Kommunisten findet am aggressiven Nationalismus Gefallen gerade zu einer Zeit, als die Welt reif wurde, ihn abzulehnen.«

»Ich finde an gar nichts Gefallen. Ich registriere nur«, erwiderte Datt. »Aber man könnte sagen, daß der Sache Westeuropas, um dessen Erhaltung Sie sich so eifrig bemühen, besser gedient wäre, wenn Europa die wahre, kompromißlose Macht des chinesischen Kommunismus unterstützte, statt zuzulassen, daß sich der Westen in feindliche Militärstaaten aufsplittert. Frankreich, zum Beispiel, marschiert schon ganz hübsch in diese Richtung; was wird ihm erhalten bleiben, wenn seine Atombomben abgeworfen sind? Wir werden siegen, wir werden alles bewahren. Nur wir können eine neue Weltordnung schaffen, auf der Grundlage von siebenhundert Millionen echt Gläubigen.«

»Das ist wirklich 1984«, bemerkte ich. »Ihr ganzer Plan ist original Orwell.«

»Orwell war ein naiver Einfaltspinsel. Ein bürgerlicher Schwächling, dem die Realitäten der Sozialrevolution Furcht einjagten. Er war ein schwach talentierter Mann und wäre völlig unbekannt geblieben, hätte die reaktionäre Presse in ihm nicht eine wirksame Propagandawaffe gesehen. Doch ihre Anstrengungen werden auf sie zurückfallen, denn letzten Endes wird Orwell der größte Verbündete sein, den die kommunistische Bewegung je hatte. Er warnte die Bourgeoisie vor militantem Geist, Überorganisierung, Fanatismus und Ideen-Manipulation, während sie doch die ganze Zeit über den Samen für ihre Zerstörung durch eigene Unzulänglichkeit, Apathie, ziellose Gewalt und trivialen Kitzel ausstreut. Ihre Zerstörung liegt in guten Händen: in ihren eigenen. Der Wiederaufbau wird dann unsere Sache sein. Mein schriftstellerisches Werk schafft die Grundlage für die Beherrschung Europas und Amerikas durch Rotchina. Unsere Herrschaft wird auf der Befriedigung ihrer eigenen niedrigsten Gelüste beruhen. Schließlich wird sich ein neuer Typ von Europäer entwickeln.«

»Geschichte«, erwiderte ich. »Das ist immer das Alibi.«

»Fortschritt ist nur möglich, wenn wir aus der Geschichte lernen.«

»Glauben Sie nur das nicht. Fortschritt ist die Gleichgültigkeit des Menschen gegenüber den Lektionen der Geschichte.«

»Sie sind so zynisch wie unwissend«, erklärte Datt, als hätte er damit eine Entdeckung gemacht. »Lernen Sie sich erst selbst kennen, das ist mein Rat.«

»Ich kenne so schon genügend schreckliche Leute.«

»Sie hatten Mitleid mit den Patienten in meiner Klinik, und zwar, weil Sie sich eigentlich selbst bemitleiden. Aber diese Leute verdienen Ihr Mitgefühl nicht. Vernunftmäßige Erklärungen bringen ihnen Vernichtung. Vernunftmäßige Erklärungen sind Aspirin für die geistige Gesundheit, und eine Überdosis kann genau wie bei Aspirin tödlich wirken. Sie versklaven einander, indem sie tiefer und tiefer in die Höhle der Tabus eindringen. Und doch bezeichnen sie dabei jeden Schritt als größere Freiheit.« Er lachte.

Ich sagte nichts und wartete, während Datt an seinem Kaffee mit Branntwein nippte. Er blickte auf. »Legen Sie ab.«

»Ich bleibe nicht da.«

»Sie bleiben nicht?« Er lachte vor sich hin. »Wohin gehen Sie denn?«

»Zurück nach Ostende. Und Sie kommen mit mir.«

»Noch mehr Gewalt?« Er hob die Hände in gespielter Kapitulation.

Ich schüttelte den Kopf. »Sie wissen, daß Sie wieder zurück müssen. Oder wollen Sie all Ihre Dossiers dort zurücklassen, in weniger als vier Meilen Entfernung?«

»Sie verschaffen sie mir?«

»Ich verspreche nichts, aber ich weiß, daß Sie zurück müssen. Sie haben keine andere Wahl.« Ich schenkte mir Kaffee nach und gestikulierte mit der Kanne in seine Richtung. »Ja«, meinte er zerstreut, »noch eine Tasse.«

»Sie sind nicht der Mann, der einen Teil seiner selbst zurückläßt. Ich kenne Sie, Monsieur Datt. Sie könnten es ertragen, wenn Ihre Unterlagen nach China unterwegs und Sie in Loiseaus Händen wären; doch den umgekehrten Fall ertragen Sie nicht.«

»Sie erwarten, daß ich zurückkehre und mich Loiseau ausliefere?«

»Ich weiß, daß Sie es tun müssen«, erwiderte ich. »Sonst würden

Sie es für den Rest Ihres Lebens bedauern. Sie würden sich all Ihre Arbeit und all die Aufzeichnungen ins Gedächtnis zurückrufen und diesen Augenblick jetzt millionenmal durchleben. Natürlich müssen Sie mit mir zurück. Loiseau ist ein menschliches Wesen, und menschliche Reaktionen sind ja Ihre Spezialität. Sie haben Freunde in hohen Stellen, und es wird schwer sein, Sie irgendeines im Gesetzbuch genannten Verbrechens zu überführen . . .«

»Das bedeutet sehr wenig in Frankreich.«

»Ostende liegt in Belgien. Belgien erkennt Peking nicht an, Loiseau handelt dort mit stillschweigender Duldung. Auch Loiseau wird für Verhandlungsgeschick nicht unempfänglich sein. Er fürchtet einen politischen Skandal, in dessen Verlauf gewaltsame Entführung . . .«

»Sie sind glatt, aalglatt«, meinte Datt. »Aber das Risiko ist mir zu groß.«

»Ganz wie Sie wollen.« Ich trank meinen restlichen Kaffee aus und wandte mich von ihm ab.

»Ich wäre ja ein Narr, wenn ich wegen der Unterlagen zurückginge. Hier kann Loiseau mir nichts anhaben.« Er trat zu seinem Barometer hinüber und klopfte dagegen. »Es steigt.« Ich sagte nichts.

Datt erzählte: »Es war meine Idee, aus meinem Kontrollzentrum hier einen Piratensender zu machen. Wir sind weder irgendeinem Inspektor noch der Rechtsprechung irgendeiner Regierung unterworfen. Das heißt, genaugenommen sind wir eine Nation für uns, ebenso wie all die anderen Sendeschiffe.«

»Das ist richtig. Hier sind Sie sicher.« Ich stand auf. »Ich hätte gar nichts sagen sollen. Es geht mich ja nichts an. Meine Aufgabe ist erledigt.« Ich knöpfte mir den Mantel fest zu und dankte im Geiste dem Mann aus Ostende, daß er mir den dicken Extrapullover besorgt hatte.

»Sie verachten mich?« wollte Datt wissen. Seine Stimme enthielt einen ärgerlichen Unterton.

Ich trat auf ihn zu und ergriff seine Hand. »Bestimmt nicht«, versicherte ich eifrig. »Ihr Urteil gilt soviel wie das meine. Mehr noch, denn nur Sie sind in der Lage, Ihre Arbeit und Ihre Freiheit richtig einzuschätzen.« Beruhigend hielt ich seine Hand umschlossen.

»Meine Arbeit ist von ungeheurem Wert: ein Durchbruch, könnte man beinahe sagen. Einige der Studien schienen . . .«

Er bemühte sich, mich von der Bedeutung seiner Arbeit zu überzeugen. Doch ich ließ seine Hand vorsichtig los, nickte und wandte mich lächelnd ab. »Ich muß gehen. Ich habe Kuang hergebracht, meine Aufgabe ist erledigt. Vielleicht kann einer Ihrer Matrosen mich nach Ostende zurückbringen?«

Datt nickte. Ich wandte mich ab, dieses Spieles müde, und fragte mich, ob ich diesen kranken alten Mann wirklich mitnehmen und ihn der Gnade der französischen Regierung ausliefern sollte.

»Warten Sie«, rief Datt mit einemmal. »Ich bringe Sie hinaus.«

»Gut«, antwortete ich. »So haben Sie noch Zeit zum Überlegen.«

Datt blickte sich fieberhaft in der Kajüte um. Er leckte sich die Lippen und strich sich das Haar glatt. Er blätterte ein Bündel Papiere durch, stopfte sich zwei davon in die Tasche und suchte ein paar Habseligkeiten zusammen.

Merkwürdige Dinge waren es, die Datt mit sich nahm: einen gravierten Briefbeschwerer, eine halbe Flasche Branntwein, ein billiges Notizbuch und schließlich einen alten Füller. »Ich bringe Sie zurück«, erklärte er. »Glauben Sie, daß Loiseau mich mein Zeug wenigstens durchsehen lassen wird?«

»Ich kann nicht für Loiseau antworten. Aber ich weiß, daß er monatelang darum ringen mußte, die Erlaubnis für eine Razzia in Ihrer Klinik zu bekommen. Er reichte einen Bericht nach dem andern ein, um über alle normalen Erfordernisse hinaus zu beweisen, daß Sie eine Bedrohung für die Sicherheit Frankreichs darstellten. Wissen Sie, was er zur Antwort bekam? Sie seien ein *ancien X*, ein Angehöriger der herrschenden Klasse, der Elite Frankreichs. Sie duzten seine Minister, redeten das halbe Kabinett mit *cher camarade* an. Doch er blieb hartnäckig und zeigte ihnen schließlich, was Sie wirklich waren, Monsieur Datt. Und jetzt wird er ihnen die Rechnung dafür präsentieren wollen. Vielleicht könnte Loiseau einen Vorteil darin sehen, ein wenig von Ihrem Gift in den Blutkreislauf dieser Leute eindringen zu lassen. Er könnte beschließen, ihnen etwas zu geben, woran sie sich erinnern, wenn sie ihm beim nächsten Mal wieder Hindernisse in den Weg legen und Standpauken halten wollen. Ihnen erlauben, die Dossiers und Bänder zu behalten?« Ich lächelte. »Er könnte sehr wohl darauf bestehen.«

Datt nickte, drehte die Kurbel eines alten Wandtelefons und sprach in schnellem Chinesisch etwas hinein. Mir fielen seine langen weißen Finger auf, sie sahen wie die Wurzeln einer Pflanze aus, die niemals ans Sonnenlicht kamen.

»Sie haben recht«, erklärte er, »es gibt gar keinen Zweifel. Ich muß da sein, wo meine Forschungsarbeit ist. Ich hätte mich niemals davon trennen dürfen.«

Gedankenverloren kramte er herum. Dann hob er sein Monopoly-Brett auf. »Eines müssen Sie mir versprechen«, bat er und legte das Brett wieder hin. »Das Mädchen. Werden Sie dafür sorgen, daß es dem Mädchen gut geht?«

»Es wird ihr schon gut gehen.«

»Werden Sie dafür sorgen? Ich habe sie schlecht behandelt.«

»Ja.«

»Ich habe ihr gedroht, wissen Sie. Ich drohte ihr wegen ihres Dossiers. Das hätte ich wirklich nicht tun sollen, aber mir lag soviel an meiner Arbeit. Es ist doch kein Verbrechen, wenn man so an seiner Arbeit hängt, nicht wahr?«

»Das hängt von der Arbeit ab.«

»Immerhin habe ich ihr Geld gegeben. Auch den Wagen habe ich ihr geschenkt.«

»Es ist leicht, Dinge wegzugeben, die man nicht braucht«, erwiderte ich. »Und reiche Leute, die Geld verschenken, müssen ganz sicher gehen, daß sie nicht versuchen, sich etwas damit zu erkaufen.«

»Ich habe sie schlecht behandelt.« Er nickte vor sich hin. »Und dann der Junge, mein Enkel.«

Eilig kletterte ich die Eisenstufen hinunter. Ich wollte von diesem Schiff weg, bevor Kuang sah, was vorging; und doch bezweifelte ich, daß Kuang uns aufgehalten hätte. Wenn Datt aus dem Wege war, würde in China einzig Kuangs Bericht gehört.

»Sie haben mir einen Gefallen erwiesen«, verkündete Datt, als er den Außenbordmotor anließ.

»Wie recht Sie haben«, erwiderte ich.

40

Der Engländer hatte ihr aufgetragen, den Schlag der Ambulanz zu verriegeln. Sie versuchte es, doch als ihre Finger über dem Riegel waren, wurde ihr vor Angst plötzlich übel. Einen Moment lang verspürte sie Todesangst, eingesperrt zu sein. Sie schauderte und schob den Gedanken beiseite. Noch einmal versuchte sie es, doch es hatte keinen Zweck. Und während sie noch probierte, den Riegel zuzuschieben, beugte sich der junge Engländer mit dem verletzten Knie über sie und schloß die Tür. Sie kurbelte das Fenster herunter, beugte sich mit geschlossenen Augen vor und preßte die Stirn gegen die kalte Windschutzscheibe. Was hatte sie getan? Es war ihr so richtig erschienen, als Datt es ihr auseinandergesetzt hatte: Wenn sie ihm den Hauptteil der Dossiers und Bandaufnahmen zu dem Treffpunkt mitbrachte, dann würde er sie dort mit ihrem Film und ihrem Dossier erwarten. Ein fairer Tausch, hatte er gesagt. Sie befühlte die Schlösser der Kassetten, die vom Schiff gekommen waren. Vermutlich waren ihre Unterlagen hier drin; doch plötzlich war es ihr gleichgültig.

»Ist Ihnen auch ganz wohl?« fragte der junge Mann. »Sie sehen nicht gut aus.«

Sie antwortete nicht.

»Schauen Sie«, fuhr er fort, »sagen Sie mir doch, was das alles zu bedeuten hat. Ich weiß, ich habe Ihnen viel Mühe gemacht und so, aber . . .«

»Bleiben Sie hier im Wagen«, bat Maria. »Fassen Sie nichts an, und lassen Sie auch sonst niemanden etwas berühren. Versprechen Sie das?«

»Ja, sicher. Ich verspreche es.«

Mit einem Seufzer der Erleichterung riegelte sie die Tür wieder auf und sprang an die kalte salzige Luft. Aus Hauseingängen und Lagerhauseinfahrten quollen Männer auf den Kai. Keine gewöhnlichen Männer, sondern Männer mit Baskenmützen und Gamaschen. Sie bewegten sich lautlos, und die meisten von ihnen trugen Gewehre. Ein Gruppe in Marias Nähe trat unter die Kaibeleuchtung, und sie sah das Glitzern der Fallschirmjägerabzeichen. Sie fürchtete sich vor diesen Männern. Einer von ihnen löste sich aus der Gruppe der Fallschirmjäger. Er war in Zivil, in schenkelkurzer schwarzer Lederjacke und mit einem altmodischen Filzhut. Er hatte nur einen Schritt getan, als sie in ihm bereits Loiseau erkannte.

»Maria, bist du's?«

»Ja.«

Er lief auf sie zu, hielt aber einen Schritt entfernt von ihr an. Sie hatte erwartet, daß er sie umarmen würde. Sie wollte sich an ihn klammern und spüren, wie seine Hand ihr unbeholfen den Rücken tätschelte.

»Hier sind ja eine Menge Leute«, meinte sie. *»Bif?«*

»Ja, die Armee. Ein Bataillon Fallschirmjäger. Die Belgier gewähren mir volle Unterstützung.«

»Für meine Festnahme gleich ein ganzes Bataillon Fallschirmjäger? Das dürfte übertrieben sein.«

»Da draußen liegt ein Schiff, und niemand kann sagen, wie viele Männer an Bord sind. Datt hätte sich entschlossen haben können, die Unterlagen mit Gewalt zu holen.«

Er war ängstlich bemüht, sich zu rechtfertigen, wie ein kleiner Junge, der versuchte, einen Vorschuß auf sein Taschengeld zu bekommen. Sie lächelte und wiederholte: »Das dürfte übertrieben sein.«

»Stimmt.« Loiseau lächelte nicht, denn auf das Verdrehen der Wahrheit konnte man nicht stolz sein. Doch in diesem Fall war er eifrig darauf bedacht, daß ihm kein Fehler unterlief. Lieber hätte er nämlich wegen übertriebener Vorkehrungen als Narr dagestanden als für unzulänglich befunden worden zu sein. Sie sahen einander mehrere Minuten lang unverwandt an.

»Die Unterlagen sind im Krankenwagen?« wollte Loiseau wissen.

»Ja. Der Film von mir auch.«

»Was ist mit dem Band des Engländers? Das Verhör, das du übersetzt hast, als er unter Drogeneinfluß stand?«

»Es ist auch dort, eine grüne Dose; Nummer B vierzehn.« Sie berührte ihn am Arm. »Was willst du mit seinem Band machen?« Nach ihrem eigenen vermochte sie nicht zu fragen.

»Es vernichten«, erwiderte Loiseau. »Nichts ist dabei herausgekommen, und ich habe keinen Grund, ihm zu schaden.«

»Und es gehört zu deiner Übereinkunft mit ihm«, ergänzte sie.

Loiseau nickte.

»Und mein Band?«

»Das werde ich auch zerstören.«

»Geht das nicht gegen deine Prinzipien? Ist nicht die Beseitigung von Beweismaterial eine Kardinalsünde für einen Polizisten?«

»Für solche Fälle gibt es keine Regeln, an die man sich halten kann, ganz gleich, was Kirche, Politiker und Juristen sagen. Polizei, Regierung und Armee bestehen ja aus Menschen, und der Mensch muß tun, was sein Gewissen ihm vorschreibt. Ein Mann gehorcht nicht blindlings, sonst ist er kein Mann mehr.«

Maria ergriff seinen Arm mit beiden Händen und stellte sich einen Augenblick lang vor, daß sie ihn niemals mehr loszulassen brauchte.

»Leutnant«, rief Loiseau den Kai hinunter. Einer der Fallschirmjäger nahm mit einem Ruck Haltung an und kam im Geschwindschritt näher. »Ich muß dich verhaften«, sagte Loiseau ruhig zu Maria.

»Meine Kassetten liegen auf dem Vordersitz«, teilte sie ihm hastig mit, bevor der Leutnant sie erreicht hatte.

»Leutnant«, erklärte Loiseau, »bitte nehmen Sie die Kassetten aus dem Sanitätsauto und bringen Sie sie in die Baracke. Ach, übrigens, am besten nehmen Sie eine Bestandsaufnahme vor, markieren Sie sie mit Kreide. Und sorgen Sie für einen bewaffneten Wachtposten während der Arbeit. Es könnte der Versuch gemacht werden, die Sachen zurückzuholen.«

Der Leutnant salutierte voll Eifer und warf Maria im Vorübergehen einen neugierigen Blick zu.

»Komm, Maria«, sagte Loiseau, drehte sich um und schritt auf die Baracke zu.

Maria strich sich übers Haar und folgte ihm.

Es war eine Holzhütte, im Zweiten Weltkrieg errichtet. Ein langer, schlecht beleuchteter Korridor durchlief die ganze Länge der Baracke, und der Rest war in vier kleine, unbehagliche Büroräume unterteilt.

Maria frischte zum dritten Mal ihr Make-up auf.

»Wie lange noch?« fragte sie.

»Eine Stunde«, erwiderte Loiseau. Es klopfte, und der Leutnant der Fallschirmjäger trat ein. Er warf einen kurzen Blick auf Maria und salutierte dann vor Loiseau.

»Wir haben Schwierigkeiten, Herr Inspektor, die Kisten aus der Ambulanz herauszubekommen.«

»Schwierigkeiten?«

»Da sitzt so ein Verrückter mit einem verletzten Bein drin. Er brüllt und tobt und schlägt auf die Soldaten ein, die den Wagen zu entladen versuchen.«

»Können Sie denn nicht mit so etwas fertig werden?«

»Selbstverständlich werde ich mit sowas fertig«, entgegnete der Offizier mit einem Anflug von Gereiztheit. »Es ist eben nur, daß ich nicht weiß, wer dieser kleine Schreihals ist.«

»Ich habe ihn von der Straße aufgelesen«, erklärte Maria, »er wurde bei einem Verkehrsunfall verletzt. Ich bat ihn, auf die Kassetten achtzugeben, bevor ich aus dem Wagen stieg. Ich hatte nicht die Absicht . . . er hat nichts damit zu tun . . . er ist weiter nichts als ein Unfallopfer.«

»Nichts als ein Unfallopfer«, wiederholte Loiseau, zum Leutnant gewandt. Der Leutnant lächelte. »Schafft ihn in ein Krankenhaus«, verfügte Loiseau.

»Ins Krankenhaus«, wiederholte Maria. »Alles hübsch an seinen Platz.«

»Sehr wohl, Herr Inspektor.« Der Leutnant salutierte besonders gekonnt, um anzudeuten, daß er den Sarkasmus der Frau ignorierte. Als er sich umdrehte und ging, warf er Maria noch einen mißbilligenden Blick zu.

»Da hast du einen neuen Jünger«, bemerkte Maria und lachte vor sich hin. Sie hörte, wie die Soldaten die Kisten im Korridor aufstapelten. »Ich bin hungrig«, setzte sie nach einer Weile hinzu.

»Ich kann dir etwas holen lassen. Die Soldaten haben eine Feldküche voll Kaffee, Wurst und irgendeinem schrecklichen Eintopf dabei.«

»Kaffee und Wurst.«

»Holen Sie zweimal gesüßten Kaffee und ein paar Wurstbrote«, trug Loiseau dem jungen Wachtposten auf.

»Der Korporal ist auch Kaffee trinken gegangen«, entgegnete der Soldat.

»Schon gut«, meinte Loiseau. »Ich gebe auf die Kisten acht.«

Loiseau schwang sich in seinem Drehstuhl herum, trommelte mit den Fingern auf den wackligen Schreibtisch und drehte sich dann wieder zurück. Er beugte sich zum Fenster vor. Es war beschlagen, und er wischte ein Guckloch frei, damit er aufs Wasser hinaussehen konnte. Er hatte dem Engländer versprochen, zu warten. Jetzt bedauerte er das, es brachte seinen Zeitplan durcheinander und führte dazu, daß er hier so betreten mit Maria herumsitzen mußte. Er hätte sie nicht auf das örtliche Polizeirevier bringen können; es war klar, daß sie bei ihm warten mußte. Unvermeidbar, und doch eine scheußliche Situation. Aber der Engländer hatte ihm sämtliche Unterlagen sowie den leitenden Offizier der Rotchinesen angeboten. Darüber hinaus hatte er gesagt, wenn Loiseau hier auf ihn wartete, würde er Datt vom Schiff herunterbringen und am Kai abliefern. Loiseau schnaubte. Datt hatte keinerlei Grund, den Piratensender zu verlassen. Dort draußen, außerhalb der Drei-Meilen-Zone, war er sicher.

»Hast du dich erkältet?« fragte Maria, wobei sie sich im Spiegel betrachtete.

»Nein.«

»Es hörte sich so an. Deine Nase ist verstopft. Du weißt doch, das ist bei dir immer das erste Anzeichen für eine Erkältung. Es kommt davon, wenn du das Schlafzimmerfenster offen läßt, ich habe es dir bestimmt schon hundertmal gesagt.«

»Warum erzählst du es mir dann immer wieder?«

»Ganz wie du willst.« Sie kratzte in der schwarzen Augentusche herum und spuckte hinein. »Es tut mir leid«, setzte sie hinzu. »Wirklich.«

»Schon gut«, erwiderte Loiseau. »Irgendwie wird mir schon etwas einfallen.«

»Ich liebe dich.«

»Vielleicht.« Sein Gesicht war grau, und die Augen lagen tief in ihren Höhlen, wie immer, wenn er zu wenig geschlafen hatte.

Sie hatten in ihren Gedanken immer den gleichen Platz eingenommen, Loiseau und ihr Vater; doch jetzt sah sie Loiseau mit einem Mal, wie er wirklich war. Er war kein Supermann, er war in mittleren Jahren, nicht unfehlbar, nur unerbittlich hart gegen sich selbst. Maria stellte die Dose mit Augentusche ab und trat neben Loiseau ans Fenster. »Ich liebe dich«, wiederholte sie.

»Ich weiß. Und ich kann mich deshalb glücklich preisen.«

»Bitte, hilf mir«, sagte Maria, und Loiseau war erstaunt, weil er niemals auf die Idee gekommen wäre, daß sie ihn um Hilfe bitten würde. Und Maria war erstaunt, weil sie sich niemals hatte vorstellen können, daß sie jemanden um Hilfe bat.

Loiseau preßte die Nase ans Fenster. Wegen der Spiegelung und des Kondenswassers war es schwer, hinauszusehen. Er wischte sich von neuem ein Stückchen frei.

»Ich helfe dir«, sagte Loiseau.

Sie wischte sich ihr eigenes Stückchen Scheibe frei und spähte zum Wasser hin. »Er braucht verdammt lange mit dem Kaffee«, meinte Loiseau.

»Da ist der Engländer«, sagte Maria, »und Datt.«

»Ja, zum Teufel«, rief Loiseau aus. »Er hat ihn mitgebracht!«

Datts Stimme hallte bereits durch den Korridor, als die Barakkentür aufflog. »Jawohl, da sind sie«, rief er aufgeregt. »Alle meine Unterlagen. Die farbigen Siegel bezeichnen Jahr, Indexbuchstaben und Decknamen.« Stolz beklopfte er die Kisten. »Wo ist Loiseau?« fragte er den Engländer, wobei er langsam die Reihe der aufgestapelten Dosen und Kassetten abschritt und sie streichelte, während er die Codebuchstaben ablas.

»Die zweite Tür«, antwortete der Engländer und drückte sich an den Kisten vorbei.

Maria wußte genau, was sie zu tun hatte. Jean-Paul hatte gesagt, daß sie noch nie in ihrem Leben eine Entscheidung getroffen hätte. Es war weder Hysterie, noch ein übersteigerter Gefühlsausbruch. Ihr Vater stand in der Tür, Dosen mit Unterlagen in den Armen, die er wie Säuglinge hätschelte. Er lächelte so, wie sie es von ihrer Kindheit in Erinnerung hatte.

Diesmal würde Datt seine Überredungskunst und seinen Einfluß bis zum Äußersten strapazieren müssen; doch sie zweifelte nicht daran, daß ihm Erfolg beschieden sein würde. Nicht einmal Loiseau war gegen die glatte kühle Art Datts gefeit, er war ihrer aller Marionettenmeister. Sie kannte seinen Verstand und wußte im voraus, welche Waffen er einsetzen würde: Er würde sich einfach die Tatsache zunutze machen, daß er ihr Vater und der Großvater von Loiseaus Kind war. Er würde seinen Einfluß ausspielen, den er über so viele bedeutende Persönlichkeiten besaß, würde alles ins Feld führen, was ihm zur Verfügung stand, und gewinnen.

Datt streckte lächelnd die Hand aus. »Chefinspektor Loiseau«, rief er aus. »Ich glaube, ich kann von unschätzbarem Wert für Sie sein — und für Frankreich.«

Maria hatte ihre Handtasche jetzt offen. Keiner blickte zu ihr hin.

Loiseau deutete auf einen Stuhl. Der Engländer trat zur Seite und überblickte rasch den ganzen Raum. Ihre Hand hielt jetzt den Griff umklammert, der Sicherungsflügel glitt geräuschlos zurück.

Sie ließ die Handtasche los, so daß sie wie eine Kaffeehaube auf der Waffe saß.

»Die Position des Schiffes«, erklärte Datt, »ist auf dieser Karte markiert. Ich hielt es für meine Pflicht, so zu tun, als kooperierte ich mit diesen Leuten.«

»Immer langsam«, erwiderte Loiseau müde.

Der Engländer sah, was vorging. Er schlug mit der Faust nach der Handtasche. Und zuletzt wurde es auch Datt klar, gerade als die Waffe losging. Maria zog erneut und so schnell sie konnte den Abzug durch. Loiseau packte sie im Nacken, und der Engländer schlug ihr auf den Arm. Sie ließ die Tasche fallen. Datt war aus der Tür gestürzt und nestelte nun von außen am Schloß herum, um zu verhindern, daß sie ihn verfolgten. Er wurde mit dem Schloß nicht fertig und lief den Korridor hinunter. Man hörte, wie die Außentür geöffnet wurde. Maria riß sich los und lief hinter Datt her, die Waffe noch immer in der Hand. Alles schrie. Hinter sich hörte sie Loiseau rufen: »Leutnant, halten Sie den Mann auf!«

Der Soldat mit dem Kaffeetablett mochte Loiseaus Ruf gehört haben, oder vielleicht hatte er auch Maria oder den Engländer mit Waffen in der Hand gesehen. Was ihn auch veranlaßt haben mochte, er warf das Kaffeetablett weg und riß sein Gewehr, das er um den Hals gehängt trug, wie einen Hula-hup-Reifen nach vorn. Der Schaft schlug ihm klatschend in die Hand, und ein Feuerstoß hallte über das Wasser, noch als die Kaffeetassen scheppernd zersprangen. Vom ganzen Kai her antworteten Schüsse; Marias Kugeln machten da nur wenig Unterschied.

Man kann es deutlich erkennen, wenn ein Kopf von einer Schnellfeuerwaffe getroffen wird, eine Wolke aus Blutpartikelchen erschien wie aufsteigender Dampf in der Luft, als Datt und sein Armvoll Tonbänder, Filme und Papiere wie Golfbälle vom Kai hinuntergefegt wurden.

»Da!« entfuhr es Loiseau. Die Hochleistungsscheinwerfer, die von den Soldaten bedient wurden, tasteten das Gewirr von Bändern und Filmen ab, das sich auf dem Wasser wie Tang ausbreitete. Eine große Luftblase stieg an die Oberfläche, und ein Stoß pornographischer Fotos löste sich und trieb von dannen. Datt befand sich mitten darin, und einen Augenblick lang sah es aus, als sei er noch am Leben, als sich sein Körper langsam und mühevoll im Wasser herumdrehte, während ein Arm wie bei einem kraulenden Schwimmer steif in die Luft hinaufkrallte. Einen Moment lang schien er uns anzustarren. Die Bänder verhedderten sich in seinen Fingern, und die Soldaten zuckten zurück. »Er dreht sich nur, das ist alles«, erklärte Loiseau. »Männer treiben mit dem Gesicht nach unten, Frauen mit dem Gesicht nach oben. Setzt ihm den Haken am Kragen an. Er ist kein Gespenst, nur eine Leiche.«

Ein Soldat versuchte, Datt mit dem Bajonett zu erreichen, doch der Leutnant hielt ihn zurück. »Es wird heißen, wir wären es gewesen, wenn der Körper voller Bajonettwunden ist. Es heißt dann, wir hätten ihn gefoltert.« Loiseau wandte sich mir zu und reichte mir eine kleine Bandspule. »Die gehört Ihnen. Ihr Verhör, nehme ich an, wenn ich es auch nicht abgespielt habe.«

»Danke.«

»So war es vereinbart«, stellte Loiseau fest.

»Ja, so war es vereinbart.«

Datts Leichnam lag jetzt tiefer und war enger in die endlosen Ton- und Filmbänder verstrickt.

Maria hatte die Waffe versteckt, oder vielleicht hatte sie sie auch fortgeworfen. Loiseau blickte sie nicht an. Er war mit Datts Leiche beschäftigt — eigentlich zu sehr damit beschäftigt, um noch überzeugend zu wirken.

»Ist das dein Krankenwagen, Maria?« fragte ich. Sie nickte. Loiseau hörte uns, doch er drehte sich nicht um.

»Er steht schlecht, da kannst du ihn nicht lassen. Du mußt ihn wegfahren.« Ich wandte mich an den belgischen Fallschirmjäger-Offizier. »Lassen Sie sie den Wagen wegfahren.«

Loiseau nickte.

»Wie weit?« fragte der Offizier. Sein Gehirn funktionierte wie das Loiseaus. Vielleicht las Loiseau meine Gedanken. Er grinste.

»Schon gut, die Frau kann fahren.« Der Leutnant war erleichtert, eine direkte Order zu empfangen. »Jawohl«, erwiderte er, salutierte ernst und schritt auf die Ambulanz zu.

Maria berührte Loiseaus Arm. »Ich fahre zu meiner Mutter, zu dem Jungen.« Er nickte. Lächelnd folgte sie dem Offizier.

»Warum haben Sie das getan?« wollte Loiseau wissen.

»Ich konnte nicht riskieren, daß Sie es tun«, erwiderte ich. »Sie hätten es sich niemals vergeben.«

Es war jetzt hell. Das Meer glitzerte morgenfrisch, und die Vögel begannen, an Nahrung zu denken. Entlang der Küste stießen Silbermöwen auf kleine Schalentiere herab, die die Flut zurückgelassen hatte. Sie trugen sie hoch über die Dünen hinauf und ließen sie dann auf die Gefechtsstände aus Eisenbeton niederfallen. Einige sanken in den sicheren Sand, andere schlugen auf die alten Geschützstellungen und platzten auf, wieder andere fielen auf den Beton, zerbrachen aber nicht. Diese wurden von den Silbermöwen zurückgeholt und wieder und wieder hinuntergeworfen. Die Gefechtsstände waren von kleinen Muschelsplittern übersät; denn letztlich platzte jede Muschel auf. Sehr hoch oben flog ein Vogel zielstrebig und allein auf einem Kurs, der so geradlinig war wie ein Lichtstrahl. Weiter unten fuhrwerkte ein Igel zwischen den Dünen herum, schnupperte ziellos, scharrte in dem farblosen Gras und sah den Möwen bei ihrem Spiel zu. Der Igel wäre höher und ausdauernder geflogen als jeder Vogel, wenn er nur gewußt hätte, wie.